人民共和國文化與文學叢書

初 編

李 怡 主編

第 **5** 冊

意識形態的焦慮：
1949-1966 年間中國大陸文學的精神結構

周 維 東 著

花木蘭文化出版社

國家圖書館出版品預行編目資料

意識形態的焦慮：1949-1966 年間中國大陸文學的精神結構／
周維東 著 -- 初版 -- 新北市：花木蘭文化出版社，2014〔民
103〕　目 2+156 面；19×26 公分
（人民共和國文化與文學叢書 初編：第 5 冊）
ISBN 978-986-322-759-5（精裝）
1. 中國當代文學　2. 意識型態　3. 文學評論
820.8　　　　　　　　　　　　　　　　　　103012657

特邀編委（以姓氏筆畫為序）：

ISBN-978-986-322-759-5

吳義勤　孟繁華　張　檸
張志忠　張清華　陳思和
陳曉明　程光煒　劉福春
（臺灣）宋如珊
（日本）岩佐昌暲
（新西蘭）王一燕
（澳大利亞）鄭　怡

人民共和國文化與文學叢書
初　編　第　五　冊　　　　　ISBN：978-986-322-759-5

意識形態的焦慮：
1949-1966 年間中國大陸文學的精神結構

作　　　者　周維東
主　　　編　李　怡
企　　　劃　北京師範大學民國歷史文化與文學研究中心
　　　　　　四川大學現代中國文化與文學研究中心
總 編 輯　杜潔祥
副總編輯　楊嘉樂
編　　　輯　許郁翎
印　　　刷　普羅文化出版廣告事業
出　　　版　花木蘭文化出版社
社　　　長　高小娟
聯絡地址　235 新北市中和區中安街七二號十三樓
　　　　　　電話：02-2923-1455／傳真：02-2923-1452
網　　　址　http://www.huamulan.tw 信箱 hml810518@gmail.com
初　　　版　2014 年 9 月
定　　　價　初編 17 冊（精裝）新台幣 30,000 元　　版權所有・請勿翻印

意識形態的焦慮：
1949-1966 年間中國大陸文學的精神結構

周維東　著

作者簡介

周維東，男，1979 年出生，陝西白河人。四川大學文學與新聞學院中國現當代文學專業副教授，《現代中國文化與文學》集刊編輯部主任，碩士研究生導師，民間學術論壇「西川論壇」發起人之一。在延安大學、西南師範大學（後更名西南大學）、北京師範大學獲得學士、碩士和博士學位。曾在西華師範大學任教，美國加利福尼亞州立大學長灘分校訪學，多次赴台灣政治大學、東華大學、中原大學交流訪問。擔任中國現代學會會員、中國郭沫若學會會員、四川魯迅研究會理事等職。出版（合作出版）《中國共產黨的文化戰略與延安時期的文學生產》、《最是魯迅應該讀》、《被召喚的傳統：百年中國文學新傳統的形成》等專著。

提　　要

　　「意識形態的焦慮」是世界無產階級文化運動中普遍存在的現象，它的本質是無產階級革命對文化的需要與無產階級文化自身準備不足的矛盾，在中國革命文學發展過程中，左翼文學和延安文學處於革命「進行中」的狀態，革命對文學的現實需要消解和淡化了這種矛盾；1949～1966 年間（「十七年」）的文學發生在新中國建立之後，文學意識形態功能的凸顯使這種矛盾變得激化，從而使「意識形態的焦慮」成為這一時期文學的典型特徵。在 1949～1966 年中國大陸文學中，「意識形態的焦慮」表現為「文藝規範」在空間、時間、話語層面都出現了「裂縫」。「規範」和「規範裂縫」的並陳構成了十七年年文學的整體語境，「規範」以權威的姿態實現文學與意識形態的結合，而「規範裂縫」又對規範的權威性不斷進行消解，這是十七年文學發展中一直存在的內在矛盾。「意識形態的焦慮」下的作家生態問題，「交叉體驗」是典型的概括。它表現為兩個層面：當不同背景、不同出身的作家進入十七年統一的文學環境下，他們的體驗在橫向上表現出交叉互補的特點；在「意識形態的焦慮」整體語境下，十七年很多作家表現出多種體驗交叉並存的心理特徵。「交叉體驗」是「意識形態的焦慮」在作家體驗中的典型反映，也是十七年文學內在複雜性的一種表現。在與國外文學經驗的交流上，出於建設新中國文學的目的，十七年翻譯文學的成就超過了既往任何時期，在翻譯文學的影響下，十七年文學創作表現出對宏大結構的追求，體現出樸素的底層情懷和土地情結；十七年文藝理論上對一些文學基礎理論的探討，既是對中國現代文學精神資源的有益補充，也是 20 世紀中國文學的寶貴遺產。

《人民共和國文化與文學叢書》總序

李　怡

　　中國當代文學是與「中國現代文學」相對的一個概念，指的是中華人民共和國建立之後的文學。追溯這一概念的起源，大約可以直達 1959 年新中國十週年之際，當時的華中師院中文系著手編著《中國當代文學史稿》，這是大陸中國最早編寫的「中國當代文學史」教材。從此以後，「當代文學」就與「現代文學」區分開來。與中國現代文學研究比較，中國的當代文學研究是一個相對年輕的學科，所以直到 1985 年，在一些「現代文學」的作家和學者的眼中，年輕的「當代文學」甚至都沒有「寫史」的必要。〔註 1〕

　　但歷史究竟是在不斷發展的，從新中國建立的「十七年」到「文化大革命」十年再到改革開放的「新時期」，而後又有「後新時期」的 1990 年代以及今天的「新世紀」，所謂「中國當代文學」的歷史已達六十餘年，是「中國現代文學三十年」的整整一倍！儘管純粹的時間計量也不足說明一切，但「六十甲子」的光陰，畢竟與「史」有關。時至今日，我們大約很難聽到關於「當代文學不宜寫史」的勸誡了，因為，這當下的文學早已如此的豐富、活躍，而且當代史家已經開始了更為自覺的學科建設與史學探討，這包括洪子誠的《中國當代文學史》，孟繁華、程光煒的《中國當代文學發展史》，張健及其北京師範大學團隊的《中國當代文學編年史》等等。

　　中國當代文學研究的活躍性有目共睹，除了對當下文學現象（新世紀文學現象）的緊密追蹤外，其關於歷史敘述的諸多話題也常常引起整個文學史

〔註 1〕　見唐弢：《當代文學不宜寫史》，《文藝百家》1985 年 10 月 29 日「爭鳴欄」（見
　　　　《唐弢文集》第九卷，社科文獻出版社 1995 年），及施蟄存：《關於「當代文
　　　　學史」》（見《施蟄存七十年文選》，上海文藝出版社 1996 年）。

學界的關注和討論，形成對「當代文學」之外的學術領域（例如現代文學）的衝擊甚至挑戰。例如最近一些年出現的「十七年文學研究熱」。我覺得，透過這一研究熱，我們大約可以看到中國當代文學研究的某些癥結以及我們未來的努力方向。

我曾經提出，「十七年文學研究熱」的出現有多種多樣的原因，包括新的文學文獻的發掘和使用，歷史「否定之否定」演進中的心理補償；「現代性」反思的推動；「新左派」思維的影響等等。〔註 2〕尤其是最後兩個方面的因素值得我們細細推敲。在進入 1990 年代以後，隨著西方後現代主義對「現代性」理想的批判和質疑，中國當代的學術理念也發生了重要的改變。按照西方後現代主義的批判邏輯，現代性是西方在自己工業化過程中形成的一套社會文化理想和價值標準，後來又通過資本主義的全球擴張向東方「輸入」，而「後發達」的東方國家雖然沒有完全被西方所殖民，但卻無一例外地將這一套價值觀念當作了自己的追求，可謂是「被現代」了，從根本上說，也就是被置於一個「文化殖民」的過程中。顯然，這樣的判斷是相當嚴屬的，它迫使我們不得不重新思考我們以「現代化」為標誌的精神大旗，不得不重新定位我們的文化理想。就是在質疑資本主義文化的「現代性反思」中，我們開始重新尋覓自己的精神傳統，而在百年社會文化的發展歷史中，能夠清理出來的區別於西方資本主義理念的傳統也就是「十七年」了，於是，在「反思西方現代性」的目標下，十七年文學的精神魅力又似乎多了一層。

1990 年代出現在中國的「新左派」思潮在相當大的程度上強化著我們對「十七年」精神文化傳統的這種「發現」和挖掘。與一般的「現代性反思」理論不同，新左派更突出了自「十七年」開始的中國社會主義理想的獨特性——一種反西方資本主義現代性的現代性，換句話說，十七年中國文學的包含了許多屬於中國現代精神探索的獨特的元素，值得我們認真加以總結和梳理。在他們看來，再像 1980 年代那樣，將這個時代的文學以「封建」、「保守」、「落後」、「僵化」等等唾棄之顯然就太過簡單了。

「反思現代性」與新左派理論家的這些見解不僅開闢了中國當代文學史寫作的新路，而且對中國現代文學的基本價值方向也形成了很大的衝擊。如果百年來的中國文學與文化都存在一個清算「西方殖民」的問題，如果這樣

〔註 2〕 參見李怡：《十七年文學研究「熱」的幾個問題》，《重慶大學學報》2011 年 1 期。

的清算又是以延安—十七年的道路爲成功榜樣的話，那麼，又該如何評價開啓現代文化發展機制的五四？如何認識包括延安，包括十七年文化的整個「左翼陣營」的複雜構成？對此，提出這樣的批評是輕而易舉的：「那種忽略了具體歷史語境中強大的以封建專制主義文化意識爲主體的特殊性，忽略了那時文學作品巨大的政治社會屬性與人文精神被顛覆、現代化追求被阻斷的歷史內涵，而只把文本當作一個脫離了社會時空的、僅僅只有自然意義的單細胞來進行所謂審美解剖，這顯然不是歷史主義的客觀審美態度。」〔註3〕

利用文學介入當代社會政治這本身沒有錯，只不過，在我看來，越是在離開「文學」的領域，越需要保持我們立場的警覺性，因爲那很可能是我們都相當陌生的所在。每當這個時候，我們恰恰應該對我們自己的「立場」有一個批判性的反思，在匆忙進入「左」與「右」之前，更需要對歷史事實的最充分的尊重和把握，否則，我們的論爭都可能建立在一系列主觀的概念分歧上，而這樣的概念本身卻是如此的「名不副實」，這樣的令人生疑。在這裡，在無數令人眼花繚亂的當代文學批評的背後，顯然存在值得警惕的「僞感受」與「僞問題」的現實。

只要不刻意的文過飾非，我們都可以發現，近「三十年」特別是 1990 年代以來中國當代文學及其批評雖然取得了很大的發展。但是也存在許多的問題，值得我們警惕。特別需要注意的是 1990 年代以後中國文學現象的某種空虛化、空洞化，一些問題成爲了「僞問題」。

眞與假與僞、或者充實與空虛的對立由來已久。1980 年代的現代主義文學也曾經被稱爲「僞現代派」，有過一場論爭。的確，我們甚至可以輕而易舉地指出如北島的啓蒙意識與社會關懷，舒婷的古代情致，顧城的唯美之夢，這都與詩歌的「現代主義」無關，要證明他們在藝術史的角度如何背離「現代派」並不困難，然而這是不是藝術的「作僞」呢？討論其中的「現代主義詩藝」算不算詩歌批評的「僞問題」呢？我覺得分明不能這樣定義，因爲我們誰也不能否認這些詩歌創作的眞誠動人的一面，而且所謂「現代派」的定義，本身就來自西方藝術史。我們永遠沒有理由證明文學藝術的發展是以西方藝術爲最高標準的，也沒有根據證明中國的詩歌藝術不能產生屬於自己的現代主義。也就是說，討論一部分中國新詩是否屬於眞正西方「現代派」，以

〔註 3〕董健、丁帆、王彬彬：《我們應該怎樣重寫當代文學史》，《江蘇行政學院學報》2003 年第 1 期。

「更像」西方作為「非僞」，以區別於西方為「僞」，這本身就是荒謬的思維！如果說 1980 年代的中國詩壇還有什麼「僞問題」的話，那麼當時對所謂「僞現代派」的反思和批評本身恰恰就是最大的「僞問題」！

不過，即便是這樣的「僞」，其實也沒有多麼的可怕，因爲思維邏輯上的某種偏向並不能掩飾這些理論探求求真求實的根本追求，我們曾經有過推崇西方文學動向的時代，在推崇的背後還有我們主動尋求生命價值與藝術價值的更強大的願望，這樣的願望和努力已經足以抵消我們當時思維的某種模糊。

文學問題的空虛化、空洞化或者說「僞問題」的出現，之所以在今天如此的觸目驚心在我看來已經不是什麼思維的失誤了，在根本的意義上說，是我們已經陷入了某種難以解決的混沌不明的生存狀態：在重大社會歷史問題上的躲閃、迴避甚至失語——這種狀態足以令我們看不清我們生存的真相，足以讓我們的思想與我們的表述發生奇異的錯位，甚至，我們還會以某種方式掩飾或扭曲我們的真實感受，這個意義上的「僞」徹底得無可救藥了！1990年代以降是中國文學「僞問題」獲得豐厚土壤的年代，「僞問題」之所以能夠充分地「僞」起來，乃是我們自己的生存出現了大量不真實的成分，這樣的生存可以稱之為「僞生存」。

近 20 年來，中國文學批評之「僞」在數量上創歷史新高。我們完全可以一一檢查其中的「問題」，在所有問題當中，最大的「僞」恐怕在於文學之外的生存需要被轉化成為文學之內的「藝術」問題而堂皇登堂入室了！這不是哪一個具體的藝術問題，而是滲透了許多 1990 年代的文學論爭問題，從中，我們可以見出生存的現實策略是如何借助「文學藝術」的方式不斷地表達自己，打扮自己，裝飾自己。《詩江湖》是 1990 年代有影響的網站和印刷文本，就是這個名字非常具有時代特徵：中國詩歌的問題終於成為了「江湖世界」的問題！原來的社會分層是明確的，文學、詩歌都屬於知識分子圈的事情，而「江湖世界」則是由武夫、俠客、黑社會所盤踞的，與藝術沒有什麼關係。但是按照今天的生存「潛規則」，江湖已經無處不在了，即便是藝術的發展，也得按照江湖的規矩進行！何況對於今天的許多文學家、批評家而言，新時期結束所造成的「歷史虛無主義」儼然已經成了揮之不去的陰影，在歷史的虛無景象當中，藝術本身其實已經成了一個相當可疑的活動，當然，這又是不能言明的事實，不僅不能言明，而且還需要巧妙地迴避它。在這個時候，生存已經在「市場經濟」的熱烈氛圍中扮演了我們追求的主體角色，兩廂比

照，不是生存滋養了文學藝術的發展，而是文學藝術的「言說方式」滋養了我們生存的諸多現實目標。

於是，在 1990 年代，中國文學繼續產生不少的需要爭論的「問題」，但是這些問題的背後常常都不是（至少也「不單是」）藝術的邏輯所能夠解釋的，其主要的根據還在人情世故，還在現實人倫，還在人們最基本的生存謀生之道，對於文學藝術本身而言，其中提出的諸多「問題」以及這些問題的討論、展開方式都充滿了不真實性，例如「個人寫作」在 20 世紀中國新詩「主體」建設中的實際意義，「知識分子寫作」與「民間寫作」的分歧究竟有多大，這樣的討論意義在哪裏？層出不窮的自我「代際」劃分是中國新詩不斷「進化」的現實還是佔領詩壇版圖的需要？「詩體建設」的現實依據和歷史創新如何定位？「草根」與「底層」的真實性究竟有多少？誰有權力成為「草根」與「底層」的的代言人？詩學理論的背後還充滿了各種會議、評獎、各種組織、頭銜的推杯換盞、觥酬交錯的影像，近 20 年的中國交際場與名利場中，文學與詩歌交際充當著相當活躍的角色，在這樣一個無中心無準則的中國式「後現代」，有多少人在苦心孤詣地經營著文學藝術的種種的觀念呢？可能是鳳毛麟角的。

在這個意義上，中國當代文學的研究與批評應該如何走出困境，盡可能地發現「真問題」呢？我覺得，一個值得期待的選擇就是：讓我們的研究更多地置身於國家歷史情態之中，形成當代文學史與當代中國史的密切對話。

國家歷史情態，這是我在反思百年來中國文學敘述範式之時提出來的概念，它是百年來中國文學生長的背景，也是文學中國作家與中國讀者需要文學的「理由」，只有深深地嵌入歷史的場景，文學的意味才可能有效呈現。對於中國現代文學研究而言，這樣的歷史場景就是「民國」，對於中國當代文學而言，這樣的歷史場景就是「人民共和國」。

感謝花木蘭文化出版社，使得我們對百年來中國文學的研究有了兩大厚重的背景——民國與人民共和國，這兩套大型叢書將可能慢慢架構起百年中國文學闡述的新的框架，由此出發，或許我們就能夠發現更多的真問題，一步一步推進我們的學術走上堅實的道路。

2014 年馬年春節於江安花園

目

次

導　論

一、研究現狀

　　在二十世紀中國文學史中，當代「十七年」（1949～1966）文學一直是學界關注的焦點：它是中國「當代文學」的起點，也是中國「現代文學」和「當代文學」的銜接點，因此無論是當代文學史研究，還是整體反思二十世紀中國文學，「十七年」文學都是不可迴避的研究領域。然而，「十七年」文學研究是一項具有相當難度的課題，原因就在於它與當代政治的緊密聯繫。政治對「十七年」文學研究的負面影響主要體現爲兩個方面：一方面，它使「十七年」文學研究受制於當代主流政治對這一時期歷史的反思，從而損害了研究者自主探索的積極性和自由度；另一方面，由於過於明顯的政治色彩，研究者很難合理地爲這一時期文學進行政治祛魅（Disenchantment），從而使研究難以獲得理性的立場。就目前的「十七年」文學研究現狀而言，前者的影響固然存在（它不以研究者的意志爲轉移），而學界對後者影響的抗拒也仍有強化的空間。

　　「十七年」文學研究與「十七年」文學同步發生，毛澤東、周恩來、陳毅、陸定一、胡喬木、周揚、茅盾、馮雪峰、丁玲、張光年、秦兆祥、侯金鏡、李希凡等第一代中共革命理論家、文學研究家，在「十七年」文學發展過程中提出的指導性意見和總結性批評，既屬於「十七年」文學的一部分，也是「十七年」文學研究的開端。總體而言，這一時期的「十七年」文學研究，與主流意識形態緊密地捆綁在一起，能夠衝破意識形態束縛的研究成果鳳毛麟角，而且一出現也必然成爲了被批判的對象。

　　「新時期」之後，伴隨主流政治對極「左」思潮的批判和反思，「十七年」文學研究進入一個新的時期。具體來說：在指導思想上，「純文學」和「文學主體性」被當作科學的文學認知態度，取代了「政治第一、藝術第二」的研究思路，對極「左」文學思潮進行了批判和反思，對「十七年」文學進行了重新梳理和評價；在研究方法上，傳統的「庸俗社會學」研究方法受到批判，從思想史、社會學、心理學、政治學等多角度的研究成果開始出現，精神分析、知識考古學、敘事學、形態學、新批評、文化研究等多種西方理論和研究方法在這一領域得到實踐。「新時期」之後的「十七年」文學研究成果顯著、類型多樣，在短小的篇幅內很難將它們一一列舉出來，爲了更加簡潔明瞭地把握這些研究成果，本書在這裡只對這些研究的「範式」進行歸納。總體來說，「新時期」之後的「十七年」文學研究儘管種類（包含研究的具體對象、角度、結論等等）繁多，但大致都可以歸結爲兩種範式：「一體化」模式和「現代性」模式。

　　「一體化」是北京大學洪子誠教授率先提出的文學史概念。洪先生認爲：

　　　　「當代文學」這一文學時間，是「五四」以後的新文學「一體化」取向的全面實現，到這種「一體化」的解體的文學時期。中國的「左翼文學」（「革命文學」），經由 40 年代解放區文學的「改造」，它的文學形態和相應的文學規範（文學發展的方向、路線、文學創作、出版、閱讀的規則等），在 50 至 70 年代，憑藉其影響力，也憑藉政治的力量而「體制化」，成爲唯一可以合法存在的形態和規範。只是到了 80 年代，這一文學格局才發生了變化，而出現了在新的歷史條件下文學變革的前景。〔註 1〕

洪先生在其著名的《中國當代文學史》（1999）中，從文學史淵源、文學創作、文學批評（批判）、文學出版、規範論爭等多個方面，詳細闡述了「一體化」的文學史內涵。相較於之前的「十七年」文學研究，洪先生對 50～70 年代文學的把握更具有歷史化的理性色彩，「一體化」不僅包含了「十七年」文學受到政治干預的事實，同時又從「文學生產」的角度詳細描述了政治干預的諸多特徵和總體規律。因此，作爲一種研究範式，「一體化」具有相應的開拓性和包容度。

　　「一體化」範式包容的研究成果很多，除了洪先生本人的研究成果，還

〔註 1〕洪子誠：《中國當代文學史》，北京：北京大學出版社，第 4 頁，1999 年。

包括「重寫文學史」討論對一批「十七年」文學作品的重新解讀；朱曉進、王潔從「政治文化」角度對「十七年」文學的研究；吳俊在「國家文學」立場上對《人民文學》雜誌的研究；王本朝、黃髮有對50～70年代文學制度的研究；陳改玲關於1950～1957年中國現代作家的選集出版研究；錢振文的《紅岩》與當代文學生產研究；王軍、劉志華關於「十七年」文學批評研究等等。這些研究成果，或者對「十七年」文學提出了獨到的見解，或者揭示出這一時期文學諸多鮮為人知的細節，在研究界都產生了或大或小的影響，由於它們在整體上側重表現了政治對文學的干預，或者直接研究「文學生產」問題，因此可以將它們歸結在「一體化」範式之中。

　　值得注意的是，在洪子誠教授的「一體化」觀點提出後不久，復旦大學陳思和教授編著的《中國當代文學史教程》（1999），對「十七年」文學進行了不同的解讀。他提出的「潛在寫作」和「民間」兩個文學史概念，讓我們看到了50～70年代文學在「一體化」總體趨勢中「差異性」的一面。陳先生的觀點同樣具有說服力，圍繞這兩個概念，很多學者對「十七年」文學作品進行了再解讀，在學界形成了很大的影響力。但是，儘管陳先生的觀點打破了「十七年」文學「一體化」的文學史想像，但「一體化」是其觀點提出的重要背景，譬如其「潛在寫作」是相對於「顯在寫作」（一體化）而存在，「民間」則是相對於「廟堂」和「廣場」（在某種程度上也是一體化）而存在，所以仍可被歸結在「一體化」研究範式中。

　　與「一體化」研究範式真正拉開距離的研究成果，是唐小兵、李楊、孟悅、黃子平、張清華等學者對50～70年代文學的「再解讀」和「再闡釋」。「再解讀」由上世紀90年代海外學者唐小兵編著的一部論文集《再解讀》〔註2〕而聞名，在這本書中，唐小兵等一批學者從不同的角度，運用不同的理論，對40～70年代許多作品進行了重新闡釋。受這本書的影響，上世紀90年代至今，一大批大陸青年學者也加入到「再解讀」的隊伍當中。「再解讀」以單個作品為依託，輕靈生動，新穎別致，但由於參與者眾多，研究者解讀作品的目的、立場和角度不免差異很大，因此單就「再解讀」很難成為一種研究範式。不過，「再解讀」風潮的背後依然有大致統一的立場，《再解讀》包括之後的延伸之作，大多受到後現代主義理論的影響，「現代性」、「反現代性」

〔註 2〕該著初版於香港牛津大學出版社（1993年），大陸簡體版於2007年由北京大學出版社出版。

和「反現代性的現代性」是他們思考和關注的主要話題，對這些話語的不同理解成為他們「再解讀」的根本動力。因此，他們的研究範式，可以歸結為「現代性」模式。

作為當前「十七年」文學研究中兩種流行的範式，「一體化」和「現代性」都發現並發掘出了「十七年」文學的典型特徵：「一體化」從政治與文學的關係著眼，宏觀把握了從「五四」新文學到「十七年」文學的發展過程中文學格局的總體變化；「現代性」則從全球化的「現代性」思潮中，認識到「十七年」文學在文化上的先鋒性和建設性。兩種範式受到學界的認可和追捧，原因在於它們的創見有理有據，為學界認知「十七年」文學提供了廣泛的可能性。

但是，任何範式一旦成了神話，其自身的局限性也就不可避免地暴露出來。「一體化」和「現代性」一旦成為學界認識「十七年」文學的前理解，其洞見也往往成為了盲點。首先，兩種範式在認識「十七年」文學的過程中，都不自覺地將「十七年」文學本質化，消除了這一時期文學的內在差異性（即使有學者注重了對這一時期文學的差異化表達，但很明顯有刻意而為之的痕迹）。其次，兩種研究範式都只注重了文學的「外部研究」，而普遍忽視了「內部研究」的必要性。「一體化」和「現代性」範式，都側重於從「文學生產」和「思想史」的視野審視「十七年」，儘管在具體的研究成果中不乏「文本細讀」，但這些細讀都是為了說明「文學生產」的規律或「思想史」的特徵，對文學自身發展規律和成就的探討並沒有在這兩種研究範式中得到彰顯。

「新時期」之後的「十七年」文學研究存在以上缺陷，在我看來，根本原因是研究者不能合理地為這一時期文學進行政治祛魅，政治的巨大光環使研究者將之視為鐵板一塊，難以有效地進入這一時期文學的內部，發現其在「政治」之外的其它特徵；與此同時，研究者在認識「十七年」文學過程中，受到了政治／文學、現代性／反現代性二元對立思維的影響，在這種強大的思維定勢面前，無法客觀、理性地面對研究對象。正因為此，當新世紀「底層文學」的呼聲再起，研究界再次將目光投射到「十七年」文學的「人民性」問題時，很多研究者又回到了中華人民共和國建立初期的「十七年」文學認知範式中，值得我們警惕。

縱觀大陸 1949 年以來的「十七年」文學研究，「十七年」文學始終處於「政治」視野的關照之下，儘管「新時期」之後「純文學」、「現代性」的觀點取代了「政治」，但政治／文學二元對立思維的存在，使研究者只是改變了

對政治的認識態度，並沒有有效地袪除政治對「文學」的遮蔽；它們與「十七年」間的研究相比，只是看到了政治的「陰暗面」，或者從不同角度重新發現政治的「光明面」而已。

二、選題的意義

新世紀之後，當代大陸文學「歷史化」的呼聲日益受到學界的關注和重視。「當代文學」歷史化之所以顯得緊迫，有兩方面的原因：首先，由於歷史的原因，「當代文學」儘管已有超越「現代文學」的斷代時間，但學科規範一直沒有走向成熟，泛批評化的研究方式嚴重影響了學科的發展，當代文學需要在歷史化中增加自己的沉澱。另一方面，隨著新世紀的到來，「二十世紀中國文學」已從一個未完成的文學史概念變成一個封閉的整體，全面反思百年中國新文化和新文學的成敗得失，也需要對「當代文學」進行歷史化。當代文學歷史化承擔的使命決定了它是一項繁複而龐大的工程，要切實推動這一工程的發展，首先要重新認知「當代文學」與「現代文學」的內在關聯，使兩個學科完成學術話語的對接，從而使「當代文學」告別「無根」的狀態；其次，「當代文學」歷史化還必須在與「現代文學」的整體比較中發現自己的學科屬性，使當代文學研究能夠走上自律的道路，展示出一個成熟學科的個性特徵。這項龐大工程的開始，必須首先從「十七年」文學的歷史化來完成。

當代大陸文學歷史化的要求，需要學界重新關注「十七年」文學，同時也賦予了這種關注全新的使命。首先，要從學科對接的角度認識「十七年」文學，換句話說，要從中國現代文學發展的背景下認識「十七年」文學。這種要求需要我們調換思路，即不是從「十七年」文學出發溯源到中國現代文學，而是從中國現代文學發展的立場上審視「十七年」文學的內在複雜性。落實到具體研究中，它需要研究者在上世紀 40 年代文學格局的基礎上，探索每一個文學流派的當代命運，探索每一種文學經驗在當代的存在方式。其次，要創造性的認識「十七年」文學。所謂創造性，即擺脫當前文學研究中的「政治／文學」、「東方／西方」、「現代性／反現代性」的二元對立思維，從中國文化、文學自身現代化的規律中認識「十七年」文學經驗，發現其呈現出的新特徵、新經驗，全面認識這一時期中國文學探索到的精神深度和寬度。要達到上述的研究目的，就必須合理地為「十七年」文學進行政治袪魅，從而展示出「非政治」視野下的「十七年」文學。

　　在政治／文學二元對立的思維下，「非政治」可能被直觀聯想到「純文學」，這是一種極大的誤解。在本書，「非政治」視野具有以下三種內涵：第一，「非政治」在於打破學界用「政治文學」（或「國家文學」、「人民文學」等名稱）而將「十七年」文學本質化的認知方式，它不僅要求研究者打破「庸俗社會學」的文學認知方式，同時還要打破「政治／文學」二元對立的思維模式。在這種視野下，對「十七年」文學的認知，不是簡單地將之與「五四新文學」、「新時期文學」進行對比，從而得出「政治文學」的結論，而是同時將之與「延安文學」、「文革文學」進行對比，發現其在這個文學序列中的獨特性，從而全面、準確地發現「十七年」文學的本質特徵。第二，「非政治」視野還要求研究者在進行文學史研究中加入思想史、文化史的視野，從而更充分地發現「十七年」文學的意義。不必諱言，「十七年」文學在藝術上是一個貧乏的時期，但藝術的貧乏不意味著作家在這一時期沒有產生新的藝術體驗，不意味著這一時期的知識分子沒有複雜的精神探尋之旅，也不意味著這一時期作家的精神體驗在中國文化和文學的現代性追尋中沒有意義。所以，對「十七年」文學的研究不能採用單一的文學視角，還應該考察其在二十世紀中國思想史和文化史的意義。第三，「非政治」視野要求研究者超越「純文學」和「現代性」美學，更多元的清理「十七年」文學的藝術成就。譬如在「純文學」的視野下，「十七年」文學的底層關懷並不值得重視，但隨著新世紀「底層寫作」的興起，我們就感受到底層關懷的意義和價值，這也說明了「純文學」視角的偏狹。

　　在「非政治」的視野下，本書的落腳點在這一時期文學的「精神結構」上。所謂「精神結構」，並不是要用結構主義的方法對這一時期的作品進行再解讀，也不是用弗洛伊德的精神分析原理挖掘這一時期文學的潛意識，而是從二十世紀中國「革命」與「文學」的宏大背景下，審視這一時期文學巨大的精神困境。二十世紀中國「革命文學」研究，研究者常常注意到「形」的延續性，忽略了從「革命」與「文學」的關係入手，審視所謂「革命文學」和「無產階級文學」存在的根本性問題，因此對這種文學形態內在特徵的把握並不深入。從「革命」與「文學」的關係入手，二十世紀左翼文學、延安文學和共和國文學有其一致之處，也存在著根本差別，因為「革命」在每個時期的任務和需要並不相同，相應革命對文學的要求也不相同。從這個角度出發，我們不僅可以重新審視二十世紀中國革命文學，更能在一個具體的時間段上看到文學更為具體的特徵。

三、研究的內容及基本思路

在二十世紀中國革命文學運動中，一直潛藏著一個矛盾，其實這也是世界無產階級文化運動難以逃脫的宿命：無產階級革命對文化的迫切需要與無產階級文化自身準備不足的矛盾。這種矛盾在 30 年代左翼文學、延安文學、「十七年」文學和文革文學中都有明顯的表現，它的直觀特徵便是文學的政治性和藝術性無法實現完美的結合，要麼作家爲了強調作品的政治性而導致創作的「公式化」和「概念化」；要麼作家爲了保持作品的藝術性而出現政治性的偏離和偏差。不過二十世紀「政治文學」的這種矛盾在不同時期的表現是不一樣的。總體來說，在左翼文學和延安文學發展的過程中，由於革命尚未取得成功，也由於殘酷的戰爭語境（主要在延安文學時期），革命對文學的現實需要淡化了意識形態的合法性問題。譬如在延安文學發展過程中，政治需要文學通過塑造新英雄、描寫新風貌來教育和引導民眾，從而出現文學與現實脫節的問題，但戰爭的宏觀背景下，這種寫作要求的合理性並不會（也不容）被作家和讀者質疑。所以，在左翼文學和延安文學發展的過程中，無產階級文化自身準備不足的問題處於被遮蔽的狀態。但在「十七年」文學發展的過程中，這種矛盾被充分地暴露了出來。新中國的建立，標誌著中國共產黨領導下的新民主主義革命的勝利，也意味著國共兩黨的軍事鬥爭已基本告一段落，在這種語境下，「無產階級文學」（或者稱「社會主義文學」、「新的人民文學」）的合法性問題就直接擺到了每一位文學工作者的面前，而檢驗它的標準很簡單，即新中國文學提出的寫作要求是否能夠實現文學創作的成功。也正是在這種語境下，「十七年」文學整體體現出「焦慮」的氛圍，這種焦慮的本質可以用「意識形態的焦慮」來概括。

「意識形態的焦慮」的本質是無產階級革命對文化的需要與無產階級文化自身準備不足的矛盾，其具體表現爲「十七年」「文學規範」的不確定性。「文學規範」是新中國文藝領導人進行文學塑造的主要方式。在理論上講，如果規範的制定者對於新中國文學的發展遠景有成熟的設計，或者他們所要實現的文學理想是個科學的體系，文學規範就應該保持內在的一致性和整體的統一性。但事實並不如此。「十七年」文學規範在空間、時間、話語層面都存在著「裂縫」，它深刻地反映出「十七年」文學在發展過程中遭遇的政治性與藝術性、一元性與多元性、世界性與民族性、超越性與合法性的矛盾。「規範裂縫」的存在使「十七年」文學呈現出兩極發展的態勢，一方面，規範裂

縫不斷消解著規範的權威性和合法性，使文學規範的實際效果不斷減弱；另一方面，規範制定者為了保證規範的權威性，就必須採用批判的形式來掩蓋和彌補「裂縫」的存在。「十七年」文學之所以批判不斷、論爭不斷，除了早期是為了進行文藝隊伍和文藝思想的整頓，本質原因還在於「意識形態的焦慮」：文藝領導者無法實現意識形態的合理化，更無法讓意識形態與文學發展完美地結合起來。

　　在「非政治」視野下研究「十七年」文學，還需要走進「十七年」作家的精神世界，考察他（她）們的「體驗史」。文學研究的根本是文學作品，但在「十七年」文學研究中僅僅以作品「論世」就顯得不是十分合理。文學史在根本上是文化史、心靈史、精神史的一部分，它力圖用文學為依託展示出人類精神的發展和進步，文學史信賴文學作品，一方面因為作品是人類精神成果的具體體現，用作品說話具有歷史研究的客觀性；另一方面也出於一種假設，文學作品與人類精神的發展保持了同步性。這種假設在一般情況下是成立的，但在「十七年」文學中就未必如此。在現代社會，「作品」的界定存在一個合法性的過程，即只有在各種文化傳媒上公開後才是合法的作品，否則研究者會因無法確認真偽而將之拋棄在文學史外。「十七年」文學中作家的創作資格、作品發表（或出版）資格都受到了主流政治的左右，因此作品與作家的精神世界並不完全對稱，作為斷代史研究，研究者有必要通過體驗來「修補」文學史。當然，「修補」文學史並不是「創造」文學史，「修補」不過是通過作家體驗的分析，認識到作家精神世界的多元性，而後在文本中看到未曾注意的新元素和新特徵，其落腳點還是在文學作品上。

　　「意識形態的焦慮」使「十七年」文學作家的精神體驗呈現出多元化的特徵。從「體驗史」的角度出發，「十七年」文學不僅不是一個精神貧乏的時期，相反因為社會劇變的震蕩，作家體驗十分豐富。當不同出身、不同背景的作家被納入到統一的文學環境下，他（她）們對規範的理解不可能完全相同，他（她）們的生存感受必然存在差距，當他（她）們努力適應新時代時，他（她）們的文學選擇無疑是對整個中國現代文學的一次總結。研究「十七年」作家體驗的成果有很多，如程光煒教授的《文化的轉軌──「魯郭茅巴老曹」在中國（1949～1976）》、賀桂梅教授的《轉折的時代──40～50年代作家研究》，此外還有李輝、陳徒手、謝泳、傅國湧、涂光群等傳記作家的成果，都非常深刻地揭示了這一時期作家體驗的豐富性，因此無論從史料還是觀

點，要想超越這些前輩學者的成果都十分難。本書考察「十七年」作家體驗不求全面，而主要圍繞「交叉體驗」這一現象而展開。所謂「交叉體驗」，顧名思義，即「十七年」文學中作家體驗在整體上體現出的交叉性和互補性的特徵，它主要表現爲兩種形態：第一，不同背景的作家在「十七年」中生存體驗的交叉性。譬如部分解放區本土作家，如趙樹理、孫犁、蕭也牧等在「十七年」存在著明顯的「革命後」體驗，他們的文學實踐要麼淡化了「革命」色彩，要麼擴大了自己文化視界，有意拉近了與五四新文學的距離。而一些受到「五四」薰陶成長起來的作家，如巴金在建國後反而拋棄了個人主義的立場，積極擁抱「集體」和「革命」。他們的文學選擇之間具有交叉互補性。第二，同一作家在「十七年」中體驗的交叉性。大體來說，它也可以分爲兩類：一類是「跨界作家」的交叉體驗，即一批在解放前已經創作成熟的作家，他們在解放後選擇留在大陸，一方面既有走進新時代的衝動，另一方面又難以完全放棄個人主義的立場，兩種體驗的扭結，使他們的創作表現出扭曲的特徵，「十七年」文學中的「請命文學熱」和「歷史小說熱」最能體現這一現象。另一類是「少共作家」的交叉體驗，如王蒙、任洪淵、劉賓雁、鄧友梅、陸文夫、高纓等，他（她）們在解放前參加革命、在解放後開始創作，他們對共產主義的信仰與對眞理的追求緊密的聯繫在一起，因此在創作中出現了理想主義與青春色彩交叉的現象，這促使他們成爲了「少共叛逆者」。「交叉體驗」在一定程度上是對「意識形態的焦慮」的一種呼應，「交叉」意味著彷徨和迷失，它是作家努力在文藝和意識形態之間尋求突破的表現，也是「焦慮」的一種症候。「交叉體驗」的存在，對於整體反思二十世紀中國文學很有意義。二十世紀中國文學研究的重要命題即「現代性」問題（這也是至今爭論不休的問題），關於「現代性」的本質，仁者見仁，智者見智，交叉體驗的存在至少說明：類似「十七年」文學這樣的文學思潮在中國出現，具有必然性的因素，中國現代文學的「現代性」本質需要在中國文學經驗中進行梳理。同時，交叉體驗對於認識「十七年」文學也有重大意義。在「文學生產」理論的主導下，近年來的「十七年」文學研究側重於文學制度、文學環境等外部因素，這製造了一種文學史的假象：「十七年」文學是被人爲塑造的產品。交叉體驗用事實說明，「十七年」文學依然是在作家體驗基礎上的創造，而且因爲對作家體驗複雜性的揭示，我們可以在貌似相似的文本中發現它們的內在本質差別，從而可以推進「十七年」文學研究的深化。

　　最後，「非政治」視野下的「十七年」文學研究，還要對「十七年」文化建設與文學創造的成就進行重新評估。「十七年」文學並不是在一個完全封閉的環境下進行，出於建設新中國文學的需要，這一時期有選擇、有計劃的吸納了中國現代文學資源和外國文學資源。就中國現代文學而言，《中國人民文藝叢書》和《新文學選集》的出版發行，使魯迅、郭沫若、茅盾、葉聖陶、巴金、老舍、丁玲、艾青、瞿秋白、蔣光慈、趙樹理等作家的全部或部分作品得以在「十七年」傳播；就外國文學而言，蘇俄文學、西方古典文學和文藝理論、19世紀西方批判現實主義文學的部分作品得到翻譯和傳播，高爾基、法捷耶夫、肖洛霍夫、安東諾夫、馬雅可夫斯基、托爾斯泰、普希金、萊蒙托夫、果戈理、契訶夫、陀思妥耶夫斯基、荷馬、雨果、易卜生、蕭伯納、羅曼・羅蘭、巴爾扎克、左拉、雪萊、拜倫等作家作品，在「十七年」期間都有翻譯。同時，出於政治的需要，「十七年」文學要求作家創作出反映工農兵生活的作品，在創作中追求宏大的結構和宏大的命題，在現實主義中體現浪漫主義的抒情性等等，都是對文學發展提出的新型要求。在既往的文學史研究中，「十七年」文學的資源選擇和文藝要求都被認為是政治對文學進行規範的具體表現，是對中國現代文學的正常發展思路的中斷，並沒有在整個二十世紀中國文學發展中的高度上，對其成就進行正面的評估。這種思路的缺陷十分明顯，任何事物都不可能只有負面價值而沒有正面意義，「十七年」文學的文化建設和藝術實踐在「歷時」的文學史視野下，其負面意義毋庸置疑，但在「逆時」的文學史視野下，其正面意義也未嘗一片空白：「十七年」文學對宏大結構的追求，為當代作家創作宏大題材的作品積累了豐富的經驗；「十七年」文學表現出的底層情懷，為當代底層寫作提供有益的精神資源；「十七年」對土地的熱愛，豐富了二十世紀中國鄉土文學的內涵……而在文化建設上，「十七年」文學翻譯的成就超越了整個中國現代文學；「十七年」文學在國家立場上選擇外國文學資源，為中國作家認識外國文學提供了全新的視野；「十七年」文學對現實主義理論中一些基本問題的探討，豐富了當代文學的寫作藝術，這些成就都值得我們悉心梳理。總體而言，「十七年」文學是一種全新的文學發展模式，因為它與政治的緊密聯繫，使這一時期文化建設和藝術實踐的成就常常被忽略，「非政治」的意義就在於避開政治的干擾，多維度對這一時期文學的藝術成就進行重新梳理。

四、研究方法

　　爲了充分透析研究內容中涉及的問題，實現課題寫作的目的，本書在研究中採用了以下研究方法：

　　（一）整體研究與個案分析相結合。本書的選題決定了研究的類型屬於整體研究的範疇，即通過「十七年」文學的諸多側面，說明這一時期文學呈現的整體特徵。整體研究具有綜合性強、包容性大的優勢，許多優秀的整體研究成果，往往能夠開啓一種新的研究範式，成爲一個領域的基石。但是，整體研究因爲關注的對象過多，常常會出現重點不明、不夠深刻的弊端。本書在寫作的過程中，一直警惕爲了追求內容的全面而導致分析不夠透徹的問題，採取了整體研究與個案分析相結合的方法。本書選擇重點研究的三方面內容，是「十七年」文學重要的三個側面，通過對它們的重點分析，可以達到「一葉而知秋」的效果；具體到每一方面內容，本書在綜合論述的同時，還擷取一些典型事件、代表作家進行重點深入研究，從而使整體論述不至於落於空泛。在整體研究中加入個案分析，本書也警惕爲了敘事需要而不顧客觀現實任意取捨的主觀性，在綜合考察一個文學現象的整體特徵後，愼重選擇具有代表性的事件、作家和作品，以求達到主觀和客觀的統一。當然，歷史的複雜性總是超過了敘事所能承擔的範圍，爲了說明一個時期文學的某一種特徵，必然會忽略和遮蔽其它的特徵，如果論文存在這樣的弊端，還請諸位方家諒解。

　　（二）精神分析與體驗分析相結合。精神分析和體驗分析同出一轍，但由於一說到「精神分析」，會讓人直觀聯想到弗洛伊德的「力比多」投射原理，所以筆者又加上了體驗分析作補充。實際上，隨著精神分析學的發展及研究者的嫻熟運用，它已經成爲考察主體精神體驗的一般方法，並非一定與「力比多」產生必然聯繫。其實，無論是精神分析還是體驗分析，在文學研究中都不能成爲一種方法，因爲文學就是「人學」，文學研究不可能脫離對人的精神體驗的分析。但隨著文學研究方法的豐富，文學研究脫離作家不僅可能而且還十分廣泛，這種趨向在「十七年」文學研究中尤爲明顯，筆者爲了闡明研究的立場，故將精神分析和體驗研究作爲諸多文學研究方法的一種在此提出。

　　（三）文本細讀。文本細讀不是本書集中體現的研究方法，但在論述的過程中處處都會用到。作爲一篇文學論著，本書的立足點是文學，企圖說明的也是文學中存在的問題。所以文學作品是最根本的支撐。本書進行的文學

細讀，並不局限於「新批評」（New criticism）學派所提倡的「細讀」（Close reading），而綜合運用了主題學、形態學、符號學、敘事學等多種文本細讀方法。在這些細讀方法中，體驗分析仍然是根本，因本書第三章要進行文本比較研究，故較多綜合運用其它研究方法。

　　以上是本書使用的基本研究方法，也代表了本書研究的基本立場。此外，本書在論述的過程中還使用了如歸納法、比較法、實證法、闡釋法等研究方法，因它們已成為文學研究必不可少的方法，也無關本書研究的特色，故不在此專門提及。

五、主要章節安排

　　本書在寫作過程中共分為四章。第一章：「意識形態的焦慮」的文化內涵，重在對這個概念進行解釋。本章分為兩節：第一節：「意識形態焦慮」的文化淵源，主要從世界無產階級文化運動的背景下，說明「意識形態的焦慮」在「十七年」文學中出現的必然性，它的本質是無產階級革命運動對文化的需要與無產階級文化自身準備不足的矛盾，在蘇聯文學建設初期，以及在中國革命文學、延安文學發展過程中，這個矛盾已經彰顯了出來。第二節：意識形態的焦慮的歷史淵源：從左翼文學到「十七年」文學，主要通過左翼文學與「十七年」文學具體語境的對比，說明「意識形態的焦慮」在「十七年」文學中集中爆發的歷史原因。第二章：「規範裂縫」：意識形態焦慮的具體表現，重在說明「意識形態的焦慮」在「十七年」文學中呈現的具體特徵。本章分為四節：第一節：空間中規範裂縫，主要從橫向的角度說明「十七年」文學規範存在的不確定性；第二節：時間中的規範裂縫，主要從縱向角度說明規範在不同歷史時期存在的不確定性；第三節：文學規範的話語裂縫，主要說明「十七年」文學規範話語自身存在不確定性。這三節內容從不同側面共同說明「十七年」文學規範並不是一個完整的整體。第四節：「規範裂縫」的本質和影響，主要從「規範裂縫」這一現象出發，說明「十七年」文學在發展過程中遭遇的政治性與文學性、一體化與多元性，民族性與現代性、超越性與合法性的諸多矛盾，它的本質是「意識形態的焦慮」，它的影響是使文學規範喪失了其本該具有的權威性和文化合法性。第三章：「交叉體驗」：意識形態焦慮下的作家生態，從一個側面展示在「意識形態的焦慮」的大背景下作家體驗的多元性，同時也從體驗的角度說明「十七年」文學對於二十

世紀中國文學的意義。本章分爲二節：第一節：「交叉體驗」的橫向狀態，
論文以部分解放本土作家、自由主義作家、左翼作家的生存體驗爲例，說明
他們在建國後體驗的「交叉性」；第二節：「交叉體驗」的個體狀態，主要表
現解放後作家精神體驗的「雙歧性」，以及在他們作品中的表現。第四章：
意識形態焦慮中的藝術探索，主要以「十七年」對外國文學的接受爲例，說
明在意識形態的焦慮下這一時期作家在藝術探索取得的成就。本章分爲三
節：第一節：意識形態的焦慮與「十七年」對外國文學資源的選擇，主要論
述意識形態焦慮對「十七年」對外國文學資源選擇的影響；第二節：意識形
態的焦慮與「十七年」對外國文學的接受特徵，主要分析「十七年」對外國
文學接受的主要方式及其在藝術探索上取得的成就；第三節：從中蘇文學關
係看「十七年」文學的藝術創造，主要以「十七年」文學對蘇俄文學接受爲
例，分析這一時期作家在藝術探索上的具體向度，以及取得的成就和存在的
不足。

六、研究的難點

　　「十七年」文學是個具有挑戰性的研究領域，筆者在把握它的過程中一
直存在著「基本立場」的困惑。文學史家王瑤曾經說過：「文學史的研究對象
雖然是文學，但它也是從屬於歷史科學的一個部門。」〔註3〕他指出了文學史
研究的兩方面任務：文學史研究的對象是文學，因此文學史的功能是去粗取
精、去僞存眞，在浩如煙海的文學作品中擇取優秀之作；文學史從屬於歷史
科學，也就是說文學史不僅有選擇的功能，還必須揭示出歷史發展的某種規
律。文學史研究的這兩種任務在一般時段上不存在問題，因爲只要有經典之
作進入文學史，就必然體現了文學發展的某種規律，但在「十七年」文學這
樣特殊的時段上，文學史研究就遭遇了難題：「十七年」文學儘管出現了傳播
廣泛的「紅色經典」，但這種「紅色經典」並不是文學史意義上的文學經典，
因此企圖用文學經典來展示歷史規律在這個時段上顯然失效。因此，對「十
七年」文學進行歷史化研究，選擇什麼樣的立場就顯得至關重要。本書在研
究過程中避開了文學的價值問題，堅持在「發生學」的立場上進行研究，即
這一時期文學爲什麼會呈現出這樣、而不是那樣的特徵，但這種立場常常會

〔註3〕王瑤：《王瑤全集》（第五卷），石家莊：河北教育出版社，第 662 頁，1990
年。

使研究逃逸了文學研究的基本範圍，它更像是政治文化史的梳理，其文學史的意義究竟在何處，常常讓筆者感到困惑。

其次，要清晰地展示出「非政治」視野下「十七年」文學的基本特徵，是一件非常困難的事情。「非政治」視野要求打破將「十七年」文學僅僅視為「政治文學」的文學史想像，展示出這一時期文學的內在複雜性，但「十七年」文學畢竟受到了政治的強烈干預，而且這一時期文學基本相似的文學主題，趨於統一的文學風格，都讓複雜性和多元性在其面前顯得蒼白無力。進入到具體研究之中，「意識形態的焦慮」、「交叉體驗」、「規範裂縫」等等現象既是客觀的存在，又顯得並不十分確定，因此如何對這些現象進行文學史定位就顯得十分困難。作為一種嘗試，本書的目的在於提出問題，揭示出這一時期文學呈現出但不曾為學界注意的特徵，而究竟怎樣對其合理定位和解釋，只能等待之後繼續深入，因此論文有很多不盡如人意的地方，還請以同情和寬容的態度予以海涵。

第一章：「意識形態的焦慮」的文化內涵

　　著名魯迅研究專家王富仁在其代表作《中國反封建思想革命的一面鏡子——〈吶喊〉、〈彷徨〉縱論》中說：「研究一個藝術品，只知道它裏面有些什麼、描寫了什麼還是遠遠不夠的，只知道它其中各個部件自身所可能包含的意義也是不夠的，我們必須注意它們各自在整個藝術品中的特定地位和作用。而要瞭解它們各個部件的特定地位和作用，我們便要首先發現這件藝術品思想和藝術的凝聚點，發現它們的各個部件的意義各向一個什麼中心歸攏，並在這個中心被連接了起來。」〔註 1〕「「十七年」文學」作爲獨立的文學概念，雖然存在的合法性不斷受到質疑，但在各種文學史著中還是被廣泛使用，而且也習慣將這一時段的文學作爲一個獨立單元進行介紹，這說明「十七年」文學」作爲一個整體已基本得到了學界的認可。作爲一個整體，「十七年」文學的「凝聚點」在什麼地方呢？這需要在比較中確定：與五四文學、新時期之後的文學相比，「「十七年」文學」與「延安文學」和「文革文學」一樣，受到政治的強烈干預，文學的主體性存在很大缺失。但是，僅僅將「十七年」文學認爲是「政治文學」，這一時期文學的個性特徵並沒有被揭示出來。如果再將「「十七年」文學」與「延安文學」、「文革文學」放在一個序列中進行比較，「十七年」文學的「凝聚點」可以用「意識形態的焦慮」來概括：「意識形態」體現出「十七年」文學的政治性，而「焦慮」則體現出它不同於延安文學和文革文學的個性特點。

〔註 1〕　王富仁：《中國反封建思想革命的一面鏡子——〈吶喊〉、〈彷徨〉縱論》，北京：北京師範大學出版社，第 12 頁，1986 年。

第一節：「意識形態焦慮」的文化淵源

在二十世紀中國文學史上，左翼文學、延安文學和建國後「二十七年」文學常常被作爲一個整體進行認識，而統攝它們的標準便是「政治文學」。這種概括具有不言自喻的特徵。如果將五四文學、新時期之後的文學視爲文學的常態，或者說是文學保持自足性的「純文學」狀態，左翼文學、延安文學和建國後「二十七年」文學在發展過程中無疑受到了政治的極大干預，是「非純文學」的時段。但隨著「純文學」和「文學自足性」神話的破滅，「政治文學」的合理性也自然要受到質疑：如果文學不可避免要與政治發生聯繫，也就不存在「政治文學」和「純文學」區分的必要性和合理性了。但是，左翼文學、延安文學和建國後「二十七年」文學與五四文學、新時期之後文學的差別依然客觀存在，當「政治文學」和「純文學」同時失傚之後，我們該如何看待這種差別呢？

「純文學」的失效基於兩種理論資源。第一種便是傳統馬克思主義的物質基礎和上層建築理論，在這種理論中，文學藝術是上層建築的一部分，要受到物質基礎的決定，因此隨著生產力的發展，社會從原始社會、奴隸社會、封建社會、資本主義社會向共產主義發展的過程中，文學藝術必然要相應的發生變化。按照這種理論，文學不可避免要與政治發生聯繫，因爲文學總是存在於一定的物質基礎和社會環境中，不可能出現脫離政治的「純文學」。在二十世紀中國文學中，革命文學的興起主要以這種理論爲依據，郭沫若、郁達夫、蔣光慈、成仿吾、瞿秋白、毛澤東、周揚等革命文藝理論家的經典理論是如此，而在「純文學」受到質疑的 90 年代末，一些左派學者將「純文學」視爲資本主義文學觀念的依據也是如此。另一種是新馬克思主義學者特里・伊格爾頓的審美意識形態理論。在特里・伊格爾頓的代表作《審美意識形態》中，他考察了美學話語的興起與資本主義意識形態的關係，認爲「審美從一開始就是個矛盾而且意義雙關的概念」，「一方面，它扮演著眞正的解放力量的角色——扮演著主體的統一的角色，這些主體通過感覺衝動和同情而不是通過外在的法律聯繫在一起，每個主體在達成社會和諧的同時又保持獨特的個性」；「另一方面，審美預示了馬克斯・霍克海默所稱的『內化的壓抑』，把社會統治更深地置於被征服者的肉體上，並因此作爲一種最有效的政治領導權模式而發揮作用。」〔註2〕審美與資本主義的關係就在於：與專制主義強制性

〔註2〕 （英）特里・伊格爾頓：《審美意識形態》，桂林：廣西師範大學出版社，第
16～17 頁，2001 年。

機構相反，維繫資本主義社會秩序的最根本的力量是習慣、虔誠、情感和愛，這種制度裏的強制力量已經被「審美化」。特里・伊格爾頓的理論與傳統馬克思主義有內在一致之處，但在世界無產階級文化運動處於低潮之際，更有效地揭示出審美與意識形態的複雜關係。這兩種理論都揭示出文學藝術與政治意識形態的必然聯繫，打破了「政治文學」與「純文學」的固有屏障，將二者置於同一平面之上。因此，如果在當代要在理論上揭示出左翼文學、延安文學和建國後二「十七年」文學與五四文學、新時期之後文學的區別，就需要在新馬克思主義提出的「審美意識形態」上繼續深入，此時的問題是：為什麼資本主義審美意識形態能夠得到廣泛的認可、並可以被認為「純文學」，而無產階級文學運動則必須通過強制性的力量來灌輸意識形態，從而在文學形態中留下鮮明的政治痕迹呢？

可以從二個角度來回答這個問題。第一個角度是特里・伊格爾頓在《審美意識形態》中的觀點，審美話語的形成是與資本主義意識形態的建構同步形成，因此資本主義價值觀一開始就成為審美的正統。這種觀點在很多現代事物中都具有可類比性，譬如現代民族國家就是現代性（資本主義興起）發生後的產物，但當代人在理解這一概念的過程中往往忽略了它出現的時代色彩。第二，可以從文化準備的角度來進行理解。資產階級文化自誕生以來已經歷了幾個世紀的文化積累，而無產階級文化卻沒有這麼漫長的文化準備時間；同時，隨著資本主義國家統治在世界範圍內趨於穩定，資本主義價值觀和文化日漸「普世化」，這也相應增加了無產階級文化普世化的難度，因此通過強力來保證文學的意識形態色彩就成為無產階級文化發展中必然的選擇。左翼文學研究專家艾曉明在評述二十世紀 20 年代蘇聯文學論戰的本質時，也曾經指出無產階級文化需要與無產階級文化準備不足的問題。

二十世紀 20 年代初期，蘇聯國內戰爭結束，國家轉入恢復國民經濟、進行和平建設的新階段，政治革命的勝利從根本上改變了人民的生存地位，廣大工農和勞動群眾對文化的要求和需要急劇增長，無產階級文學運動蓬勃興起。也就在此時，蘇聯文藝領導人圍繞無產階級是否應該建立自己的文化的問題展開激烈爭論，爭論的內容包括：無產階級文學的特性；無產階級文學與前代文學、同路人文學的關係；中共對文學應該採取什麼政策等問題。論戰的雙方，一方是俄共人民軍事委員托洛斯基和《紅色處女地》的主編沃隆斯基，另一方是以「拉普」的前身「崗位派」為代表。關於這場論爭的本質，艾曉明認為：

　　　　　　這場鬥爭表明，在新的歷史條件下，另外的一些問題的複雜性尖
　　　銳突出的呈現出來：在一個文化落後的國家，一方面是無產階級自身
　　　文化上的缺乏準備，另一方面是她所領導的革命對文化有迫切需要，
　　　那麼無產階級與前代文化遺產的關係，與同時代非無產階級文化的關
　　　係，與文化的精神主體知識分子的關係──這些關係如何處理，便成
　　　為完成文化革命和建設社會主義新文化的首要問題。〔註3〕

艾曉明的論述指出了二十世紀無產階級文化運動中存在的一個普遍現象：不
僅戰後蘇聯是一個「文化落後的國家」，二十世紀無產階級革命運動最高漲的
國家也都屬於「文化落後的國家」，因此無產階級文化「缺乏準備」的現象顯
得格外突出。而蘇聯無產階級文化論戰的一方──托洛斯基更直接提出了「無
產階級否定論」的看法，在理論上對無產階級文化發展存在的問題做出了更
深刻的分析。托洛茨基在《文學與革命》中認為：凡支配階級，都造就了自
己的文化，無產階級成為支配階級後，也要造就自己的文化。這是無產階級
文化肯定論的大前提。但他個人認為，現實的情況讓無產階級文化肯定論的
看法大打折扣。首先，從無產階級的實際狀況出發，資產階級和勞動階級歷
史的發展並不具有真實的類似性。資產階級文化的生長，經過了幾個世紀的
準備，而無產階級曾是而且仍然是一無所有的階級，它缺乏文化的準備，尤
其是「美學的無教育」。而且，無產階級專政期與歷史上其他階級專政期相比，
是一個相當短的時期，而且這時期還充滿了激烈的階級鬥爭。從時間和精力
上考慮，無產階級都不可能形成自己的文化。〔註4〕

　　無產階級文化自身準備不足在具體語境中主要表現為三個方面：首先是
無產階級文學藝術經驗積累不足的問題。在中國革命文學興起之初，指導和
約束文學的主要標準是來自國外的各種創作方法，這種文學發展的方式顯然
有悖於常理；其次，是無產階級文化的先進性與無產階級政治主體尚未確立
的斷裂。學者汪暉曾經將「階級」的概念分為兩個層面：第一種是結構性的
階級概念，譬如馬克思在資本主義生產方式上，把現代社會分化為三種階級，
即單純勞動力的所有者（工人）、資本的所有者（資本家）、土地的所有者（地

〔註3〕艾曉明：《中國左翼思潮探源》，北京：北京大學出版社，第16頁，2007年。
〔註4〕參見特羅茨基：《文學與革命》，韋素園、李霽野合譯，北京未名社印行，1928
　　　　年；托洛斯基：《文學與革命》（根據蘇聯紅色處女地出版社1923年第一版譯
　　　　出），外國文學出版社，1992年。

主），這種階級概念建立在高度抽象的基礎上，但能夠反應出社會的本質和基本矛盾；另一種是政治性的階級概念，它以具體時段為依託，反應出一定階段上階級關係的歷史性和複雜性，因此階級的類型比較豐富，譬如除了資本家、工人和大土地所有者外，還可能存在金融寡頭、農民、中間階級、小資產階級、流氓無產者、上層貴族等等。〔註5〕在結構性的階級關係中，無產階級與資產階級和地主之間是被剝削與剝削的關係，這也是階級鬥爭的基礎。但在政治性的階級關係中，複雜的社會構成沖淡了階級構成的純潔性，因此階級之間的關係就更為複雜。「無產階級文化」存在的可能性是建立在結構性階級概念之上，因此所表現的文化觀念相對於現實比較超前，而實際的情形則是結構性的無產階級主體性並沒有在社會中形成，因此就出現了革命的先進性與社會現實脫節的情況。王富仁曾經談到延安文學中存在的問題時說：「延安文學作為一種民族戰爭、革命戰爭的文藝形態實際已經深深地陷入到這種在當時歷史條件下根本無法克服的矛盾之中。在文學作品中，它則具體表現為廣大社會群眾的傳統文化心理與作家所主觀追求的先進性、革命性的矛盾。」〔註6〕具體說來：作家如果片面追求自己作品的先進性和革命性，就必然會脫離普通社會群眾的傳統文化心理，從而將普通社會群眾的革命性轉變描寫得帶有虛假性，使藝術描寫缺少震撼人心的巨大力量，而作品的先進性和革命性也像是貼在作品上的標籤；但是，如果作家更注重描繪普通社會群眾的真實文化心理，那麼作品的先進性和革命性就要受到嚴重的影響。延安文學中存在的問題，在整個二十世紀中國無產階級文學中普遍存在。最後，無產階級文化發展中的「代言」困惑。無產階級文化的創作主體應該是無產階級自身，但由於無產階級缺乏必要的美學準備，因此二十世紀無產階級文化創造的主體出現了知識分子「代言」的境況。為了保證無產階級文化的純潔性，「代言者」被要求在集體主義立場進行創作：「革命文學應當是反對個人主義的文學，它的主人翁應當是群眾，而不是個人；它的傾向應當是集體主義，而不是個人主義。所謂個人只是群眾的一分子，若這個個人的行動是為著群眾的利益的那麼當然是有意義的，否則，他便是革命的障礙。革命文學的任務，是要在此鬥爭的生活表現出群眾的力量，暗示人們以集體主義的

〔註5〕 汪暉：《去政治化的政治、霸權的多重構成及六十年代的消逝》，《開放時代》，2007 年第 2 期。

〔註6〕 王富仁：《延安文學有重新加以研究的必要》，《學術月刊》，2006 年第 2 期。

傾向。」〔註7〕「我們要為這四種人服務（即工農兵和城市小資產階級——引者注），就必須站在無產階級的立場上，而不能站在小資產階級的立場上。」〔註8〕這種約束在理論上具有可行性，但在實際判斷中卻極易產生歧義，如何判斷一個作家是否站在集體主義的立場上，讀者、作家、評論家很難完全達成統一，最終只能由政治家進行評判。這也是托洛斯基否定「無產階級文化」的原因之一，他認為：無產階級專政目的是促使無產階級的發展，當環境變得更宜於新文化的創造時，無產階級便要逐漸消融於社會主義社會中，並使自身脫離階級的特性，這期間產生的文化，乃是一種無階級的全民文化。〔註9〕托洛斯基的話在更深層次揭示了「無產階級文化」的內在矛盾，在無產階級需要創造自己文化的時候，他們缺乏了文化創造的能力，所謂「無產階級文化」只能由其他有文化表達能力的人進行「代言」（這並不能算是無產階級文化），而當無產階級具有自我表達能力的時候，無產階級已經走向了消亡，也不可能出現所謂的「無產階級文化」。托洛斯基的「無產階級否定論」的看法並不一定符合二十世紀無產階級革命運動的實際，但它揭示了一個事實，二十世紀出現的無產階級文化運動並不是純正的無產階級文化，而是一種被代言、被建構的無產階級文化運動。綜上所述，如果我們將二十世紀被代言的無產階級文化也視為無產階級文化的話，它的內在矛盾決定了它在人類文化史上始終只能以「先鋒」的姿態出現，它的革命意義顯然超過美學意義。

無產階級文化的內在矛盾決定了它的發展限度，雖然其存在的合法性受到了質疑，但它在二十世紀出現還是有著必然的因素。從中國無產階級文學運動的實際來看，無產階級文學包含了三種功能：表達功能、工具功能和審美功能。無產階級文學的表達功能，即要求文學表達無產階級的情感、欲求和思想，無產階級文化運動的合法性、革命性和批判性都包含在這一層面。在資本主義政體下，由於無產階級處於被壓迫的地位，缺乏必要的文化訓練，因此他們無法直接參與到人類文化的建構之中，他們的情感和欲求都無法得

〔註7〕 蔣光慈：《關於革命文學》，《關於革命文學》，上海光華書局出版，第 26 頁，1928 年。

〔註8〕 毛澤東：《在延安文藝座談會上的講話》，《毛澤東選集》，北京：人民出版社，第 856 頁，1991 年。

〔註9〕 參照特羅茨基：《文學與革命》，韋素園、李霽野合譯，北京未名社印行，1928 年；托洛斯基：《文學與革命》（根據蘇聯紅色處女地出版社 1923 年第一版譯出），外國文學出版社，1992 年。

到相應的表達，資產階級文化霸權正是在這樣的語境中得以出現。無產階級文化運動要求爭取無產階級的文化表達權，實現人類在社會地位和文化表達上的公平和平等，這決定了它的革命性和批判性、以及出現的合法性。葛蘭西、伊格爾頓、薩伊德、魯迅等學者對資產階級文化霸權的批判，其批判的武器正是文化的表達權問題。無產階級文學的工具功能，即文學的宣傳教育功能，二十世紀無產階級文化運動與無產階級革命運動同時興起，這也決定了無產階級文學不可能脫離功利化發展路徑。無產階級文化的工具功能表現在兩個方面，第一，它在無產階級革命主體性尙未確立的時機，具有喚醒階級主體性的功能。傳統馬克思主義認為，階級主體形成是一個創作的過程，很多非無產階級因為同樣處於被壓迫的地位，通過宣傳教育可以形成無產階級的階級主體，「那是鑒於他們行將轉入無產階級的隊伍，這樣，他們就不是維護他們目前的利益，而是維護他們將來的利益，他們就離開自己的原來的立場，而站到無產階級的立場上來。」〔註10〕所以，無產階級文化不僅需要超前發展，而且在革命過程中具有不可或缺的作用。第二，當無產階級革命運動進入組織化階段後，無產階級文化具有為革命鬥爭直接服務的功能，列寧在《黨的組織和黨的出版物》、毛澤東在《在延安文藝座談會上的講話》中，都提出黨的文藝是黨的總的事業的「齒輪和螺絲釘」，將無產階級的工具功能發揮到極致。無產階級文學的審美功能，即無產階級文學作為「文學」必須具有審美的功能。魯迅曾經說過：「但我以為一切文藝固是宣傳，而一切宣傳卻並非全是文藝，這正如一切花皆有色（我將白也算作色），而凡顏色未必都是花一樣。革命之所以于口號，標語，布告，電報，教科書……之外，要用文藝者，就因為它是文藝。」〔註11〕瞿秋白也曾經一針見血地指出錢杏邨在文藝批評上的缺陷：「以前錢杏邨的批評，要求文學家無條件把政治論文抄進文藝作品裏去，這固然是他不瞭解文藝的特殊任務，在於『用形象去思考』。錢杏邨的錯誤不在於他提出了文藝的政治化，而在於他實際上取消了文藝，放棄了文藝的特殊工具。」〔註12〕延安整風中，延安文藝界對教條主義的批判；「十七年」文學中對公式化、概念化的批判，其共同的主題都是強調了無

〔註10〕《馬克思恩格斯選集》（第一卷），北京：人民出版社，第262頁，1972年。
〔註11〕魯迅：《文藝與革命》，《魯迅全集》（第四卷），北京：人民文學出版社，第85頁，2005年。
〔註12〕易嘉（瞿秋白）：《文藝的自由和文學家的不自由》，《現代》，1932年第6期。

產階級文學的審美功能。在無產階級文化的三種功能中，其內在矛盾主要制約了審美功能的實現，但由於無產階級文學的三種功能有機地融合在一起，因此總體制約了無產階級文化的發展和成熟，這也是「意識形態的焦慮」的深層文化淵源。

第二節：意識形態焦慮的歷史淵源：從左翼文學到「十七年」文學

雖然無產階級文化的三種功能是一個整體，但在不同的歷史階段上其側重點並不相同，因此意識形態的焦慮的表現程度也不相同。在30年代左翼文學發展過程中，無產階級文化主要承擔了表達和階級塑造的功能，審美功能在一定程度上被擱置了起來。郭沫若在「革命文學」論爭的初期，並不贊同將藝術降級為宣傳品的簡單做法，他認為：「藝術家要把他的藝術來宣傳革命，我們不能議論他宣傳革命的可不可，我們只能論他所藉以宣傳的是不是藝術。假如他宣傳的工具確是藝術的作品，那他自然是個藝術家。這樣的藝術家拿他的作品來宣傳革命，也就和實行家拿一個炸彈去實行革命是一樣，一樣對於革命事業有實際的貢獻。」〔註13〕但隨著革命文學的發展，郭沫若改變自己的立場，稱「當一個留聲機器──這是文藝青年們的最好的信條」，認為「無意識的衝動而且有滿足人類愛美本能的」作品，是「不革命乃至反革命的作品」。〔註14〕郭沫若的這種轉變並非偶然，在革命文學興起之初，無產階級文學要表現出自己的獨特性，只能在其功能上有所側重和拋棄，革命文學家顯然側重了無產階級文學表達功能所具有的革命性，有意忽略其審美的功能。《中國青年》雜誌曾經發表宣言：「我們對文學的看法是，如果它表現現代生活，被壓迫的人民能夠在實際生活基礎上喊出他們的苦痛和希望，它就足夠了。我們一點不注重形式美。說心裏話，我們在某種程度上恨徐志摩那種美。」〔註15〕當革命文學的旗幟在30年代樹立之後，無產階級文學審美功能缺失的問題也暴露了出來，但他們通過在五四文學傳統中汲取營養，從而緩解了危機，左翼文學的優秀作品，如茅盾的《子夜》、《蝕》、《虹》，丁

〔註13〕郭沫若：《藝術家和革命家》，《關於革命文學》，上海：上海光華書局出版，第30頁，1928年。
〔註14〕麥克昂（郭沫若）：《留聲機器的回音》，《文化批判》1928年第3號。
〔註15〕《中國青年》第121期，1926年5月30日。

玲的《水》、《母親》等,都與五四文學有著密切的聯繫,客觀的講,它們並不是純正的無產階級文學作品。

延安文學時期,無產階級革命已經步入組織化的階段,但由於中國共產黨領導下的邊區政權還處於在野階段,因此無產階級文化在客觀上承擔了工具功能和表達功能。毛澤東在《新民主主義論》中,將中國共產黨領導下進行的反帝反封建的鬥爭確定爲「新民主主義革命」,這實際承認了無產階級作爲一個結構階級在中國並沒有形成的事實,因此無產階級文化承擔的第一個任務便是階級塑造的功能;另一方面,延安時期,中國共產黨領導的無產階級革命運動已經步入了組織化、規模化的階段,在民族戰爭和解放戰爭的語境下,文學作爲總的革命事業工具的作用在客觀上已經被決定。無產階級文化的組織化和革命化,限制了無產階級文化的表達功能,王實味、丁玲、艾青、蕭軍等作家對延安文藝體制的挑戰,本質便是無產階級文化的表達功能與工具功能出現矛盾的表現,但是戰爭語境在一定程度上掩蓋和消解了這一矛盾。毛澤東《在延安文藝座談會上的講話》中將暴露與歌頌的關係作爲核心內容之一,其用意即在於指導文藝家如何處理無產階級文化表達功能與工具功能的矛盾。毛澤東說:「對於革命的文藝家,暴露的對象只能是侵略者、剝削者、壓迫者及其在人民中所遺留的惡劣影響,而不能是人民大眾。人民大眾也是有缺點的,這些缺點應當用人民內部的批評和自我批評來克服,而進行這種批評和自我批評也是文藝的重要方式之一。」「對於人民的缺點是需要批評的,我們在前面已經說過了,但必須站在人民的立場上,用保護人民、教育人民的滿腔熱情來說話。」〔註16〕毛澤東在講話中對無產階級文化的表達功能進行了重新闡釋,他在講話中將解放區假想爲無產階級政治集體,從而引發出無產階級文化履行表達功能時的方式問題,由於解放區在當時的政治格局中處於弱勢的地位,他的解釋在一定程度上緩解了這種矛盾。

新中國建立後,人民民主專政建立在理論上標誌著無產階級文化表達功能和工具功能的終結,審美功能成爲這一時期無產階級文化的唯一功能。首先,人民民主專政的建立使無產階級從被壓迫的地位中解放出來,文化表達權的問題已經解決;其次,人民民主專政的建立標誌無產階級的革命主體已經確立,無產階級文化即無需承擔階級塑造的功能;最後,無產階級革命的勝利爲無產階級文化創作提供了寬鬆的環境,它不需要再次被組織化到革命

〔註16〕《毛澤東選集》,北京:人民出版社,第872頁,1991年。

的總體事業之上，唯一的功能是創造出偉大的無產階級文學作品，靜等全民文化時代的到來。然而現實的情形並非如此。由於無產階級文化自身準備的不足的缺陷，雖然無產階級革命已經取得了勝利，但無產階級依舊無法具備自我表達的能力，所謂無產階級文學實際還是處於被「代言」的情形，這在「十七年」作家的構成中找到答案，在「十七年」獲得寫作權利的作家，雖然解放區作家佔據了很大的比重，但真正是工農出身的作家少之又少。而且，由於中國革命的特殊性，儘管新中國的建立標誌著無產階級革命的勝利，但無產階級的結構主體並沒有完全確立，新生政權要在「冷戰」的格局中保證自己的勝利的果實，必須繼續通過文化實現對無產階級革命主體的塑造。這些因素要求新中國必須通過國家權力保證無產階級文化的純淨性，「十七年」文學制定文學規範、進行大批判運動目的即爲了此。新中國解放前夕喬木（喬冠華）在《大眾文藝叢刊》上發表《文藝創作與主觀》，對胡風文藝思想進行了系統批判，「具有強烈的意識形態循喚的示範作用。」〔註17〕對此，胡風寫出了《論現實主義的路》進行了辯解，在文章中「胡風試圖證明：他一直在『從實際出發』的原則下，堅持走『作家和人民結合』的道路」，〔註18〕胡風說：「全民性的愛國主義是以人民性的愛國主義做中心的。換句話說，並不是反帝反封建的鬥爭現在僅剩下了反帝，而是以反帝來規定並保證反封建，以全民性的愛國主義來規定並保證人民性的愛國主義，即社會鬥爭的。」〔註19〕胡風的辯解實際是對無產階級文化合法性的質疑，這也是「十七年」文學意識形態焦慮第一個方面的內容：階級主體的焦慮。

在新中國文化語境中，無產階級文化權威性的樹立不僅需要政治外力，還需要自身創作成就來證明；同時，在國際「冷戰」的格局下，東西陣營的較量充斥在各個方面，文學創作的成就也是重要的內容。這些因素都是對無產階級文學審美功能的巨大考驗。無產階級文化的內在矛盾決定了無產階級文學的審美限度，爲了保證無產階級文學創作的成就，「十七年」文學規範常常處於變動之中，這也反映出「十七年」意識形態焦慮的第二方面的內容：無產階級文化的審美焦慮。

〔註17〕王麗麗：《在文藝與意識形態之間：胡風研究》，北京：中國人民大學出版社，第 165 頁，2003 年。

〔註18〕同上，第 170 頁。

〔註19〕胡風：《論現實主義的路》，見《胡風全集》（第 3 卷），武漢：湖北人民出版社，第 475 頁，1999 年。

　　綜上所述，由於歷史語境的變遷，無產階級文化的內在矛盾在這一時期集中呈現了出來，「焦慮」成為這一時期文學的整體特徵，在之後的章節裏，本書將從規範裂縫、作家生態、藝術探索等方面具體闡述它的表現。

第二章：「規範裂縫」：意識形態焦慮的具體表現

　　「意識形態的焦慮」在「十七年」文學中集中表現爲文學規範中裂縫的存在。「文學規範」是北京大學洪子誠教授提出的文學史概念，特指在二十世紀40～70年間政治對文學的塑造過程和塑造手段。具體來說，它由兩個層面構成：第一個層面爲文學的「外部規範」，譬如文學出版制度、文學領導制度等等。另一層面爲文學的「內部規範」，是這一時期文藝領導者對文學創作進行的具體指導，譬如文學題材的選擇、典型人物的塑造、創作方法的使用等等。洪教授提出這個概念，是爲了更加細密地揭示這一時期政治對文學干預的過程，爲其另一個文學史概念「一體化」提供佐證，因此他所說的「文學規範」重在形式，而沒有側重內容，即規範者究竟想把新中國文學塑造成什麼樣式，在他那裡並不是重點。其實，如果中性地認識「文學規範」，它不僅是政治對文學的塑造過程，也是新中國文藝領導者想像新中國文學的主要方式。而就這個角度而言，兩個層面「文學規範」的意義並不相同：文學的外部規範在當代文學中具有穩定性和持久性，但它對文學形態只能產生間接的影響。譬如「十七年」創建的文學體制，貫穿當代文學發展的始終，但當代文學的面貌和形態在發展中卻發生了千差萬別的變化；再譬如，中國當代文學體制在很大程度上因襲了蘇聯文學體制，但兩國文學面貌的差異也很大。這說明文學體制可以對文學產生作用，但並不能直接影響文學的具體面貌。文學的內部規範直接左右了作家的創作過程，而且對「十七年」文學的整體發展起到了調整、指導的作用，是新中國文藝領導人進行文學想像的主要方式。按理說，如果新中國文藝領導者對新中國文學有成熟而嚴密的設想，同

時也爲了保證「規範」的權威性，「十七年」文學的「內部規範」應該是一個穩定而嚴密的整體，而且在這個整體中，接受者可以感知到一幅清晰而具體的文學圖景。然而，「十七年」文學「內部規範」並不十分穩定，在空間（文學規範之間）、時間（不同時期的文學規範）、話語（文學規範的話語表述）等方面都存在著明顯的「裂痕」，這說明新中國領導人雖然強調新中國文學的社會主義色彩，但對於如何建設並沒有具體而嚴密的設想，因此在指導文學的過程中就出現了自相矛盾、前後不一的問題，這也正是「意識形態的焦慮」的具體表現。

第一節：空間中的規範裂縫

一、「辯證法式」表達與規範的「裂縫」

美國學者弗朗西斯・蘇在他的《毛澤東的辯證法理論》一書中說，「我們相信，不充分瞭解其哲學基礎，就不可能眞正理解毛澤東及其思想。因爲正是毛澤東的哲學基礎才是他的一切理論著作和革命活動的起點。」〔註1〕如果我們把1949～1966年間的文學規範視爲毛澤東文藝思想的具體表現，那麼也可以說，不瞭解毛澤東文藝思想的哲學基礎，也就無法眞正理解這一時期的文學規範。

毛澤東文藝思想的哲學基礎，「用一句話來概括就是：辯證唯物論和歷史唯物論。」〔註2〕然而，如果僅僅從辯證唯物論和歷史唯物論的結合來認識毛澤東文藝思想，其將「馬克思主義一般原理和中國革命相結合」的個性特徵並不能充分的展示出來，因爲辯證唯物論和歷史唯物論只是馬克思主義的一般特徵。毛澤東文藝思想的個性特徵在於他靈活地運用了辯證唯物論的原理，從而使其文藝思想能夠在中國革命實踐中始終保持著靈活性和包容性。我們可以從辯證唯物論和歷史唯物論在毛澤東文藝思想的不同作用來認識這一點。在毛澤東文藝思想中，歷史唯物論是其認識文藝的基本出發點，他指出：「馬克思說：『不是人們的意識決定了人們的存在，而是人們的社會存在

〔註1〕 （美）弗朗西斯・蘇：《毛澤東的辯證法理論》，北京：中共中央黨校科研辦公室編印，第7頁，1985年。

〔註2〕 李衍柱、李戎：《毛澤東文藝思想概論》，濟南：山東文藝出版社，第100頁，1991年。

決定人們的意識。』他又說：『從來的哲學家只是各式各樣的說明世界，但是重要的乃在於改造世界。』這是自有人類歷史以來第一次正確地解決意識和存在關係問題的科學的規定，而爲後來列寧所深刻地發揮了的能動的革命的反映論之基本的觀點。我們討論中國文化問題，不能忘記這個基本觀點。」這種認識文化的立場，是毛澤東在《新民主主義論》、《在延安文藝座談會上的講話》等一系列文藝論著、文藝講話中的基本出發點。然而，如果我們客觀地評價毛澤東文藝思想，歷史唯物主義只是讓他在馬克思主義的立場上認識文藝，並沒有成就其文藝思想的個性特徵。毛澤東文藝思想的創造性和個性特色的理論基礎是辯證唯物論，我們可以從其文藝思想的表現形式中體察到這一點：毛澤東文藝思想的範疇體系都是以辯證統一的形式出現：譬如「源與流」、「普及與提高」、「繼承與革新」、「歌頌與暴露」、「政治性與眞實性」、「思想內容與藝術形式」、「革命的現實主義與革命的浪漫主義」等等，這些對立統一的概念不僅揭示了新民主主義文化和社會主義文化建設中的關鍵問題，還使其文藝見解在實踐中具有可以根據實際情況進行靈活調整的彈性。譬如毛澤東提出「文藝爲工農兵服務」，但他並沒有規定文藝必須爲「工農兵」服務，而是要求文藝爲「人民大眾」服務，然而「什麼是人民大眾呢？最廣大的人民，占全人口百分之九十以上的人民，是工人、農民、兵士和城市小資產階級。所以我們的文藝，第一是爲工人的，這是領導革命的階級。第二是爲農民的，他們是最廣大最堅決的同盟軍。第三是爲武裝起來了的工人農民即八路軍、新四軍和其他人民武裝隊伍的，這是革命戰爭的主力。第四是爲城市小資產階級勞動群眾和知識分子的，他們也是革命的同盟者，他們是能夠長期地和我們合作的。」〔註3〕在這種論述中，文藝爲「工農兵」和爲「工農兵之外的人民」之間形成了一種張力結構，從而避免了理論的機械性。再譬如「歌頌和暴露」的關係，毛澤東並沒有規定必須歌頌不能暴露，而是強調歌頌和暴露必須考慮語境因素：「魯迅處在黑暗勢力的統治下，沒有言論自由，所以用冷嘲熱諷的雜文形式作戰，魯迅是完全正確的。」〔註4〕而身在解放區的作家，面對的是革命群眾，所以就不能使用魯迅式的文藝形式。這種論述也使當時的文藝工作充滿了靈活性。所以，如果要總結毛澤東文藝思想的個性特點，辯證法是最好的概括。

〔註3〕毛澤東：《毛澤東文藝論集》，北京：中央文獻出版社，第58頁，2002年。
〔註4〕同上，第76～77頁。

　　「十七年」文學規範作爲毛澤東文藝思想的具體表現，辯證法也是其顯著的特色之一。如果我們把這一時期的文學規範簡略進行梳理，可以得出以下辯證統一的矛盾序列：解放區文藝與其它地區文藝的關係；文藝爲工農兵服務與爲工農兵之外讀者服務的關係；歌頌與暴露的關係；寫新的英雄人物與寫「中間人物」、落後分子的關係；百花齊放、百家爭鳴與保證社會主義文藝方向的關係；革命現實主義與革命浪漫主義的關係；形象思維與邏輯思維的關係；文藝眞實與政治眞實的關係；「趕任務」與作品眞實性的關係等等。這一時期文藝領導人除了在「極左」時期，處理這些關係都非常靈活。譬如在第一次「文代會」上，周揚將解放區文藝確定爲「新的人民的文藝」的唯一方向，但大會並沒有因此完全否定國統區作家的文藝實踐，茅盾在《在反動派壓迫下鬥爭和發展的革命文藝——十年來國統區革命文藝運動報告提綱》中，依舊對國統區文藝給予總體性的肯定：「從鬥爭的總目標上看，國統區和解放區的文藝運動是一致的；從文藝思想發展的道路上看，雙方在基本上也是一致的；而就國統區的革命文藝運動的主流來說，最近八年來也是遵循著毛主席的方向而前進，企圖同人民靠攏的。」〔註5〕再譬如「十七年」文學對「文藝爲工農兵服務」的貫徹，當時的文藝領導者也充分貫徹了毛澤東提出這個口號時體現的辯證法思想。周恩來在第一次「文代會」的報告中說：「我們主張文藝爲工農兵服務，當然不是說文藝作品只能寫工農兵。比方寫工人在未解放以前的情況，就要寫到官僚資本主義的壓迫；寫現在的生產，就要寫到勞資兩利；寫封建農村的農民，就要寫到地主的殘暴；寫人民解放戰爭，就要寫到國民黨軍隊裏的那些無謂犧牲的士兵和那些反動軍官。所以我不是說我們不要熟悉社會上別的階級，不要寫別的階級的人物，但是主要的力量應該放在哪裏，必須弄清楚，不然就不可能反映出這個偉大的時代，不可能反映出創造這個偉大時代的偉大的勞動人民。」〔註6〕周揚也說：「文藝可以描寫一切階級、一切人物的活動，工農兵的生活和鬥爭也只有在與其它階級的一定關係上才能被全面的表現出來。」〔註7〕這樣的例子還有很多。1956年中共提出「百花齊放、百家爭鳴」的文化方針，中央宣部部長陸定一在《百

〔註5〕洪子誠編：《中國當代文學史料選》，北京：北京大學出版社第，第34頁，1995年。

〔註6〕周恩來：《周恩來選集》（上），北京：人民出版社，第353頁，1980年。

〔註7〕洪子誠編：《中國當代文學史‧史料選》（上），北京：北京大學出版社，第157頁，1995年。

花齊放,百家爭鳴》的報告中說:「要使文學藝術和科學工作得到繁榮的發展,必須採取『百花齊放,百家爭鳴』的政策。文藝工作,如果『一花獨放』,不論那朵花怎麼好,也是不會繁榮的。」但同時他又指出:「我們又要看到,在階級社會裏,文學藝術和科學工作畢竟要成為階級鬥爭的武器。」「有為工農兵服務的文藝,有為帝國主義、地主、資產階級服務的文藝。我們所需要的,是為工農兵服務的文藝,為人民大眾服務的文藝。」〔註8〕

辯證式的文藝規範,顯示出這一時期文藝領導的科學精神:在強調文藝政治性的前提下,力求最大限度地給予文學發展的自由空間。而且,雖然規範的形式是辯證的,但在特定時段上的內涵十分確定。不過形式也可以決定內容,只要規範採用了辯證法的形式,無論其內涵如何確定,其自身存在的矛盾性還是會造成接受的裂縫。

第一次「文代會」結束以後,出席大會的上海代表向上海文藝界傳達了大會精神,陳白塵在報告「文藝為工農兵服務」的精神時說:「文藝為工農兵,而且應以工農兵為主角,所謂也可以寫小資產階級,是指在以工農兵為主角的作品中可以有小資產階級、資產階級的人物出現。」〔註9〕陳白塵的發言,引起了另一名代表洗群的不滿,五天後,洗群在《文匯報》的「磁力」文藝副刊發表了《關於「可不可以寫小資產階級」的問題》的商榷文章。洗群說:「在北平的文代會上,至少我個人是沒有聽到和看見到與他的意見相同的報告和決議的,也沒有讀到過刊載類似這種意見的任何文件。」相反,「我們在北平的一連串的觀摩演出裏,曾經看到過一次華北文工團所演出的《民主進行曲》。這個戲,就是專門寫知識分子(小資產階級)的;可是這演出並沒有因為劇中沒有以工農兵為主角而出現那麼多知識分子(小資產階級)而遭受到批評,或被否定。」針對洗群的質疑,陳白塵又在《文匯報》上發表了《「誤解之外」》的答覆文章,他首先聲名《文匯報》的報導對他的要點有所「誤解」,並重申自己的看法:「和工農兵在社會上已經取得了主人公的地位一樣,在文藝作品中,他們也應該取得主角的地位。因之,在整個文藝創作裏講,專門描寫知識分子、小資產階級的作品(如洗群兄所舉的例子《民主青年進行曲》)不應該佔有太多的份量。」而「在一般作品裏,也不一定是專門寫工農兵的,城市小市民,知識分子等等也出現的。但問題在於著重在哪兒——也就是說,應該誰做主角呢?應該是工

〔註8〕《人民日報》,1956年6月13日。
〔註9〕《文匯報》,1949年8月22日。

農兵，而不是小資產階級。」所以，他主張：「在今後的新解放了的上海，對於小資產階級知識分子的描寫，與其從『可不可以』這方面提問題，倒不如把它和工農兵列在一起先來確定它『一定的適當的位置』更爲重要。這樣才不會鬆懈了對這個問題的正面的理解。」〔註10〕陳、洗的爭論引起了上海文藝界的普遍關注，圍繞「小資產階級的人物可不可以作爲文藝作品的主角」，上海文藝界發生了建國以來第一次有規模的文藝論爭。

　　作爲一個案例，陳、洗論爭在建國後非常有代表性。就「文藝爲工農兵服務」的精神來說，它要求作家在全國政治形勢發生劇烈變化的背景下，「深入工農兵、深入實際鬥爭，經過學習馬列主義和學習社會來完成這樣一個變化」〔註11〕，其目的是整頓思想，改造作家的世界觀。但是，當「文藝爲工農兵服務」以辯證的形式成爲作家創作的規範時，它就變成了一個「題材選擇」的問題，因此就會出現接受者理解的差別。應該說，陳、洗的觀點都沒有偏離「文藝爲工農兵服務」的字面意思，既便是提出「可不可以寫資產階級」問題的洗群，也並沒有否定「文藝爲工農兵服務」的方針，他只是「擔心別人今後不許再寫小資產階級了，擔心別人把『第二可以爲小資產階級』也給取消了」〔註12〕。

　　「十七年」文學中類似的例子並不鮮見。伴隨「文藝爲工農兵服務」思想的貫徹，描寫「新的英雄人物」成爲作家創作的新要求。周揚在第二次「文代會」上明確地指出：「社會主義現實主義首先要求我們的作家去熟悉人民的新的生活，表現人民中的先進人物，表現人民的新的思想和感情。」「文學作品所以需要創造正面的英雄人物，是爲了以這種人物去做人民的榜樣，以這種積極的、先進的力量去和一切阻礙社會前進的反動的和落後的事物作鬥爭，不應將表現正面人物和揭露反面現象兩者割裂開來。但必須表現出任何落後現象都要爲不可戰勝的新的力量所克服。」〔註13〕周揚在強調規範的過程中，非常重視對「辯證法」的運用，既要求作家創作「新的英雄人物」，但並沒有否決揭露反面現象

〔註10〕《文匯報》，1949 年 9 月 3 日。

〔註11〕何其芳：《一個文藝創作問題的爭論》，《文藝報》，第 1 卷第 4 期。（《文匯報》1949 年 11 月 16、19 日連載。）

〔註12〕洗群：《文藝整風粉碎了我的盲目自滿——從反省我提出「可不可以寫小資產階級」的問題談起》，《文藝報》，1952 年 2 月 1 日。

〔註13〕周揚：《周揚文集》（第 2 卷），北京：人民文學出版社，第 250～251 頁，1985年。

的必要性；而在允許作家揭露反面現象的同時，又要求他（她）們表現出新的力量的不可戰勝性。但在創作實踐中，最嚴密的「辯證法」往往暴露出最大的「裂縫」：首先，周揚「創造正面的英雄人物」涉及到理想與現實的差距問題。周揚一方面要求作家首先「去熟悉人民的新的生活，表現人民中的先進人物、表現人民的新的思想和感情。」「當前文藝創作的最重要最中心的任務是表現新的人物和新的思想」；而另一方面，他又強調「必須根據現實生活」塑造英雄人物，「根據實際生活創作各種各樣的人物」。這對於接受者來說，最難平衡的是理想與現實之間的差距問題。在理論上，勞動人民具有許多優秀的品質和先進的思想和情感，但在現實當中，他們的優秀品質和先進思想常常被日常生活沖淡；並且，由於在「舊中國」勞動人民長期沒有受到先進文化的薰陶，日常生活中的他們常常具有多面的特徵，這也給創作帶來了很大的壓力。其次，周揚的論述還體現出政治性與真實性的矛盾。一方面，周揚強調「決不可把在作品中表現反面人物和表現正面人物兩者放在同等的地位。」在描寫英雄人物的時候，可以「有意識地忽略英雄人物身上不重要的缺點」；但另一方面，周揚又說：「不應將表現正面人物和揭露反面現象兩者割裂開來」，「英雄是只能從人民生活中去發現的，而不能憑空地去虛構。」「英雄人物並不是一定在一切方面都是完美無暇的。」〔註14〕接受者看到這樣的要求不免困惑：在創作中表現正面人物與表現反面人物的比例究竟如何控制；作家可不可以寫英雄的缺點；作家應該在多大程度上「真實表現」和「忽略」英雄的缺陷。表現「新的英雄人物」的口號提出之後，立即引起了廣泛的探討，《文藝報》、《長江日報》、《解放軍文藝》都大量發表了這方面的理論文章，討論的正是上述的問題。「十七年」文學規範採用辯證法的表達形式，既保持了文藝政策的靈活性，也暴露了文學規範的裂縫。

二、規範類型之間的裂縫

在宏觀上的視野上，「十七年」文學規範可以分成兩類：一類是對文學的政治關懷，譬如要求文學「為工農兵服務」；塑造「新的英雄人物」；堅持「社會主義現實主義」和「兩結合」的寫作方法；剔除創作中的「小資產階級」、「修正主義」傾向等等，這些規範強調了文學的意識形態功能。另一類規範

〔註14〕周揚：《周揚文集》（第2卷），北京：人民文學出版社，第251～252頁，1985年。

則比較強調文學的自身規律性，防止文學因過度政治化而出現「教條主義」和「公式主義」的缺陷。無論在理論上、還是在現實中，這兩類規範都不可避免要發生矛盾：對文學進行過於煩瑣的政治規範，必然導致文學創作中出現「公式主義」和「教條主義」；而強調藝術與生活的聯繫，生活的豐富性必然會擊潰政治規範的機械性。

在藝術性與政治性的關係問題上，新中國領導人也意識到兩者之間的本質矛盾，因此早在延安時期就已經確定了「政治第一、藝術第二」的標準。毛澤東《在延安文藝座談會上的講話》中就說：「又是政治標準，又是藝術標準，這兩者的關係怎麼樣呢？政治並不等於藝術，一般的宇宙觀也不等於藝術創作和批評的方法。我們不但否認抽象的絕對不變的政治標準，也否認抽象的絕對不變的藝術標準，各個階級社會中的各個階級都有不同的政治標準和不同的藝術標準。但是任何階級社會中的任何階級，總是以政治標準放在第一位，以藝術標準放在第二位的。」〔註 15〕在建國初期，由於社會主義改造的需要，新中國文藝領導者更加強化了政治標準的重要性。1950 年初，茅盾在《人民文學》社舉辦的「創作座談會」上談到了文藝創作與完成政治任務、配合政策宣傳的關係問題，他指出：如果能夠使作品既能夠完成政治任務，又有高度的藝術性，當然最好，但在兩者不能兼得的情況下，「那麼，與其犧牲了政治任務，毋寧在藝術上差一些。」他說這樣講「是不太科學的」，因「趕任務」而不得不寫自己尚未成熟的東西，對「一位忠於文藝的作者也確是有幾分痛苦的」，但他仍然要求作者以「趕任務」為光榮，「因為既然有任務要交給我們去趕，就表示了我們文藝工作者對革命事業有用，對服務人民有長」，所以「如果為了追求傳世不朽而放棄現在的任務，那恐怕不對。」〔註 16〕針對茅盾的講話，1950 年 10 月，邵荃麟也在《文藝報》發表了專論《論文藝創作與政治和任務相結合》，邵荃麟指出：「作家不能在創作上善於掌握政策觀點，就不能很好去為政治服務」，「創作與政策相結合，不僅僅是由於政治的要求，而且是由於創作本身上的現實主義的要求。」〔註 17〕邵荃麟在一個更高的層次上強化了政治標準第一的意義。

但值得注意的是，儘管新中國文藝領導人始終堅持「政治標準第一、藝

〔註 15〕毛澤東：《毛澤東文藝論集》，北京：中央文獻出版社，第 73 頁，2002 年。
〔註 16〕茅盾：《目前創作上的一些問題》，《文藝報》，第 1 卷第 9 期。
〔註 17〕《文藝報》，第 3 卷第 1 期。

術標準第二」，但並沒有完全放棄對文學藝術性的追求。這有兩方面的原因：一方面，儘管新中國文藝領導者將文藝視爲傳播意識形態的重要方式，但畢竟新中國文學事業的本質是「文學」，而不是「宣傳」。另一方面，在「冷戰」的格局下，社會主義與資本主義陣營的競爭是全方位的，既需要進行意識形態的滲透和反滲透，同時也要求在各方面的成就上一較高下。蘇聯時期的文學，一方面強調高度的意識形態色彩，另一方面也追求宏大結構，其潛在目的便是要創造出社會主義藝術的巨製，以便和西方現代文學相抗衡。新中國文學也同樣如此。所以，在社會主義改造和經濟恢復初見成效之後，面對文學創作中存在的各種問題，第二次文代會將「反對文學藝術創作上存在的概念化、公式化及其它一切反現實主義的傾向」，「爲文學藝術的現實主義鬥爭」，確定爲「一個長期的任務」，並將它與「必須對資產階級思想的各種表現繼續進行批判工作」（也是「一個長期的任務」）並列起來。〔註18〕

　　但是，由於「政治標準第一，藝術標準第二」的總原則，新中國文藝領導人對創作中「公式化」和「概念化」的反對不可能切入問題的本質，即摒除政治對文藝的過度束縛，使文學在更加自由的環境中發展，而是與強調文學的政治性一樣，也通過制定新的規範來完成。在第二次「文代會」上，周揚對概念化和公式化產生原因的認識，認爲是「(作家：引者注) 沒有十分深刻地全面地認識生活和理解生活，而有些作家、特別是年青的作家，又還沒有充分地掌握表現生活的創作方法和文學技巧」，所以「提高作家的認識生活和表現生活的能力」就成爲克服這種弊病的法寶。〔註19〕茅盾對於克服創作中的公式化和概念化還指出了一系列具體方法，譬如如何塑造人物性格；如何表現矛盾衝突；如何認識生活等等。1956 年，在「雙百」方針提出的背景下，文藝界就克服公式化和概念化展開討論，除了周揚和茅盾已經提出的問題，主要還是企圖在理論和技巧的層面上尋找克服這一問題的方法，譬如如何塑造「典型」，如何認識「形象思維」，如何表現人民內部矛盾等等。這些方法成爲了這一時期克服創作中公式化和概念化問題的全部武器。

　　反思「十七年」文學中公式化、概念化問題，我們不難發現，正是這一時期文藝領導者根據政治需要制定了無數的創作規範，才使得作家在面對生活、反映生活的過程中喪失了自己的主體性，使文學成爲了政策的注解。所

〔註18〕周揚：《周揚文集》（第 2 卷），北京：人民文學出版社，第 243 頁，1985 年。
〔註19〕同上。

以，要克服創作中的公式化、概念化傾向，首先應當反思政治規範對於文學創作的束縛。但是在「十七年」文學特定的語境下，周揚和茅盾等文藝領導人顯然不可能如此徹底的指出問題的癥結所在，他們提出新的文學規範，不過是想通過文學理論水平的提高和文學創作方法的改善，來彌補過度政治規範造成文學創作的藝術缺失。但是，只要不徹底清除過度政治規範對作家的束縛，任何對文學規律和創作方法的探討都於世無補：不清除「庸俗社會學」的機械邏輯思維，如何討論形象思維也不可能使文學創作變得豐富、自然；不拋掉「唯階級論」的束縛，如何探討「典型」也不可能理解典型的真諦；不讓作家自由地進行創作，如何塑造人物、表現矛盾衝突和認識生活，都不可能使創作變得從容、真實。

「十七年」文學對政治性和藝術性的平衡對當代文學影響深遠。在此之前，中國新文學與政治一直保持著互動共進的態勢：政治形勢的變化改變著中國現代作家對現實的認識，並最終體現到他們的創作實踐當中；而通過創作，中國作家也不斷突入生活，企圖對政治做出某種回應。在這個過程中，政治與文學的互動比較自由，作家的創作可以與政治聯繫緊密，也可以遠離現實政治；而且，一個作家可以從不關心政治到關心政治，也可以從關心政治到不關心政治。這是文學的一種常態，文學的本質就是一種「關係的存在」，即與政治、哲學、思想、經濟的對比中體現出自己的個性。在「十七年」文學中，當「典型」、「形象思維」、「塑造人物」、「認識生活」成為一種規範，就意味著「文學」與「政治」的分離，文學只能在技巧中獲得自己的生命，這也正是形式主義所說的「文學性」和「純文學」。「純文學」使文學進入到狹窄的小胡同，在「十七年」它使文學成為政治的附庸，而在新時期之後，它使文學陷入「審美意識形態」的窠臼不能自拔。當代文學中「政治／文學二元對立思維」正是在此時出現。

三、「明」與「暗」的裂縫

中華人民共和國建立後，文學「規範」的空間裂縫還表現為「明」與「暗」的分離。所謂「明」，即新中國文藝領導人和文學權威在公開場合對新中國文學發展方向進行的指示和表態，具體表現為他們在各主流媒體發表的理論文章、在重要文學會議上的講話，以及製造各種具有導向意義的文學事件等等。今天，各種文學史著對於「十七年」文學規範的想像大多依據這一層面。但

是，新中國文學領導人對文學發展的「規範」並不完全體現在「明」處，譬如對一些重要文學組織的人事安排，一些重要獎項的設置，包括領導者私下的談話等等，也體現出許多其它的隱秘的信息。這些隱秘信息構成了「十七年」文學規範「暗」的一面。我們可以從趙樹理在解放後的命運中窺探到「十七年」文學規範「明」與「暗」的微妙之處。

作為解放區培養出來的作家代表，趙樹理在新中國文壇具有崇高的聲譽，特別是因為「趙樹理方向」的政治光環，他的身份和創作在新中國極具象徵意義：在某種程度上，趙樹理就代表了解放區，而趙樹理文學創作的特徵也代表了新中國文藝發展的方向。1949 年，周揚在第一次文代會上將解放區文藝的方向作為「新中國的文藝的方向」，這已經為解放區作家——特別是「根紅苗正」的趙樹理——奠定了新中國文壇地位的基礎。而在對解放區文學示範性特徵的具體描述中，無論是「新的主題」、「新的人物」，還是「新的語言、形式」，趙樹理都是代表性作家；與此同時，趙樹理的《小二黑結婚》、《李家莊的變遷》和《李有才板話》三篇作品被周揚提到，在解放區作家當中首屈一指，這更讓趙樹理在新中國文壇有著超越一般作家的光環。

而另一個足以證明趙樹理新中國文壇地位的事件是他同時入選了新中國出版的兩大文藝叢書。建國初期，出版界和文學界最引人注目的事件之一，便是《中國人民文藝叢書》（周揚主持）和《新文藝選集》（茅盾主持）的出版發行，前者主要編選解放區的文藝作品（包括作家創作和工農兵作者創作）；後者則主要編選「五四」以來「重要」作家的作品專輯。作為新中國官方集中出版的兩大書系，兩套文藝叢書既具有為新中國文學樹立樣本的作用，也是對中國現代文學遺產的全面總結，能夠入選既說明了作家的政治地位，也說明了作家的文學地位。趙樹理同時入選兩套叢書，這足以說明：在新中國文藝領導者的心目中，趙樹理的創作無論是在政治傾向上還是在文學藝術上都具有示範和經典的意義。此外，趙樹理在「十七年」中發表的作品，儘管也出現過爭論，但主流批評界基本都給予其正面的評價。這些事件都足以讓研究者相信：以趙樹理代表的帶有泥土氣息和民間趣味的文學，在解放後理所當然成為文學發展的主流要求。但實際的情形真是如此嗎？我們可以從趙樹理解放後生活的起伏變化中窺測出另外的一面。

在新中國文藝體制中，對文藝發展的控制除了重要的理論文章、報告指示，還曲折地體現在重要人事安排、文學評獎上。然而在這兩方面，趙樹理似乎都沒有體現出其代表文藝發展「方向」的價值。相較於周揚、丁玲、艾

青、沙可夫等解放區作家在新中國文藝機構中擔任位高權重的領導工作，趙樹理在解放後僅僅被安排爲工人出版社社長（並沒有進入文藝隊伍的核心部門），唯一能在文藝隊伍中發揮領導作用的職務是擔任北京市大眾文藝創作研究會的主席，但它只是個民間性質的職務。所以在解放後，趙樹理和「趙樹理方向」在某種程度上只是一個被塑造出來的文化符號，比起周揚、丁玲等人來，趙樹理文學思想的實際影響力極其有限。

如果說僅僅從職位安排上來猜度新中國文藝領導人對「趙樹理方向」的實際認識顯得證據不夠充分，「東西總布胡同之爭」所反映出趙樹理的實際處境則更能說明這一點。所謂「東西總布胡同之爭」，實際是建國初期趙樹理領導的北京大眾文藝創作研究會，和丁玲領導的中國文協（即後來的中國作協）之間的矛盾。建國後，各路文藝隊伍齊聚北京，丁玲、沙可夫等擔任「文協」（後改稱中國作家協會）的領導工作，辦公地點在東總布胡同。大眾文藝創作研究會的主要成員，多數在工人出版社擔任領導職務，趙樹理任工人出版社社長，王春擔任工人出版社的副社長兼總編輯，苗培時任編輯部主任，《工人日報》和工人出版社的辦公地址是西總布胡同，因此，二個組織部分負責人之間的矛盾，被學界稱爲「東西總布胡同之爭」。

「東西總布胡同之爭」的淵源可以追溯到解放戰爭期間。解放戰爭的太行山根據地，趙樹理領導的通俗化研究會（其基地爲華北新華書店）曾堅持「歐化一點的詩和文一律不予出版」，引起丁玲、艾青、沙可夫等「洋派」知識分子的不滿，因此建國後，「東西總部胡同」就出現了不和諧的聲音。「到北京後，王春對趙樹理說：『好貓壞貓全看捉老鼠捉的怎麼樣，你最好是抓緊時機多抓老鼠，少和那些高級人物攀談什麼，以免清談誤國。』那麼誰是『高級人物』呢？趙樹理也說到了，那就是丁玲、艾青、沙可夫等人。王春稱那幾個人爲『自然領導者』，說『東總布胡同那些人總是說空話的』。趙樹理亦有同感。對此，陳荒煤談到，趙樹理『因爲堅持自己的主張，所以與一般的文藝界的朋友與知識分子出生的文藝界人士來往不多，關係不很融洽。』（趙樹理同老舍、康濯、張恨水等人的關係好）嚴文井說，趙樹理『堅持自己的藝術主張有些像狂熱的宗教徒』，這即已引起了人們的反感和偏見。」〔註20〕趙樹理爲什麼會如此狂熱的堅持自己的藝術主張呢？除了他的個性之外，其

〔註20〕蘇春生：《從「通俗研究會」到「大眾文藝創作研究會」——兼及東西總布胡同之爭》，《趙樹理研究通訊》，1999年12期。

現實處境是不得不考慮的因素。「50 年代的老趙,在北京以至全國,早已是大名鼎鼎的人物了,想不到他在『大醬缸』裏卻算不上個老幾。他在『作協』沒有官職,級別不高,他又不會利用自己的藝術成就為自己製造聲勢,更不會昂著腦袋對人擺架子。他是一個地地道道的『土特產』。不講究包裝的『土特產』,可以令人受用,卻不受人尊重。這是當年『大醬缸』裏的一貫『行情』。『官兒們』一般都是 30 年代在北京或上海薰陶過的可以稱為『洋』的有來歷的人物。土頭土腦的老趙只不過是一個『鄉巴佬』,從沒有見過大世面。任他的作品在讀者中如何吃香,本人在『大醬缸』裏還只能算一個『二等公民』,沒有什麼發言權。他絕對當不上『作家官兒』對人發號施令。」〔註 21〕這種處境,也難怪老趙不奮起反擊。但是,老趙在當時確實是「二等公民」,之後不久,「中宣部見我不是一個領導人才,便把我調到部裏去。胡喬木同志批評我寫的東西不大,要我讀一些借鑒性作品,並親自為我選定了蘇聯及其他國家的作品五、六部,要我解除一切工作盡心來讀。我把他選給我的書讀完,他便要我下鄉,說我自入京以後,事業沒有做好,把體驗生活也誤了,如不下去體會性的群眾的生活脈搏,憑以前對農村的老印象,是仍不能寫出好東西來的。」〔註 22〕這樣,東西總布胡同的鬥爭,實際以趙樹理的失敗而告終。

憑著「趙樹理方向」的政治光環,趙樹理何以在建國後挫折重重呢?問題的本質在於新中國文藝領導人的心目中,趙樹理所創作的帶有泥土氣息和民間趣味的作品(包括「山藥蛋」派傳統)並不完全符合新中國文學發展的要求。1951 年,丁玲的長篇小說《太陽照在桑乾河上》獲斯大林文學獎二等獎,周立波的長篇小說《暴風驟雨》獲斯大林文學獎三等獎,這是中國作家第一次獲得社會陣營內部的最高獎項,因此在當時文壇引起了很大的轟動。斯大林獎在選拔的過程中有各國送評的環節,也就是說,只有首先送上去才可能有獲獎的希望,而各國在「送評」的環節上顯然有多方面的考慮。當時中國送評作品的候選名單中就有趙樹理的作品,但最後送評的結果卻把趙樹理去掉了。個中原因可以從送審前丁玲一次講話中發現事情的真相。1950 年,北京市大眾文藝創作研究會舉行成立一週年的紀念會。「會議開得轟轟烈烈,白天開會,晚上是曲藝戲劇演出。本次大會,趙樹理是主席,苗培時為司儀。

〔註 21〕 嚴文井:《趙樹理在北京的胡同里》,《中國作家》1993 年 6 期。
〔註 22〕 《回憶歷史,認識自己》,《趙樹理文集》,北京:工人出版社,第 1830 頁,1980 年。

丁玲當時是中宣部文藝處處長，到會祝賀。丁玲在會上講話，首先肯定了大眾文藝創作研究會做了不少工作，幹了不少好事，但也給人們群眾帶來了一些不好的東西。我們不能以量取勝，我們不能再給人民群眾吃窩窩頭了，要給他們麵包吃。（時下裏，也有流傳說東總布胡同是高雅人士生產麵包，西總布胡同是生產窩窩頭的工廠。還有『窩頭和麵包之爭』的說法。）〔註23〕在這次會議上，苗培時還就斯大林獎的問題與丁玲發生過衝突。這些迹象都說明，至少在丁玲的心目中，趙樹理所創作的作品雖然在解放區風靡一時，但實際難登大雅之堂，因此並不能成為新中國文藝發展的「方向」。

新中國文藝界對趙樹理的輕視，在與他同樣出身的作家孫犁的筆下更有生動的描述。儘管與趙樹理只有一面之交，但相同的文學經歷和現實遭遇使得孫犁對於趙樹理在新中國的處境有深刻的體會：

> 隨著抗日戰爭的勝利，土地改革的勝利，解放戰爭的勝利，隨著全國解放的勝利鑼鼓，趙樹理離開鄉村，進了城市。全國勝利，是天大的喜事。但對於一個作家來說，問題就不是這樣簡單了。從山西來到北京，對趙樹理來說，就是離開了原來培養他的土壤，被移植到另一處地方，另一種氣候、環境和土壤裏。對於花木，柳宗元說，「其土欲故」。他的讀者群也變了，不再完全是他的戰鬥夥伴。這裡對他表示了極大的推崇和尊敬，他被展覽在這解放的、急劇變化的、人物複雜的大城市裏。不管趙樹理如何恬淡超脫，在這個經常遇到毀譽交加於前榮辱戰於心的新的環境裏，他有些不適應。就如同從山地和狂野移到城市來的一些花束，它們當年開放的花朵，顏色就有些黯淡了下來。〔註24〕

孫犁的處境何嘗不是這樣呢？作為一個在解放區已經享譽的作家，孫犁在新中國成立後一直擔任《天津日報》的副刊編委，一幹數十載，這與其在革命中從事文學工作的感受簡直天壤之別。也正是如此，他才能對於趙樹理有如此之深的瞭解。

「趙樹理方向」與趙樹理在建國後的實際處境形成了鮮明的反差，這與新中國文壇複雜的形勢有關，但也反映出這一時期文學規範內與外的不一、明與暗的齟齬。

〔註23〕蘇春生：《從「通俗研究會」到「大眾文藝創作研究會」——兼及東西總布胡同之爭》，《趙樹理研究通訊》，第8期。

〔註24〕《談趙樹理》，《天津日報》，1979年1月4日。

第二節：時間中的規範裂縫

一、政局變動與規範的前後差異

在「十七年」文學中，政治局勢對文學規範的制定產生了很大的影響，而且這種影響常常使規範難以保持內在的一致性，出現較為明顯的裂縫。「十七年」文學規範在時間上的差異性非常明顯。宏觀上看，1949 年前後「規範」的強度非常大，我們可以從此時發生的一系列大事件中體會到這一點：

> 1948 年 3 月 1 日，一本以「書」的形式出版的雜誌《大眾文藝叢刊》，由香港生活書店總銷售，出現在香港、上海、南京、北平等大中城市的書店、書攤上。《叢刊》第一輯「文藝的新方向」上，發表了邵荃麟、馮乃超、胡繩、林默涵、喬木（喬冠華）、夏衍、郭沫若、茅盾和丁玲的文章。在這一本期刊上，胡風、路翎、徐中年、朱光潛、梁實秋、沈從文、易君左、蕭乾、張道藩等都受到批判，很多作家的創作還被斥為「反動文藝」。此後，《叢刊》與在它影響下的《小說》月刊等刊物都以相當的篇幅刊載解放區作家的創作和民間文藝作品。還專門出版發行了《北方文叢》（共出三輯），收入了趙樹理的《李家莊的變遷》、《李有才板話》，孫犁《荷花澱》、康濯《我的兩家房東》、李季《王貴與李香香》和賀敬之執筆集體創作的《白毛女》等 25 種。〔註25〕

> 1949 年 7 月 2 日至 19 日，中華全國文學藝術工作者代表大會（第一次文代會）在北平召開。周揚的大會上作了《新的人民的文藝》的講話，指出：「《在延安文藝座談會上的講話》規定了新中國的文藝的方向，解放區文藝工作者自覺地堅決地實踐了這個方向，並以自己的經驗證明了這個方向的完全正確，深信除此之外再沒有第二個方向了，如果有，那就是錯誤的方向。」〔註26〕

> 1949 年 5 月，由周揚主持編輯的《中國人民文藝叢書》開始出版，編選了解放區的文藝作品（包括作家創作和工農兵作者創作）二百餘篇。

〔註25〕錢理群：《1948：天地玄黃》，濟南：山東教育出版社，第 22～23 頁，1998 年。
〔註26〕周揚：《周揚文集》（第 1 卷），北京：人民文學出版社，第 510 頁，1984 年。

　　1950～1951 年，電影《武訓傳》公演後，在全國引起良好反響。
毛澤東認爲這種情形，反映了我國思想文化界的思想「混亂」，而參
與修改、撰寫了《應當重視電影〈武訓傳〉的討論》的《人民日報》
社論，發動了《武訓傳》批判運動。

　　1951 年，蕭也牧的小說《我們夫婦之間》受到批判，受其牽連
的還有長篇小說《戰鬥到天明》、《我們的力量是無敵的》和電影《關
連長》等。批評者認爲，《我們夫婦之間》的問題是「歪曲了嘲弄了
工農兵」，「迎合了一群小市民的低級趣味」。〔註27〕

　　1954 年～1955 年，俞平伯的《紅樓夢研究》被批判，緊接著批
判的矛頭又對準了胡適，這是建國來對資產階級唯心論的清算。

　　1955 年，胡風「反革命集團」被批判。

　　……

在這些事件中，新中國文藝領導人爲了樹立毛澤東文藝思想的權威地位，保
證政治對文學的絕對控制，「規範」的內容非常嚴格：不允許任何與毛澤東文
藝思想、解放區文藝方向相左或稍有偏離的文學思想和創作傾向存在；規範
的形式也比較暴力：不僅批判語言非常激烈，還採用了「集團式」批判和武
力打壓的方式。

　　與 1949 年前後文藝規範的嚴厲不同，1956 年「雙百」方針的提出，新
中國文藝規範出現了相對的鬆動和靈活，我們也可以從一些事件中體會到這
些：

　　1956 年 1 月 14 日到 20 日，黨中央召開了全國知識分子問題會
議，周恩來同志代表黨中央作了《關於知識分子問題的報告》。周恩
來在報告中首先指出：「在社會主義時代，比以前任何時代都更加需
要充分地提高生產技術，更加需要充分地發展科學和利用科學知
識。」社會主義建設「除了必須依靠工人階級和廣大農民的積極進
軍以外，還必須依靠知識分子的積極勞動，也就是說，必須依靠體
力勞動和腦力勞動的密切結合，依靠工人、農民、知識分子的兄弟
聯盟。」並明確的指出：「我們的知識界的面貌在過去六年來已經發

〔註27〕李定中：《反對玩弄人民的態度，反對新的低級趣味》，《文藝報》第 4 卷第 5
期。

生了根本的變化」。他代表黨中央宣佈：我國的知識分子的絕大部分已經是工人階級的一部分。〔註28〕

1956年五月二十六日中共中央宣傳部舉行報告會，陸定一作題為《百花齊放，百家爭鳴》的講話，他說：「我們所主張的「百花齊放，百家爭鳴」是提倡在文學藝術工作和科學研究工作中有獨立思考的自由，有辯論的自由，有創作和批評的自由，有發表自己的意見、堅持自己的意見和保留自己的意見的自由。」〔註29〕

1956年，作為實施「雙百方針」的重要事件，崑劇《十五貫》在改動後上演。《人民日報》為此發表社論《從「一齣戲救活一個劇種」談起》，對此次演出活動給予高度評價。同年6月，文化部召開第一次全國戲曲劇目工作會議。會議認為，目前戲曲劇目貧乏的主要原因，是劇目工作中的教條主義，某些領導人對戲曲的藝術特徵缺乏正確認識，片面追求宣傳效果。簡單粗暴地否定、亂改傳統劇目。會議提出「破除清規戒律，擴大和豐富傳統戲曲上演劇目」。

1956年，《人民日報》準備改版，由原來四版增為八版，副刊成為貫徹雙百方針的主要園地。

1957年徐志摩、戴望舒等的詩選與讀者見面。戴望舒的詩，不僅選入他40年代的《獄中題壁》、《我用殘損的手掌》，也收入了《雨巷》、《我的記憶》等早期的詩。同年，人民文學出版社已決定出版沈從文、廢名等的小說選。

……

顯然，這一時期新中國領導人不再過分強調文學的「方向」（解放區文藝方向）和「標準」（出版解放區文藝作品），有限度地強化了知識分子的自主性，並力圖實現文學品種的多元化。在此之後，1957～1960年的「反右」和「大躍進」運動使文學規範的力度再次加強，而1961、1962年短暫的「調整期」，文學規範又出現了相對的鬆動。再之後，「反修正主義」批判運動和「文化大革命」將文學規範的強度發揮到極致。

「十七年」文學規範「緊」和「鬆」的變遷與政治形勢在不同時期的變化密切相關。以1949年前後與1956年前後為例。1949年前後，中共在解放

〔註28〕《周恩來選集》（下卷），北京：人民出版社，第158～189頁，1984年。
〔註29〕《人民日報》，1956年6月13日。

戰爭中已經取得了決定性優勢並最終取得了勝利，新中國面臨的任務是：在軍事上徹底掃除國民黨反動派殘餘勢力；在政治上完成從「新民主主義革命」向「社會主義革命」的過渡，改造各種不符合新政權需要的舊事物；在文化上確立中共在新中國文化中的領導權地位，清除其它各種文藝傾向。而就世界形勢而言，1949年前後，世界「冷戰」格局已趨於穩定，斯大林時代的蘇聯政策成為整個社會主義陣營的政策方針的楷模，寧「左」勿「右」、保持社會主義的純潔性，在各個社會主義國家得到廣泛接受。在這種國際、國內形勢下，中共面對新中國文藝界錯綜複雜的局面，採取了「快刀斬亂麻」的工作策略，清除各種被認為不適合新時代的作家、創作傾向和文學思想，手段也顯得異常嚴厲。

　　1956年新中國面臨的政治形勢與建國初期相比發生了巨大的變化：就國內形勢而言，1953年開始的農業、手工業和資本主義工商業的社會主義改造，到這一年已基本完成，生產資料公有制開始全面確定；而經過幾年來對資產階級唯心主義的批判，以及「三反」、「五反」、「肅反」等運動，新中國政權逐漸穩固，因此社會主義建設需要「把黨內黨外、國內國外的一切積極因素，直接的、間接的積極因素，全部調動起來」〔註30〕。就國際形勢來說，1956年是國際共產主義陣營發生劇烈震動的一年。此年2月，在蘇共召開的「二十大」上，赫魯曉夫作了對斯大林進行嚴厲批評的秘密報告，這讓曾經對「蘇聯模式」深信不疑的社會主義國家受到了巨大的刺激。而在蘇共「二十大」召開之前，蘇聯文學出現了「解凍」的迹象，一些被斯大林「肅清」的著名作家，如巴別爾、布爾加科夫、科爾卓夫、阿赫瑪托娃、雅申斯基、華西里耶夫等都已經被「平反」。這些事件為「雙百方針」時期文學規範的鬆動埋下了伏筆。

　　文學規範的「緊」、「鬆」並不能說明「規範」本身存在著前後的差異，而且在不同的政治背景下，它們之間的差異性更容易被掩蓋在一致性之下。但是，如果我們認識到「規範」是一種文學想像的方式，在不同的政治局勢下，「十七年」文學規範所要實現的文學理想具有本質的差別：在「規範」偏「緊」的時期，其追求的文學形態強調了意識形態的純潔性，「一元化」是比較妥帖的概括；在「規範」偏「鬆」的時期，其追求的文學形態顯然更加注意了文學的多元化和多樣性。顯然，「一體化」和「多樣性」是完全不同的文

〔註30〕毛澤東：《論十大關係》，《毛澤東選集》（第5卷），北京：人民出版社，第288頁，1977年。

學形態。不過，無論是「一元化」還是「多元化」，它們都沒有成為「十七年」文學的絕對主潮，這反映出新中國文藝領導者對於文學發展方向的內在矛盾。事實也證明了這一點。「百花」時代過去之後，「反右派」鬥爭和「大躍進」運動再一次強調了文學的政治純潔性，新中國領導人對於社會主義文學的「多元化」顯然缺乏充足的信心；但是，1961、1962 兩年的調整期，新中國文藝領導人對於極「左」文藝方針又進行了重新調整，這說明絕對「一體化」的文學形態也並非新中國領導人的文藝期待。

從宏觀上來說，「十七年」文學規範不過是在「一體化」和具有社會主義色彩的「多元化」兩種文學想像間的反覆實驗，雖然二者的交替常常以相互批判的形式出現，但兩種文學想像都沒有徹底被廢棄。「十七年」文學規範所反映出的兩種文學圖景，正是其自身存在「裂縫」的表現。

二、文藝理論探索與「規範」的前後變動──以「典型」為例

「十七年」文學規範的一個重要實踐形式是文學批評，通過對具體作品的批評，實際也就為創作界樹立了一個標尺。譬如建國初期對蕭也牧創作傾向的批判，表面上批判了蕭也牧創作中的「小資產階級」傾向和情調，實際在「十七年」文學中貫徹解放區文學傳統，更具體地說是落實「文藝為工農兵服務」的宗旨。這樣的例子，在「十七年」文學中舉不勝舉。「十七年」文學在批評中落實「文學規範」表現為兩種方式：第一種是粗暴的政治批判，即直接在「革命」與「反革命」的階級對立中將某部作品、某個作者定性為「反黨反社會主義」、「資產階級傾向」、「修正主義傾向」等等，這種批評形式依靠國家機器，具有暴力性，雖然規範的力度比較大，但並不具有「文學批評」的合法性和合理性。第二種是具有專業特徵的批評，即通過對文藝理論的政治化，從而在藝術內部實現對文學發展的規約，譬如這一時期提出的「社會主義現實主義」、「典型」、「題材」、「真實」、「人物塑造」、「形象思維」等問題，都是文學化的術語，但其具體內涵已經灌注了政治的內容。總體說來，除了在極端「左」傾的時期，針對極少數難以規訓的作家，「十七年」文學批判多數採用了第二種形式，即通過對文藝理論的改造，從而實現文藝的自我規約。但是，由於社會主義文藝理論體系並沒有走向成熟，因此隨著一些文藝理論問題的深化，規範也產生了相應的變動。「十七年」文學對「典型」問題認識深化的過程，深刻地反映了這一點。

　　在中國現代文學史上，「典型」理論最早被引入中國是在「革命文學」興起之際，1932 年瞿秋白根據蘇聯《文學遺產》的材料，編譯了一本《「現實」──科學的文藝論文集》，其中譯介了恩格斯致哈克奈斯的信，並通過將巴爾扎克的《人間喜劇》和哈克奈斯的《城市姑娘》比較，談到對「典型環境中的典型性格」的初步理解。1933 年，周揚在《現代》雜誌發表《關於「社會主義現實主義與革命浪漫主義」》，首次向中國介紹了蘇聯社會主義現實主義口號，也介紹了恩格斯的典型理論。他們二人對「典型」理論的初步介紹，引發了 30 年代關於典型問題的探討。從「典型」被介紹到中國的背景可以看出，「典型」在中國被認知與「社會主義現實主義」捆綁在一起，它實際是被蘇聯理論家改造之後的「典型」，而對於「典型」理論在西方美學界漫長而豐富的歷史，中國理論界並沒有充分掌握。

　　建國初期中國文藝界對「典型」的認識，主要借鑒了馬林科夫的「典型」理論。馬林科夫是斯大林確定的蘇共繼承人，因此其理論觀點在社會主義陣營內無疑具有權威的地位。在蘇共「十九大」上，馬林科夫作了《蘇聯共產黨（布）中央委員會的報告》，其中在關於文學藝術的部分談到了「典型」問題，他指出：「在創造藝術形象時，我們的藝術家、文學家和藝術工作者必須時刻記住：典型不僅是最常見的事物而且是最充分、最尖銳地表現一定社會力量的本質的事物。依照馬克思──列寧主義的瞭解，典型絕不是某種統計的平均數。典型性是和一定社會──歷史現象的本質相一致的；它不僅僅是最普遍的、時常發生的和平常的現象。有意識的誇張和突出地刻劃一個形象並不排斥典型性，而是更加充分地發掘它和強調它。典型是黨性在現實主義藝術中表現的基本範疇。典型問題經常是一個政治性的問題。」〔註 31〕作為蘇共「十九大」上的重要報告，新中國對此非常重視，《文藝報》同年第 21 號，在「學習蘇聯共產黨（布）中央委員會關於文學藝術的指示」的通欄標題下，摘錄轉載了馬林科夫報告中關於文學藝術的部分。

　　馬林科夫的「典型」理論反映了斯大林時代文藝領導的特徵，過於強調文藝的政治性和黨性，不惜違背文藝的基本規律，有明顯「寧左勿右」的痕迹。不過，馬林科夫報告發表的時期，恰逢中蘇關係的「蜜月期」，而且新中

〔註31〕《蘇聯共產黨（布）中央委員會書記馬林科夫在蘇聯共產黨（布）第十九次代表大會上所作〈蘇聯共產黨（布）中央委員會的報告〉中關於文學藝術部分的摘錄》，《文藝報》，1952 年第 21 號。

國文藝界也正在進行文藝隊伍的整合，因此全盤接受了這一理論。很多理論家也確實把馬林科夫的典型理論當作「典型」的本質內涵，巴人在其《文學論稿》中說：「藝術作品中的典型性是指它所描寫的生活是現實生活中大量存在的事物，同樣又是具有代表性的事物，它是現實生活最集中和最本質的藝術概括。」〔註32〕

受馬林科夫典型理論的影響，中國一批作品如：《目標正前方》、《戰鬥到明天》、《我們的力量是無敵的》等都受到了不公正的批評。客觀的說，這些作品寫得並不是十分成功，但批評者錯誤的典型認識使批評更不可能落實到問題的關鍵。《目標正前方》因為寫戰鬥英雄產生功臣思想，經教育後轉變的情節，批評者指責說：「英雄模範是我軍優秀品質最好的代表」，寫他產生功臣思想，「這怎麼會是真實的東西呢？」〔註33〕《戰鬥到明天》寫小資產階級知識分子在革命鬥爭中的改造和成長，而批評者認為知識分子就不會有優點，工農幹部就不能有缺點。〔註34〕《我們的力量是無敵的》被認為小說關於解放軍的描寫到處是「歪曲」，「污蔑」，是「小資產階級思想對於文藝創作的危害。」〔註35〕這種批評固然存在政治取代文藝的缺陷，但也與他們對「典型」認識的深度也有根本的聯繫。

伴隨斯大林逝世後蘇共路線方針的變動，蘇聯理論界對「典型」問題的認識也發生了顛覆性的轉折。1955年，蘇聯《共產黨人》雜誌第18期發表了《關於文學藝術中的典型問題》的專論，專門批駁了馬林科夫在蘇共「十九大」報告中的「典型」理論，專論說：「這些煩瑣哲學的公式冒充是馬克思主義的公式，並且錯誤地同我們黨對文學和藝術問題的觀點聯繫在一起。」專論並不否認文學藝術要反映社會生活和時代精神，並不否認文藝典型要反映社會本質。但是認為「這種定義是片面的和不完全的」，「沒有充分估計到藝術對世界的認識和反映的特點」。因為「不論是歷史學家、經濟學家和哲學家，他們都研究社會生活，以揭示一定社會力量的本質、一定社會現象的本質，但是這並不能使他們成為藝術家」；同時「極其豐富多彩的典型形象，如果不加以損傷和閹割，是怎麼也不能僅僅歸結為某一社會本質的。」專論

〔註32〕 巴人：《文學論稿》，上海：上海文藝出版社，第291頁，1959年。
〔註33〕 《用什麼教育戰士》，《解放區文藝》第1卷第6期（1951年11月）。
〔註34〕 《論〈戰鬥到明天〉的錯誤思想和錯誤立場》，《解放區文藝》，1952年4月號。
〔註35〕 《論小資產階級思想對文藝創作的危害性》，《解放區文藝》，1951年7月16日。

還批評把典型同黨性等同起來，把典型僅僅歸結爲政治的觀點。認爲這「會促使人們以反歷史的態度來對待文學和藝術的現象」，不問時代、條件和世界觀的性質，「而企圖在任何一個典型中找到黨性立場的表現」，尤其對於古典文學作家更不能如此〔註36〕。《文藝報》1956年2月第3號刊登了這篇專論的譯文。

對於蘇共「二十大」之後制定的新的路線方針，新中國領導人並沒有「一邊倒」全盤接受，而是比較中肯而謹慎地對待這種變動。《人民日報》1956年發表社論說：「若干年來，我們在哲學、經濟學、歷史和文藝批評的研究領域中有了一些成績，但是一般說來，還有許多不健康的狀態存在著。我們有不少的研究工作者至今仍然存在著教條主義的習氣，把自己的思想束縛在一條繩子上面，缺乏獨立思考的能力和創作的精神，也在某些方面接受了對於斯大林個人崇拜的影響。」〔註37〕可以看出，蘇聯政局的變動給予了新中國領導人獨立思考現實問題、自主探索發展道路的機會，這也讓「典型」問題的藝術探索成爲可能。如果我們再回頭看看這一時期中國文學創作界的現狀，「公式化」和「概念化」也已經成爲新中國文藝領導人的心腹大患，早在1953年第二次「文代會」的時候，周揚就曾經將之作爲一個重要的任務來抓，而在本年，周揚在作協第二次理事會上再次提出這個問題，並且表現出非常堅決的態度：「公式化、概念化並不是現實主義的幼稚階段，也不是現實主義的近鄰，甚至於也不是現實主義的遠方兒孫！」〔註38〕作家魏巍也指出「這種錯誤的創作傾向，在過去幾年中，是相當嚴重地危害了我們的文學。我們如果不進一步地反對這種傾向，我們的文學事業就不能在社會主義現實主義的道路上向前大大的跨進一步。」〔註39〕

在此背景下，中國理論界開始對「典型」問題進行深入探討。探討的主要成果表現爲理論家開始認識到「典型」中的個體因素。張光年指出：「要求作家從千差萬別的豐富現實出發，通過個別表現一般，通過個性表現共性。」〔註40〕蔡儀認爲，典型「不僅是個別性和普遍性的統一，而是以鮮明生動而

〔註36〕 《文藝報》，1956年第3期。

〔註37〕 《關於無產階級專政的歷史經驗》，《人民日報》，1956年4月5日。

〔註38〕 轉引自《中國當代文學思潮史》，朱寨主編，北京：人民文學出版社，第259頁，1987年。

〔註39〕 同上。

〔註40〕 張光年：《藝術典型與社會本質》，《文藝報》，1956年第8期。

突出的個別性,能夠顯著而充分地表現他在相當社會意義的普遍性。」〔註41〕
王愚認為:「藝術中的典型永遠都是具體感性的、合乎特定內容的完整個性」,
「作家的職責是要在千百萬人中間,像淘金沙一樣,挑選出鮮明的,體現生
活本質的活生生的完整的個性。」〔註42〕鮑昌在文章中說:「只有首先真實地
描繪了生活中的個性,那時,含蘊在這個個性中的典型性格才能真實地顯現。」
〔註43〕這些觀點在「十七年」文學的整體語境中下非常具有意義。首先,通
過對典型人物中「個體性」的認識,作家可以不必拘泥於典型只能在「代表
社會本質力量」的英雄中誕生的禁忌,認識到文學典型的多樣性,因此擴大
了作家的創作範圍。其次,由於對「個體性」的發現,作家在創作藝術人物
時,不必拘泥於政治規定的人物社會屬性和階級屬性,可以從「人」的立場
上塑造「典型」。這些變化,我們可以在之後的創作和批評中得到證明。

　　1956 年,陸文夫在《萌芽》第 10 期上發表短篇小說《小巷深處》,小說
描寫了一個舊社會妓女徐文霞在新時代追求真摯愛情的故事,作品對女主人
公內心世界的刻畫十分生動。這篇小說涉及愛情的主題,主人公身份十分敏
感,在此前都可能遭致批評界的圍剿,但出人意料的是,小說發表並沒有出
現「一邊倒」的批判,許多評論家給予非常中肯的意見,譬如許傑在《關於
〈小巷深處〉》一文指出:作者「能夠從一個被遺忘、被忽略的小人物身上,
看出一個人的向上的靈魂,歌頌我們這個偉大的時代,這就是值得我們重視
的一點」〔註44〕。這種評價,如果沒有批評界對「典型」認識的深化,是不
可能出現的。

　　1958 年,管樺的小說《辛俊地》引起了讀者和評論界的熱議。小說講述
了一個 1940 年春天發生在冀東根據地的故事,主人公辛俊地是個年輕的游擊
隊員,他痛恨日本鬼子,作戰勇敢,但個人英雄主義思想嚴重。他擅自進城
殺死了實際是游擊隊長「關係人」的偽警隊長,不聽命令過早開槍破壞整個
伏擊計劃,給革命事業造成嚴重損失。他被游擊隊開除回到村裏後,繼續組
織民兵,監視地主,保護麥收,但又與地主的女兒發生愛情,最後終於在追
趕特務時,被地主黑槍打死。如果按照解放初期的「典型」觀點,這篇小說

〔註41〕蔡儀:《文學藝術中的典型人物問題》,《文學評論》,1962 年第 6 期。
〔註42〕王愚:《藝術形象的個性化》,《文藝報》1956 年第 10 期。
〔註43〕鮑昌:《藝術形象商榷》,《新港》1957 年第 2 期。
〔註44〕許傑:《關於〈小巷深處〉》,《萌芽》,1956 年第 12 期。

毋庸置疑要受到嚴厲的批判。但《文藝報》1958年第12期～14期關於《辛俊地》的「讀者討論會」欄目中，儘管批評的聲音很多，但也有不少讀者認為《辛俊地》是一篇好小說。「辛俊地這個人物的刻畫基本上是成功的，寫得有血有肉，有心靈，有獨特的個性。」〔註45〕

1961年，文藝界關於《創業史》的討論，嚴家炎在《談〈創業史〉中梁三老漢的形象》一文認為：「作為藝術形象，《創業史》裏最成功的不是別人，而是梁三老漢。」「梁三老漢雖然不屬於正面英雄之列，但卻具有巨大的社會意義和特有的藝術價值。」〔註46〕批評家的這種見地，如果沒有對「典型」認識的深化也是不可能的。這些現象說明，儘管「十七年」文學中，政治左右了對一些文藝理論問題的認識，但對文藝理論基本問題的深入探討，也會對文藝規範起到反作用力。這在一定程度上也說明：在社會主義文藝理論體系沒有走向成熟的時期，文藝規範也不可能走向穩定和成熟。

建國後理論界對「典型」理論探索的成就，還表現為對「典型」效果的重視和對「典型」塑造過程的深入探討。1956年，何其芳在《人民日報》發表了《論阿Q》一文，引發了對典型認識的又一個層面。何其芳指出：「一個虛構的人物，不僅活在書本上，而且流行在生活中，成為人們用來稱呼某些人的共名，成為人們願意仿傚或者不願意仿傚的榜樣，這是作品中的人物所能達到的最高的成功的標誌。」何其芳的觀點涉及到「典型」的客觀效果問題。客觀的說，這種對典型的認識並不十分科學，它至少存在著兩個漏洞：第一，有些流行於生活中的，並不都是優秀的藝術典型，並不都是「最高的成功的標誌」。第二，有些典型在生活中成為某些人的「共名」，但並不是以典型的最本質性格特徵為基礎。〔註47〕但是，這種對典型的認識顯然也突破了「階級論」的局限：一方面，它可以讓作家更加自由的認識生活和反映生活；另一方面，它也為讀者檢驗作品成功與否，提供了較為便捷的方式，從而使文學與「人」有了更加緊密的聯繫。這一時期的「典型」理論探索還將「形象思維」明確地運用到「典型」塑造的過程中。李澤厚在《試論形象思維》中認為：「形象思維是個體化與本質化的同時進行。這就是恩格斯稱讚黑格爾所說的『這一個』典型的創造」，「形象思維的過程就是典型化的過程」。

〔註45〕 洪仁：《成就大，缺點小》，《文藝報》1958年第12期。
〔註46〕 《文學評論》，1961年第3期。
〔註47〕 《人民日報》，1956年10月16日。

〔註 48〕李澤厚的這種認識對於以往關於人物塑造中的機械化傾向具有糾偏的作用。

　　總的說來,「十七年」文學中文學理論的探索,對於文學規範的變動並不能起到非常明顯的作用,但它們至少讓作家和批評家意識到在許多文學規範中存在的理論問題。並且,由於這些藝術探索,作家和理論家在接受規範的過程中有了更加獨立的姿態。

第三節:文學規範的話語裂縫

　　任何一種新型「規範」、「制度」的產生,都不可能憑空臆造,也不可能僅僅依靠政治權威作為執行的後盾,它們必須在既往的「規範」和「制度」中找到自身存在的合法性依據,並且在執行的過程中還須參照人類已經接受的文化經驗。「十七年」文學「規範」的制定和執行同樣如此。在理論上,「十七年」文學企圖建立一種超越人類現有文學經驗所有不足的最新型、最先進的文學形態,但是這種文學理想在世界上並沒有創作實績的有力支持。也就是說,「十七年」文學建立的規範,在理論上並不具有無須證明的權威性和合法性。正是這個原因,在「十七年」文學規範的建設過程中,文藝領導人需要在「五四」新文學、蘇聯文學和中國傳統文學中尋找規範存在的依據,而在執行的過程中,還需要在更大範圍內借鑒人類優秀文學經驗。但是,作為一種新型的文學,「十七年」文學規範不僅需要克服已有文學規範的挑戰,還要證明自身存在的「先進性」和「科學性」。這種尷尬的處境,使「十七年」文學規範中出現了大量關於「五四」新文學、「現實主義」文學、馬克思主義文學理論等相關文學傳統的曖昧理論話語,它一方面高度肯定了這些文學經驗存在的價值,另一方面又對其進行了否定和改造。

一、「五四話語」的裂縫

　　在「十七年」文學的理論話語中,「五四運動」有著超越此前一切政治、文化運動的崇高歷史地位。毛澤東在《新民主主義論》中將中國革命劃分為三個階段:「舊民主主義革命」、「新民主主義革命」和「社會主義革命」,其中「五四運動」是新民主主義革命的開端。也就是說,在新中國締造者的心

〔註 48〕《文學評論》,1959 年第 2 期。

目中，新民主主義文化與「五四」新文化同根同源，一脈相承。如果將毛澤東的意思進一步具體化，「五四新文化運動」開啟的現代文化在當代也具有「起點」意義，周揚就曾經這樣說過：「沒有這個文學革命（指「五四」文學革命：引者注），也就沒有我們今天的人民文學藝術運動。」〔註49〕

不僅對於「五四運動」給予高度政治評價，中國共產黨對於「五四」新文化運動中具有旗幟作用的文學主將，也以「方向」、「聖人」等概念給予高度讚揚。譬如魯迅，毛澤東在《新民主主義論》中這樣評價他：「而魯迅，就是這個文化新軍的最偉大和最英勇的旗手。魯迅是中國文化革命的主將，他不但是偉大的文學家，而且是偉大的思想家和偉大的革命家。魯迅的骨頭是最硬的，他沒有絲毫的奴顏和媚骨，這是殖民地半殖民地人民最可貴的性格。魯迅是在文化戰線上，代表全民族大多數，向著敵人衝鋒陷陣的最正確、最勇敢、最堅決、最忠實、最熱忱的空前的民族英雄。魯迅的方向，就是中華民族的方向。」〔註50〕魯迅是「五四」新文化的代表人物，如果僅僅通過毛澤東的這篇言論，接受者就可能認為新中國文學的發展將繼承五四新文學的衣缽，特別要弘揚魯迅所代表的具有獨立精神的知識分子傳統。然而，現實的情形並不是如此，因為這些言論只是新中國文藝領導人認識「五四」的一個方面。

在另一方面，中國共產黨對五四新文化運動存在的缺陷也進行了批評，而且批評的內容還十分廣泛。周揚曾經這樣概括毛澤東文藝思想與「五四」的關係：「假如說『五四』是中國近代文學史上的第一次文學革命，那麼《在延安文藝座談會上的講話》的發表及其所引起的在文學事業上的變革，可以說是繼「五四」之後的第二次更偉大、更深刻的文學革命。」〔註51〕如果說，新中國文學的直接源頭是延安文學，那麼周揚的這種言論說明了新中國文學與「五四新文學」的關係：繼承和超越的關係。

在中國共產黨文學領導人看來，「五四新文化運動」是一次很不成熟、良莠不齊的文學革命。首先，很多五四新文學作家的思想傾向是不健康的。「新文化還沒有戰勝封建舊文化就孕育了產生了自身內部的分裂。一方面，是西

〔註49〕周揚：《發揚「五四」文學革命的戰鬥傳統》，《人民文學》，1954年第5期。

〔註50〕毛澤東：《新民主主義的文化》，《毛澤東文藝論集》，北京：中央文獻出版社，第30～31頁，2002年。

〔註51〕周揚：《堅決貫徹毛澤東文藝路線——一九五一年五月十二日在中央文學研究所的講演》，《周揚文集》（第二卷），北京：人民文學出版社，第50頁，1985年。

洋物質文明破產的絕叫,東方文明的復歸,柏格森、歐文、詹姆斯,一點一滴改良主義、害人政府主義、風花雪月文學、袁中郎、語錄體。另一方面是科學的信仰、民主的堅持、馬克思、恩格斯、列寧、普列哈諾夫、唯物辯證法,科學社會主義、革命文學、文學大眾化;這就是新民主主義的深入貫徹,向社會主義文化的前進。」〔註52〕顯然,前一部分的傾向並不爲黨和新中國所接受,這也在新中國出版的《新文學選集》中充分地反映了出來。〔註53〕其次,「五四」文學革命存在著不徹底的傾向。在中共的文藝領導人看來,「五四」文學儘管具有反帝反封建的傾向:抨擊了腐朽的封建禮教;提倡白話文學、拉近了文學與大眾的距離;對農民的生活保持同情等等,但由於作家還不能自覺與工農兵相結合,所以他們的革命具有不徹底的特徵。在新中國第一次「文代會」上,周揚就這樣提醒作家:「如果我們不盡一切努力去接近他們(指工農兵:引者注),描寫他們,而仍停留在知識分子所習慣的比較狹小的圈子,那麼,我們就將不但嚴重地脫離群眾,而且也將嚴重地違背歷史的真實,違背現實主義的原則。」〔註54〕與這種提醒相一致,許多現代作家紛紛對過去作品進行了修改和自我批判。最後,「五四」新文學「歐化」的傾向也被認爲是沒有科學地繼承中外文化遺產。毛澤東在延安時期強調普及與提高的問題,強調文學創作中的「中國作風」和「中國氣派」,正是對五四新文學傳統的曲折修正。

總體說來,新中國「五四話語」高度肯定了「五四運動」的歷史意義,但對於「五四」新文化運動的內容卻採取了選擇接受的態度,肯定了其中與新中國文藝方針一致的部分,也祛除了更多爲文藝方針所不能容忍的地方,並對許多優秀的作家和作品進行了重新闡釋。應該說,中共對於新文化運動的態度體現了政治的成熟性,肯定「五四運動」的歷史意義,並將它作爲新

〔註52〕 本書原載 1940 年 5 月 25 日《中國文化》第 1 卷第 3 期。轉引自《周揚文集》(第 1 卷),北京:人民文學出版社,第 319 頁,1984 年。

〔註53〕 《新文學選集》由茅盾主編,選輯 1942 年以前就已有重要作品問世的作家專輯。共兩輯,24 冊。第一輯選已故的作家,有魯迅、瞿秋白、聞一多、郁達夫、朱自清、許地山、洪靈菲、魯彥、殷夫、柔石、胡也頻、蔣光慈等,第二輯收當時健在的作家,有郭沫若、茅盾、葉聖陶、丁玲、田漢、巴金、老舍、洪深、艾青、張天翼、曹禺、趙樹理。《新文學選集》的出版是新中國確立現代文學經典的具體表現,沒有入選的作家要麼因爲作品藝術水平,要麼就是引爲他們的創作傾向不爲新中國所接受。

〔註54〕 周揚:《周揚文集》(第 1 卷),北京:人民文學出版社,第 514 頁,1984 年。

民主主義革命的開端，可以爲新中國政治、文化制度找到合法性的依據；選擇性地繼承五四新文化運動成果，可以有效地控制文學發展的方向。但是，從文化的角度而言，五四新文化包含的豐富內容是一個整體，無論如何理性的擇取，都可能會丟棄掉其思想中精華的部分。

新中國爲了完整而嚴密地傳達出對「五四」的基本態度，不僅完善了「五四話語」的嚴密性，也盡可能控制新文學作品在當代的傳播。但是，「五四」新文化作爲一個整體，並不會因爲經過了擇取而改變了根本的性質，即使在「十七年」認爲可以出版的作品中，敏感的讀者也能夠體會到作家獨立的姿態和對現實批判的態度，而當他們把這些感受到的內容公開出來，就不免與中共的文藝政策之間形成一個張力結構。另一方面，新中國作家構成中，很大一部分是經歷了五四的老作家，譬如丁玲、馮雪峰、巴金、老舍等等，他（她）們熟悉「五四」以來的中國新文學，「五四」已經成爲他（她）們生命記憶的一部分，在很多時候會不由自主地表現出來，與中共的「五四話語」產生分歧。

「五四話語」的內在張力最明顯的表現是在文學研究領域，這是因爲：第一，「五四話語」作爲一種歷史敘述，其內在分歧必然會首先發生在具有歷史研究性質的文學研究中。第二，由於「五四話語」內在張力的雙方在當時處於不對等的狀態，在社會影響較大的文學創作領域，難以很明顯、很強烈地體現這種張力，而在社會影響相對較小的文學研究領域，這種張力可以更強烈地體現出現。儘管如此，作爲文學創作的「近親」，「五四話語」在文學研究中引起的波瀾，在某種程度上可以被認爲是整個文壇的狀態。

在「五四」文學研究領域，魯迅研究是說明「五四話語」裂縫最好的例子。建國後，關於魯迅研究爭論的第一個焦點是關於魯迅前期思想的問題。這個問題能成爲焦點，與新中國建立文學「規範」的背景是分不開的。1948年，胡繩在《大眾文藝叢刊》上發表論文《魯迅思想發展的道路》，在瞿秋白《〈魯迅雜感選集〉序言》的基礎上，對魯迅思想發展作了更適合於新中國文藝規範的敘述，論文認爲魯迅從一個小資產階級知識分子的立場轉向無產階級「是一個艱難的過程，一個嚴肅的自我改造的過程。魯迅正是在眞實意義上完成這樣的過程的一個最光輝的模範。」﹝註55﹞在突出魯迅轉變的基礎上，胡繩詳細分析了魯迅前期思想中的種種「精神負累」。很明顯，胡繩寫作這篇

﹝註55﹞ 中國社會科學院文學研究所魯迅研究室編：《1913～1983 魯迅研究學術論著資
　　　　料彙編》（第 4 卷），北京：中國文聯出版社，第 434 頁，1989 年。

論文目的在於說明：新中國文藝將會是「五四」文藝的一個發展，即使是「五四」新文學的旗幟人物魯迅，也不可避免有各種「精神負累」（當然也有創作不足）。在這種語境下，對魯迅前期思想評價實際包含著規範的內容，同時也包含著對魯迅文學遺產的接受問題，當然還包含著這一時期創作方向的問題。

首先對胡繩的觀點進行商榷的是胡風。在《關於文藝問題的意見》中，胡風說：「爲了現實主義底勝利，要珍視並繼承魯迅傳統。第一篇小說《狂人日記》，就開闢了社會主義現實主義的道路。那高度的歷史真實性，即反抗人吃人（人壓迫人、人剝削人）制度的火一樣的人情，正是屬於寶貴的社會主義精神，爲當時的作家所缺乏的。林默涵同志爲了要證明他用唯心論解釋的『思想改造』，爲了使魯迅來一個按照他的意思的『飛躍的變化』，就不惜把魯迅『前期』作品送給『資產階級小資產階級的批判的現實主義』，我以爲，這只能是一種糟蹋歷史的『理論』。由於去年毛主席指示社會主義現實主義是從『五四』開始的，這一『理論』是退到後面去了，但實際上，爲了保持那個庸俗的機械論的統治地位，還是在各種曲折的形式上頑強地繼續抵抗。」〔註56〕胡風的「意見」反映出他與胡繩完全不同的對「社會主義現實主義」的認知態度。胡繩是在「歷時」的角度上看待社會主義現實主義問題，在他看來，只有社會發展到一定階段，文學中才可能出現社會主義現實主義的質素；魯迅的早期思想因爲出現在無產階級文化運動發生之前，因此必然只能是「小資產階級」的思想。這種對歷史的認知態度與毛澤東在《新民主主義文化論》中體現的歷史觀是一致的，它的目的是爲中共的文學規範提供合法性的依據。胡風則是在共時的角度上看待社會主義現實主義問題。在胡風看來，社會主義現實主義的質素在五四時期就已經出現，是一種具有本質化特徵的文學精神，與無產階級文化運動並沒有必然的聯繫。換句話說，在無產階級文化運動以前，也可能存在具有社會主義現實主義的文學作品，魯迅早期思想就是典型的例子；而在無產階級文化運動發生之後，也可能出現不具備社會主義現實主義的作品。這在一定程度否決了當時文學規範的天然合法性。

在胡風之後，對於胡繩的觀點雖然再也沒有正面商榷的意見，但這並不表示學界已經完全接受了他的意見。李何林在《五四時代文學作品中的社會主義現實主義的萌芽》中，雖然同意了胡繩對魯迅思想的分期和判斷，「但我

〔註56〕 胡風：《胡風對文藝問題的意見》，《文藝報》1955 年 1、2 號附發。

（指李何林：引者注）覺得它又不完全同於俄國十九世紀的批判的現實主義，它另有一些新的東西，爲十九世紀的俄國的批判的現實主義所沒有的；所以我覺得仍以叫它做『革命的現實主義』要適當一些。」「所謂的革命的現實主義，也就是有社會主義因素的現實主義了。」〔註57〕馮雪峰在《魯迅生平及其思想發展的梗概》中則對魯迅思想發展和分期進行了補充：「從進化論躍進到馬克思主義，從革命的小資產階級躍進到無產階級，從一般進步的唯物論躍進到革命的、歷史辯證的唯物論，這個發展才是一個本質的發展。」〔註58〕而在這一時期，對魯迅前期思想解讀最有建樹的是林誌浩，他在《論魯迅前期的個性主義和進化論的思想》中認爲：「魯迅的個性主義思想，主要是反對封建主義對個性的束縛和毒害，爭取個性的解放，使人民覺悟起來；他所崇仰的『獨具我見之士』，是爲了喚起人民、爲了思想啓蒙的任務而存在的。所以，『客觀上在當時還有相當的革命意義』（瞿秋白），這跟尼采那種站在反動階級的立場，肯定剝削制度萬古長存，以少數超人來敵視群眾，認爲群眾天生愚弱，必須永遠受奴役的思想是有嚴格的區別。」〔註59〕這些觀點，雖然還不能完全擺脫「五四話語」的總體體系，但所作出的判斷，所建立的認知並不是從「五四話語」的觀念出發，而是建立在對魯迅思想和文學作品認眞的接受之上，因此結論與「五四話語」或多或少的存在齟齬。在這些觀點中，最引人注目的是林誌浩的魯迅前期思想解讀，他在當時的話語環境中讀出了魯迅「個體」解放的意義，並在「五四話語」體系中闡述其存在的價值，非常深刻而有啓發意義。對魯迅早期思想的爭論，展示了1949～1966年間中國思想界的一個側影，雖然「規範」在當時成爲主導力量，但規範的「裂縫」依然保證了各種異質思想的生長。

　　除了魯迅的早期思想，關於阿Q形象的問題在當時也引起了爭論。早在建國以前，《阿Q正傳》已經得到了充分的經典化，「阿Q」的形象也早已被公認爲一個成功的藝術典型。因此，無論在藝術上還是在思想上，如果說阿Q形象存在著缺陷，是很難以爲學界和讀者所接受。但是阿Q曖昧的身份與新中國文藝爲工農兵服務的宗旨又存在著矛盾，所以如何確定阿Q的身份，如何從阿Q身上發掘出「典型」概括的藝術經驗就成爲當時爭論的問題。對於

〔註57〕《光明日報》，1954年5月第4期。

〔註58〕《文藝報》1951年10月1日第4卷，第11、12期合刊。

〔註59〕《北京日報》，1961年9月21日。

前者，這一時期出現了：阿 Q 是一個「二流子」的典型〔註60〕；阿 Q 是一個農民〔註61〕；阿 Q 是一個思想性的典型〔註62〕；阿 Q 是被侮辱與被損害的農村無產者的典型等等觀點〔註63〕。關於「阿 Q」典型塑造的經驗，這一時期也出現了典型是代表性；典型是共性與個性的統一；典型是「共名」的觀點，等等。這種分歧外在表現爲普通的學術之爭，但在「十七年」特殊的語境下，它們又是「規範」裂縫的一個表現。

二、「現實主義話語」的裂縫

1952 年，應蘇聯文學雜誌《旗幟》之約，周揚以中國文藝領導人的身份寫作了《社會主義現實主義——中國文學前進的道路》，此文很快被 1953 年 1 月 11 日《人民日報》轉載。在這篇著名的文章中，周揚飽含激情地宣佈：

> 社會主義現實主義，現在已成爲全世界一切進步作家的旗幟，
> 中國人民的文學正在這個旗幟之下前進。正如中國新民主主義革命
> 是無產階級社會主義世界革命的組成部分一樣，中國人民的文學也
> 是世界社會主義現實主義文學的組成部分。〔註64〕

自此之後，「社會主義現實主義」——這一曾經在中國左翼文學界引起過爭論的名詞，終於在新中國成爲了文藝界一面毋庸置疑的「旗幟」。「在這樣鮮明的『旗幟』的指引下，學習社會主義現實主義以改造資產階級的文藝思想，便成爲文藝界每一個成員必須經歷的『洗禮』」〔註65〕。1958 年，毛澤東在「八大」上再次提出「革命的現實主義與革命的浪漫主義相結合」的口號。文聯立即作出反映，在文藝界提出了「兩結合」創作方法的新要求：

> 革命的現實主義和革命的浪漫主義相結合的方法，要求眞實地
> 反映出不斷革命的現實發展，並且充分表現出崇高壯美的共產主義
> 理想；要求文藝創作者創作出最眞實的同時又是具有最高理想的文

〔註60〕 許傑：《阿 Q 新論》，《新中華》第 14 卷第 5 期。

〔註61〕 蔡儀：《阿 Q 是一個農民的典型嗎？》，《新建設》第 4 卷第 5 期。

〔註62〕 馮雪峰：《論〈阿 Q 正傳〉》，《人民文學》第 4 卷第 6 期。

〔註63〕 耿庸：《〈阿 Q 正傳〉研究》，轉引自中國社會科學院文學研究所魯迅研究室編：《1913～1983 魯迅研究學術論著資料彙編》（第 5 卷），北京：中國文聯出版社，第 667 頁，1989 年。

〔註64〕 《周揚文集》第 2 卷，北京：人民文學出版社，第 182 頁，1985 年。

〔註65〕 陳順馨：《社會主義現實主義理論在中國的接受與轉換》，合肥：安徽教育出版社，第 232 頁，2000 年。

　藝，忠於現實而又比現實更高的文藝。只有這種文藝能夠完滿地反
　映出躍進再躍進的現實，鼓舞人民向更新更美的目標前進。〔註66〕

伴隨著「兩結合」口號的提出，「社會主義現實主義」逐漸淡出了理論界的視線。

　　作為 1949～1966 年間兩種最主流的創作方法，「社會主義現實主義」和「兩結合」可以稱為是這一時期文學的精髓，而這兩種創作方法都無一例外的與「現實主義」有著密切的聯繫。但是，不管是「社會主義現實主義」還是「兩結合」，顯然都不是普通的現實主義，更不是在現實主義之前隨意加上一個前綴，或者隨意進行「結合」。它們是中國開始步入社會主義制度後，新中國領導人為了服務和教育大眾而提倡的創作方法，雖然採用了「現實主義」的名稱，但與「古典現實主義」、「啟蒙現實主義」、「批判現實主義」等概念存在著根本的差別。首先，「社會主義現實主義」和「兩結合」在政治上受到了社會主義理論的指導，要求作家在實踐中自覺以社會主義世界觀來認識世界。周揚在第二次文代會上就曾明確地表達過這種看法：「判斷一個作品是否社會主義現實主義的，主要不在它描寫的內容是否社會主義的現實生活，而是在於以社會主義的觀點、立場來表現革命發展中的生活真實。」〔註67〕為了說明「社會主義現實主義」的全面性，周揚又在「世界觀」的基礎上加入「寫真實」等許多豐富的內容，指出「任何企圖掩蓋、粉飾和沖淡生活中的矛盾的傾向，都是違背現實的真實，減低文學的思想戰鬥力，削弱文學積極作用的，」也是「違背社會主義現實主義的。」〔註68〕不過，總體說來「社會主義現實主義」的根本還是要求作者擁有社會主義的世界觀。其次，「社會主義現實主義」和「兩結合」打破了現實主義固有的藝術規律。現實主義藝術的特徵是強調客觀、真實，不主張作家在創作中投入太多的情感，但在社會主義現實主義為了教育大眾、表現社會的進步，要求作家在創作中表現出一定的傾向性，甚至要求作家在創作中可以適當地注入浪漫主義的元素，與傳統現實主義的藝術規律相去甚遠。

　　但是，任何新的創作方法都不可能憑空出現，「社會主義現實主義」和「兩結合」沒有拋棄「現實主義」的明號，就不可避免要與藝術界已經成熟的「舊

〔註66〕《文藝報》，1958 年第 19 期。
〔註67〕周揚：《周揚文集》（第 2 卷），北京：人民文學出版社，第 186 頁，1985 年。
〔註68〕同上，第 188 頁。

現實主義」發生糾纏。為了讓作家（特別是新進作家）領會這兩種創作方法的新內涵,同時也為了豐富「社會主義現實主義」的內容,使之成為一種成熟的創作方法,新中國文藝領導人不得不挖掘一些「舊現實主義」的藝術經驗。在 50 年代,「對西方古典文學（包括俄羅斯文學）的翻譯出版也有較大的規模,其品種和數量都超過三四十年代。」〔註69〕這些翻譯的作家作品中,不少是現實主義經典作家作品,如亨利‧菲爾丁、陀思妥耶夫斯基、高爾基、蕭伯納、托馬斯‧曼、羅曼‧羅蘭、阿里貢、盧森堡等等。當作家自覺在現實主義經典作品和理論中探索「現實主義」奧秘的時候,「社會主義現實主義」和「兩結合」的內在矛盾就不可避免被揭露出來。

作為一個左翼文藝運動中的老將,胡風對於「十七年」現實主義話語形成的來龍去脈有清晰的瞭解,「我開始寫評論的時候,是多少受到了這一理論（唯物辯證法的創作方法:引者注）的影響的。到讀到了清算這種理論的文章時,我熱忱的接受了。由於魯迅的實踐（他是憑著創作實踐與庸俗社會學對立的）,我接受社會主義現實主義的理論是憑著實感的。」〔註70〕胡風對自己思想成長的自述,一方面表現了其思想發展的獨特性——「憑著實感」完成了思想的轉變;另一方面也說明了其思想成長與左翼現實主義理論的發展保持著同步性。所以,胡風在解放後對作為規範的現實主義話語的批判更顯得一針見血:

> 那基本特徵是不從實際出發,不是憑著原則的引導去理解實際,而是用原則代替了實際,從固定的觀念出發,甚至是從凌亂的觀念出發,用馬克思主義的詞句或者政策的詞句去審判作品。更進一步看,像別林斯基所說的,有歷史分析而沒有美學分析,或者反過來,有美學分析而沒有歷史分析,都是片面的,因而都是虛偽的,這些虛偽的批評也只能算是庸俗社會學。這個武器頂厲害,互相啟發的現實感受和藝術機能被它一悶,是都只好萎縮下去而已的。〔註71〕

胡風對「庸俗社會學」的批判之所以信心十足,重要的原因之一在於他對於經典馬克思主義理論的熟悉和運用的熟稔,這讓他在力量懸殊的「胡風批判

〔註69〕洪子誠:《中國當代文學史》,北京:北京大學出版社,第19頁,1999年。
〔註70〕《胡風評論集‧後記》,《胡風選集》(第 1 卷),成都:四川人民出版社,第648頁,1995年。
〔註71〕胡風在擴大會議（11 月 7 日）上的發言,見《文藝報》1954 年第 22 期。

運動」中不落下風。此外，胡風對「庸俗社會學」的認知，不是理論「戴帽子」，而是來自生活體驗和藝術創作的「實感」。「胡風的現實主義理論，建立在他作爲一個現實主義作家理論家的創作和批評實踐的眞實體驗的基礎上。對此，他稱爲『實感』。〔註72〕胡風的「實感」來自於他個人的創作實踐和批評體驗，他在翻譯工作中對西方文學理論和作品的體驗，以及他對魯迅創作實踐的深刻體會。通過帶有經驗主義色彩的「實感」，胡風打通了開往「現實主義」宏大藝術寶庫的通道，這讓他形成了自己的藝術個性，也揭示出「社會主義現實主義」和「兩結合」的致命缺陷。

與胡風相似，從「實感」的角度產生了獨到藝術見解的理論家，在「十七年」中還有馮雪峰、阿壟、李何林等。馮雪峰在四十年代提倡過「藝術的力」，與胡風的「主觀戰鬥精神」有著內在的聯繫，建國後他在一系列重要大會上對當前創作問題的看法，精辟之處都是他對過去文藝見解的重申。阿壟和李何林在「十七年」都提出了「藝術與政治一元論」的看法，認爲「在藝術問題上，如果沒有藝術，也就談不到政治」；「藝術，首要的條件是眞」，而「公式主義、教條主義出發於一定的概念之中」，「這個概念，卻不是眞。」〔註73〕認爲藝術與政治一元論的看法，其實是將現實主義首先還原爲一種創作方法，認爲政治只是這種創作方法達到的藝術效果。所以，與其用政治的效果來苛求創作，造成政治與藝術的雙重損失，不如堅持現實主義的基本方法，通過對現實主義的堅守達到政治的目的。這也正是胡風對現實主義的理解，其矛頭所向，便是「社會主義現實主義」和「兩結合」中現實主義話語邏輯不清的現象。

與胡風派理論不同，錢穀融從「十七年」現實主義話語的誤區中探索到「文學是人學」的看法，則更多的是通過對蘇聯文學的深刻理解。錢穀融在《論「文學是人學」》一文中，首先從高爾基的話入手：「高爾基曾經作過這樣的建議：把文學叫做『人學』。我們在說明文學必須要以人爲描寫的中心，必須創造出生動的典型形象時，也常常引用高爾基的這一意見。但我們的理解也就到此爲止，——只知道逗留在強調寫人的重要一點上，再也不能向前多走一步。」顯然，錢穀融要在這句話的基礎上作更進一步的申發，其最終將

〔註72〕崔志遠：《現實主義的當代中國命運》，北京：人民文學出版社，第 140 頁，2005 年。

〔註73〕阿壟：《論傾向性》，《文藝學習》1950 年第 1 期。

當時文藝界出現的一系列論爭的癥結都歸結為沒有深刻理解「文學是人學」
的確切內涵。他說：

> 文學要達到教育人、改善人的目的，固然必須從人出發，必須
> 以人為注意的中心；就是要達到反映生活，揭示現實本質的目的，
> 也還必須從人出發，必須以人為注意的中心。說小說的目的任務是
> 在於揭示生活本質，在於反映生活發展的規律，這種說法，恰恰是
> 抽調了文學的核心，取消了文學與其他社會科學的區別，因而也就
> 必然要扼殺文學的生命。〔註74〕

類似深刻的見解，在錢穀融的這篇論文中比比皆是。可以說，「文學是人學」
是現實主義乃至一切文學的本質，錢穀融從現實主義在當時的問題入手，深
入到高爾基等蘇聯文學家創作思想的「內核」，進而對整個文學進行了重新認
識。這在某種程度上，也屬於「規範」話語裂縫的功勞吧！與錢穀融同時在
1956 年引起文壇波瀾的理論家還有巴人，他的《論人情》通過馬克思經典理
論來探討階級社會裏有「共同的人性」，在當時也非常引人注目。

第四節：「規範裂縫」的本質和影響

「十七年」文學的「規範裂縫」反映出新中國文學「被建構」過程中面
臨的重重矛盾：首先是政治要求與藝術要求的矛盾。如果認為新中國文藝領
導人對文學的規範，只是為了使文學合乎政治的要求，就顯得過於簡單。在
中國共產黨文藝領導史上，只有「蘇區文學」才是純粹政治化的文學，在這
一時期，由於殘酷的戰爭環境以及文藝專業人才奇缺，文藝只是被當作各種
宣傳手段中的一種。到了延安文學時期，1936 年「中國文藝協會」的成立標
誌著中國共產黨對文學認識的轉變，毛澤東在成立大會講話中宣稱要「文武
雙全」，意味著中共不再將文學僅僅作為軍事戰線的補充，而將其作為一條獨
立的戰線，因此中共對知識分子的態度以及對文藝領導的方式都發生了根本
性的改變。建國之後，新中國文藝領導人對文藝規範採用辯證法的形式；強
調文藝政治性的同時又不斷進行反「教條主義」的鬥爭；堅持文學一元論的
同時也試圖實現文藝的「百花齊放、百家爭鳴」，這都說明中共對於新中國文

〔註74〕《藝術・人・真誠——錢穀融論文自選集》，上海：華東師範大學出版社，第
66 頁，1995 年。

學的想像，既要求文藝成爲社會主義整體事業中的一顆「螺絲釘」，同時又能創造出具有普世價值的文化經典，以對抗資本主義的核心價值觀。所以，「十七年」文學在發展過程中對於已經成爲經典的西方古典文學並沒有採取排斥的態度；在創作中一直追求「史詩性」宏大結構；在文藝理論探討中，一再對文學藝術的基本規律進行探討，所有的做法都是爲了使新中國文學能夠出現足以對抗資本主義文學的經典巨製。但是，社會主義文學巨製的出現需要充足的文化準備，同時也需要相對自由的創作環境，新中國對作家隊伍的整合使很多有實力的作家喪失了寫作的權利；對文學意識形態的過分要求也違反了文學創作的規律；對資本主義世界觀的完全排斥也削弱了新中國文學可以保持的包容性，因此文學創作的實際始終不能滿足政治對文學的要求，這也使新中國的文藝規範不可能走向成熟和穩定。

其次，一元化與多元化的矛盾。陸定一在 1956 年正式提出「百花齊放、百家爭鳴」口號時說：「文藝工作，如果「一花獨放」，不論那朵花怎麼好，也是不會繁榮的。」〔註 75〕作爲新中國第一任宣傳部長，陸定一的話代表了新中國第一代領導人對文藝的認識和要求：新中國文藝不僅要保持高度的政治性，同時還要實現文藝的「繁榮」，而繁榮的標誌便是「百花齊放」。「十七年」文學對「百花文學」的要求並非一時衝動，也非空洞的口號，而是文學發展的必然要求：「十七年」文學嚴格的政治要求，使文學呈現出「一花獨放」的局面，它的極端表現便是「教條主義」的盛行：作家完全根據文藝政策進行寫作，從而使文學喪失蓬勃發展的動力。同時，蘇共「二十大」對斯大林的批判也引起了中國領導人的注意，這種事實說明，過度強調文學的政治性不僅損害了文學的藝術性，既使文學的政治性也難以保持。種種現實使新中國文藝領導人在堅持政治性的前提下，開始考慮文學發展的多元性。但是，文學的「一元性」和「多元性」畢竟難以同時實現，對政治「一元」的要求必然難以出現藝術的「多元」；對藝術「多元性」的包容也必然動搖政治的「一元性」，因此 1956 年的文學「百花時代」注定在「十七年」中只是曇花一現，但之後文學再次出現對「教條主義」、「公式主義」和「庸俗社會學」的批判，依然說明「多元化」並不是新中國文藝領導人一時的興致，而是他們對新中國文學想像的重要維度。

再次，民族性與世界性的矛盾。「東西總布胡同之爭」的本質是新中國文

〔註 75〕《人民日報》，1956 年 6 月 13 日。

學發展道路上民族性與世界性的矛盾，丁玲在多個場合將之稱為「土」與「洋」的矛盾。所謂「土」，即以趙樹理為代表的、在解放區形成的民族化、本土化的創作路線；所謂「洋」，即在五四時期形成的廣泛吸收西方文學經驗、具有世界性因素的創作方向。民族性的創作路線，滿足了解放初期廣大勞動群眾的審美需求，但不利於文學藝術水平的整體提升，使新中國文學不能與世界文學保持同步發展；世界性的創作方向，可以提升新中國文學的整體藝術水平，並與世界文學保持緊密的聯繫，但不符合「為工農兵服務」的創作宗旨。因此兩者之間就出現了矛盾。而在更深層次上，新中國文學中的「土」與「洋」之爭，反映出部分知識分子爭奪文化話語權的企圖，當文學創作在世界性的軌道上發展，有充足知識積累的知識分子理所當然成為文學發展的主導者。這種企圖在新時期「走向世界」的呼聲中充分地體現了出來。

最後是超越性與合法性的矛盾。新中國對社會主義制度的選擇，決定了新中國文學必然要對既往文學經驗進行超越，特別是與西方「現代性」發生之後的文學拉開差距。但是，新中國文學的基礎——中國現代文學，與西方「現代性」文學有著緊密的聯繫；而且，西方「現代性」文學經過幾百年的積澱，所體現的人類價值和藝術經驗已經得到世界範圍的認可，因此新中國文學的超越性具有很大的難度和風險，稍有不慎便會陷入「無根」的狀態，而且「合法性」難以得到廣泛的認可。因此，為了實現「超越性」和「合法性」的統一，新中國文學對於中國現代文學和西方文學均採取了選擇接受的態度，但中國現代文學與西方文學的成熟性，必然對新中國文學的意識形態要求形成挑戰。

新中國文學發展中面臨的這些矛盾，反映出中國知識分子在兩個層面上的文化焦慮。在第一個層面上，它是「五四」以來中國文學發展中「現代性焦慮」的延續。譬如民族性與世界性、超越性與合法性矛盾，在「五四」時期就已經充分體現了出來，它在新中國文壇出現是「後發現代性」國家的必然遭遇。在另一個層面上，它是「意識形態的焦慮」的集中體現。二十世紀世界無產階級革命運動的尷尬在於：在政治實踐的層面，它代表了世界上一大批人的切身利益，是人類渴望自由、平等、正義、公平的必然選擇；但在文化層面，社會主義所倡導的價值觀一時還無法獲得社會的廣泛認可，因此必須通過政治的外力對文化施加規範。這種尷尬在新中國文壇就表現為：政治性與藝術性、一元化與多元化的矛盾。

　　「意識形態的焦慮」對於「十七年」文學研究有重要的意義。在傳統的文學史視野中，「十七年」文學是政治決定的產物，所呈現的文學格局是政治／文學、規範／反規範的二元對立圖景，這導致「十七年」文學中很多複雜的現象無法得到合理的解釋。「意識形態的焦慮」下的「規範裂縫」讓我們看到了另外一幅文學史的圖景：一方面，規範以國家機器為後盾、以權威的姿態對文學和作家產生影響；另一方面，規範裂縫由不斷對規范進行自我解構，從而為文學界和思想界的分化埋下了伏筆。我們可以通過具體的實例進行說明。1956年，「雙百」方針執行之後，著名美學家朱光潛發表了如下一通感言：

　　　　在「百家爭鳴」的號召出來之前，有五、六年的時間我沒有寫一篇學術性的文章，沒有讀一部像樣的美學書籍，或者是就美學裏的某個問題認真地作一番思考。其所以如此，並非由於我不願，而是由於我不敢……

　　　　「百家爭鳴」的號召出來了，我就鬆了一大口氣。不但是我一個人如此，凡是我所認識的有唯心主義烙印的舊知識分子一見面談到這個「福音」，沒有一個不喜形於色的。老實說，從那時起，我們在心理上向共產黨邁進了一大步。我們喜形於色，並不是慶幸唯心主義從此可以擡頭，而是慶幸我們的唯心主義的包袱從此可以用最合理最有效的方式放下，我們還可以趁有用的餘年在學術上替大家一樣心愛的祖國出一把力〔註76〕。

朱光潛這番感言的有意味之處，不在於「雙百」對於一個學者產生如何積極的作用，而是他對「美學」和「唯心主義」的理解。如果我們考察朱光潛在此前「五、六年的時間」的創作情況，並不是「沒有寫一篇學術性的文章」，也不是沒有「就美學裏的某個問題認真作一番思考」。新中國初期，美學界就產生過就其《藝術心理學》的美學爭論，朱光潛在《文藝報》上發表過一篇《關於美感問題》的反駁文章〔註77〕。1951年，在知識分子思想改造運動中，他在11月26日《人民日報》上，一反常態公開檢討了自己的《文藝心理學》和《給青年的十二封信》中散佈的「誘人脫離現實鬥爭」的美學思想。同年11月29日《文匯報》又發表了他的《最近學習中的幾點檢討》，檢討自己虛偽的清高、超脫的態度，主要是檢討自己思想上以及政治上的錯誤。1956年

───────────────

〔註76〕《文藝報》，1957年第1期。
〔註77〕《文藝報》，第1卷第8期。

6月,他又在《文藝報》第 12 號上發表了《我的文藝思想的反動性》,更全面的檢查了自己的錯誤思想。嚴格的說,對自己的美學思想進行徹底的反思和自我批判,不能說沒有對「美學裏的某個問題認眞作一番思考」,唯一可以解釋的是,由於「雙百」方針的出現,朱光潛重新獲得了對自己美學觀點和美學主張的信心,對於此前發表的文章和自我檢討,都認爲不是進行「美學」工作。可見,雖然朱光潛對於規範心存畏懼,但並沒有認可它的權威性:規範雖然涉及到它的美學問題,但他並不認爲這是美學包含的內容。

　　1957 年,在中共的「百花齊放、百家爭鳴」的政策在知識界傳播之後,著名社會學家費孝通在《人民日報》上發表了題爲《知識分子的早春天氣》的文章,非常形象的表現出「規範」突然發生變動後知識分子的情緒:

> 去年 1 月,周總理關於知識分子問題的報告,像春雷般起了驚蟄作用,接著百家爭鳴的和風一吹,知識分子的積極因素應時而動了起來。但是對一般老知識分子來說,現在好像還是早春天氣。他們的生氣正在冒頭,但還有一點靦腆,自信力不那麼強,顧慮似乎不少。早春天氣,未免乍寒乍暖,這原是最難將息的時節。逼近一看,問題還是不少的。〔註78〕

1957 年春天,人們圍繞「早春」這一話題展開了討論,「報刊上便頻頻出現『早春微寒』、『春風不度玉門關』、『倒春寒』、『流水無情草自春』、『早春寒意消』等等對時事和心境不同估計的詞語。」〔註 79〕「早春心態」早已是一個耳熟能詳的話題,而「早春心態」中知識分子對「規範」的理解也頗值得玩味。「早春」是個蠢蠢欲動的時節,知識分子欲說還休、欲休又想說,這已經說明在他們的心目中,「規範」只是政治的一種表現,沒有絲毫眞理性和權威性可言:一方面,只要規範發生變動,他們就可以將他們被壓抑的想法表達出來;另一方面,他們對規範的變動也沒有信任感,因爲規範的不穩定是「十七年」文學的一個常態。在這樣的文學環境下,「十七年」知識分子的精神體驗的豐富性必然超出了我們在文本中感受到的範圍。

〔註78〕《人民日報》,1957 年 3 月 24 日。
〔註79〕洪子誠:《1956:百花時代》,濟南:山東教育出版社,第 25 頁,1998 年。

第三章：「交叉體驗」：意識形態焦慮下的作家生態

　　「規範」與「規範裂縫」的並呈使「十七年」作家的精神體驗表現出「多元化」的特徵。「多元」來自兩個方面：首先，新中國文壇的作家構成本身就是多元的結構，如果追溯到40年代文壇的基本格局，他（她）們至少包括解放區作家、國統區作家和淪陷區作家三種構成，而如果用階級分析的方式再對他（她）們進行分類，他（她）們當中顯然又包含了工農兵作家、左翼作家、自由主義作家等更為複雜的成份，不同構成的作家對「規範」的認識方式和認知程度必然存在著很大的差異。對於解放區作家而言，他（她）們的創作早已深深打上了「規範」的烙印，這讓他（她）們並不恐懼規範、反感規範，相反，因為規範而被擡高的文化身份使他（她）們在新中國文壇有更大的創作自由度，從而可以在開闊的文學視野中拓展自己的文學之路；而對於國統區和淪陷區的自由主義作家而言，「規範」是一個完全陌生的概念，一方面這讓他們感到創作難以為繼的巨大痛苦，另一方面他們也沒有放棄走進規範的企圖，因此新中國自由主義作家的創作呈現出兩種完全不同的外在特徵，一些作家在新中國文壇逐漸消失、創作難以為繼，還有一些作家則積極向規範靠攏，企圖獲得文學生命的另一個春天。比這兩類作家的精神體驗更為豐富的是國統區左翼作家，他（她）們的藝術探索受到了馬克思主義和中國共產黨的指導，並形成了自身的理論體系和創作特色，但新中國制定的文學規範並沒有承認他（她）們藝術成就的合法性，這讓他們必須在抗爭和反思中去尋找自己的位置。其次，「規範裂縫」的存在也給了作家產生多元體驗

的機會。進入新中國文壇的作家不僅構成十分複雜，很多作家的藝術經歷也十分豐富，譬如郭沫若、茅盾、巴金、曹禺、丁玲、胡風、朱光潛等等，在進入新中國文壇之前，他（她）們的文學思想已經成熟，規範裂縫的存在給予了他（她）們思考和探索的機會。同時，一批在解放後成長起來的青年作家，以「初生牛犢不怕虎」的勇氣和對眞理不懈探索的精神不但拓展著自己的藝術視野，規範裂縫給予了他（她）們突破自己的良好契機。

意識形態焦慮下的作家體驗的多元性可以用「交叉體驗」來概括。它包含兩個層面的內涵：第一個層面指「十七年」中不同類型作家相互之間體驗的交叉性，譬如許多在解放區成長起來的作家，在「十七年」產生了「五四」時期作家曾經感受到的精神體驗；而許多受「五四」新文化薰陶成長起來的作家，在這一時期卻出現了解放區作家曾經感受到精神體驗；第二層面的交叉體驗表現爲個體狀態，即很多作家在「十七年」出現了多種體驗並陳的局面。需要強調的是，「交叉體驗」對作家的分類並不能遵照文學史中的既有方式，而必須按照作家人生經驗的趨同性進行重新歸類。文學史講述「十七年」文學的作家構成，往往用解放區作家、大後方作家和新生作家來進行概括，這種按照地域分野和代際差異進行作家分類的方式，具有使用方便的特點，但就作家的體驗來說並不是科學的概括。解放區作家和大後方作家是因抗戰割據而形成的不同作家群，他們成爲一個整體固然有一定的因緣際會，但也有很大的偶然性和隨意性，其內部構成十分複雜。就解放區作家群來說，丁玲、艾青、蕭軍、周立波、王實味等原30年代左翼運動出身的作家，與趙樹理、孫犁、賀敬之、郭小川等在解放區成長起來的作家，在人生閱歷和生命體驗上必然存在很大差異。而大後方作家群的內部構成比解放區作家群更爲複雜。如果我們按照這樣的作家歸類方式，「十七年」作家體驗研究就無從進行，但是如果按照作家人生經歷的趨同性進行歸類，情況就不同了。

第一節：「交叉體驗」的橫向狀態

一、解放區本土作家的文學選擇

相對於解放區的外來作家，解放區本土作家更能代表解放區文藝的特色，在解放區文藝運動開始之前，他們的文學生命基本是一片空白，是解放

區文藝運動爲它們填上了豐富多彩的內容。相近的人生經歷，使解放區本土作家在建國後「十七年」有著基本類似的人生體驗和文學選擇，他們都有非常明顯的「革命後」體驗。對解放區本土作家而言，「革命後」是與「革命中」相對而存在。在「革命中」，受革命理想主義和戰爭環境的影響，他們自覺將文學作爲革命的武器，對世界和文學的認知具有很大的局限性；在「革命後」，戰爭結束和革命勝利讓他們中的很多人開始對文學進行重新思考，部分作家還對自己過去的文學生命進行了深刻的反思。

在解放區，蕭也牧的創作表現出濃鬱的土地氣息和革命精神，他早期代表作《連綿的秋雨》，描寫了一位解放軍小護士在日寇「掃蕩」中，帶著幾個病號轉移的過程，小說主人公小喬機智、勇敢、樂觀、可愛，像一朵在戰爭廢墟中頑強盛開的小花。此外，《我和老何》、《識字的故事》、《貨郎》等作品，來源於解放區的鬥爭生活，清新自然，受到讀者和批評家的好評。解放以後，蕭也牧到了北京，初期創作的兩部作品《海河邊上》和《我們夫婦之間》都受到了主流批評界的批判，認爲作品具有「小資產階級傾向」、「在創作上的表現是脫離生活，或者依據小資產階級的觀點、趣味來觀察生活，表現生活」〔註1〕；認爲「作者輕浮的、不誠實的，玩弄人物的態度」，「作者的低級趣味」令人反感〔註2〕。一個在解放區革命鬥爭薰陶下成長起來的作家，在解放後犯下「小資產階級」和「低級趣味」的錯誤，很令人費解。到底兩部作品體現了怎樣的小資產階級情調呢？《海河邊上》描寫了一對青梅竹馬的青年工人張大男和馬小花的愛情故事，表現解放初期工人階級正在開始的新生活。在作品中，作者細緻地描寫了大男和小花的愛情波折和戀愛心理，因此被認爲「描寫的工人的生活、感情，實際上只是小資產階級式的生活感情。」〔註3〕《我們夫婦之間》描寫了一對解放區夫婦進城之後的生活波瀾。「我」是一個知識分子出身的幹部，「妻子」是一個貧農出身的工人，在進城之前，夫妻二人相濡以沫、互相進步，並不存在交流的障礙，但在進城之後，「我」逐漸對「妻子」在解放區養成的習慣有了看法，認爲她見識少、喜歡管閒事、沒有生活趣味、不夠靈活圓通，並造成夫妻之間的矛盾。後來，經過「我」對自

〔註1〕 陳湧：《蕭也牧創作的一些傾向》，《人民日報》，1951 年 6 月 10 日。
〔註2〕 李定中：《反對玩弄人民的態度，反對新的低級趣味》，《文藝報》第 4 卷第 5 期。
〔註3〕 陳湧：《蕭也牧創作的一些傾向》，《人民日報》，1951 年 6 月 10 日。

己思想的反思，夫妻之間重歸於好。作者創作這篇小說的目的是爲了反省「我」的思想動搖，但在批評家眼裏，這卻是對勞動人民的「歪曲」。顯然，批評界對蕭也牧的批判有些言過其實，但蕭也牧解放初期創作的小說，也的確與前期作品發生了少許變化。蕭也牧是一位善於在日常生活中捕捉靈感，表現出生活趣味的作家，他在解放區創作的作品，具有濃鬱的土地氣息和鄉村趣味。到了城市以後，因爲地域的變遷，蕭也牧在創作上曾感到「困惑」，一些人議論：城市讀者不大喜歡老解放區的小說，因爲讀起來枯燥，沒有「趣味」和「人情味」；生活隨處都有，最好的小說要寫日常生活，要從側面寫，這才顯得深刻。〔註 4〕這裡，說解放區的小說沒有「趣味」和「人情味」，準確的意思是沒有「城市趣味」。受這種議論的影響，蕭也牧在創作中就加入了一些「城市趣味」的因素，譬如愛情描寫，對城市生活中一些好習慣的讚美等等。

蕭也牧在解放後創作的轉變，其實也可以理解。一方面，中國共產黨領導下的革命文學，強調文藝與人民大眾的結合，在延安時期，「人民大眾」特指工農兵，而到城市之後，人民大眾的範圍理所應當進行擴大，因此應該加入些城市趣味的元素；另一方面，無論是「鄉村趣味」還是「城市趣味」，都是「人的趣味」的一個重要組成部分，當革勝利之後，文學反映的內容也應該進行擴大；再一方面，解放後新中國的首要任務開始從革命轉向建設，而按照傳統的現代化邏輯，這是一個城市化的過程，作家也應該適應這種轉變。無論從哪個方面來說，蕭也牧的轉變都是解放區作家「革命後」體驗的眞實表現，「革命後」讓作者有了更開闊的文學視野，作者也意識到時代的變遷，因此也就有了新的文學選擇。

1949 年，從農村進入城市的趙樹理被分配在全國總工會領導下的工人出版社工作。這種工作安排的意圖很明顯：在農村，趙樹理創作的幽默詼諧的通俗故事深受農民喜愛，到城市之後，他應該拓展自己的創作範圍，不僅要創作出受農民歡迎的作品，還要能創作出受工人讀者歡迎的作品來。果然，在工人出版社工作不久，「全總」領導就有意要他寫反映工人的作品。於是，趙樹理選了設在先農壇左近的一個噴霧器的小工廠去體驗生活。「待了個把月，他覺得這根據地不好設立，工人上班忙於幹活，下了班東奔西散，不照面了，連個拉話的機會都看不到，哪能談得上熟悉，更怎能設想創作？應一

〔註 4〕《文藝報》，1951 年 10 月 25 日（第 5 卷第 1 期）。

些報刊的要求，在四、五月份各寫了一個短篇小說：《傳家寶》、《田寡婦看瓜》，吃的還是老本錢。」〔註5〕

　　有心栽花花不開，無心插柳柳成蔭。先農壇離天橋不遠，在工廠無事可做，趙樹理便去蹓天橋。「他連電車也不坐，來回步行，興致來了還喝幾杯酒。他的喝酒方式是農村趕大車的喝酒法，站在哪裏一仰脖子咕嚕一杯，攞腿就走。他說這省事、過癮。他在天橋看耍把戲的，也看走鋼絲的，騎車的，飛單槓的，但他最迷的還是低矮的泥棚茶園裏說評書的、說鼓書的，說相聲的，唱評戲的。」〔註6〕趙樹理被天橋的民間藝術迷戀住了，他在這裡發現了自己新的用武之地：改造舊文藝，佔領這塊藝術寶地！

　　很快，在1949年10月15日，北京市大眾文藝創作研究會成立，選舉了趙樹理、王亞平、苗培時、辛大名等15人為執委，趙樹理為主席。從此，趙樹理就把主要精力投入到大眾文藝研究會的工作上，他團結了一批作家和通俗文學工作者，「在不到一年的時間裏，大眾文藝創作研究會就擁有會員400餘人，分別在北京《新民報》和天津《進步日報》編輯了6個周刊，編輯出版了《說說唱唱》月刊和《大眾文藝通訊》雙月刊，出版多種大眾文藝叢書，發表文字240多萬字。並進行戲曲改革工作，幫助藝人演唱新戲曲。開發了新曲藝演唱園地『大眾遊藝社』和『西單遊藝社』。主持籌備中華全國曲藝改進會，甚至在燕京大學、清華大學等高校開設文藝講座。」〔註7〕北京市大眾文藝創作研究會取得這樣驕人的成績，與趙樹理的苦心經營是分不開的。當時，雖然北京大眾文藝創作研究會在北京取得巨大成功，但對於北京之外的地區影響並不大，重要原因之一是很多出版社擔心新通俗文藝沒有市場。為此，「趙樹理親自登門拜訪寶文堂劉經理，說服了他改變經營方針，印一些新唱本為新社會服務。開始，劉經理的思想上還有顧慮，只是印了一些新唱本，如王亞平的《百風朝陽》、苗培時的《三勇士大破正定路》，辛大明的《煙花兒女翻身記》等。這些新唱本印出來之後，不僅在北京大受歡迎，而且暢銷到全國去。一年多的時間，寶文堂編印了大眾文藝叢書十餘種，新曲藝叢書十集，新曲藝唱段一百二十段，劇本五十種，有力支持了大眾文藝創作研究

〔註5〕高捷等著：《趙樹理傳》，太原：山西人民出版社，第119頁，1982年。
〔註6〕同上。
〔註7〕蘇春生：《從「通俗研究會」到「大眾文藝創作研究會」——兼及東西總布胡同之爭》，《趙樹理研究通訊》，1999年第12期。

會的創作活動。」〔註8〕為了攻克天橋文藝陣地，這一時期的趙樹理在工作上出現了「本末倒置」，雖然任工人出版社社長，但社裏的大小事物他都很少過問，主要精力都放在《說說唱唱》這本不起眼的刊物上，甚至於為了這本刊物的及早出版，不惜與同仁大動肝火。這些迹象都表明，在趙樹理看來，對大眾文藝的改造顯然要超過其它的工作。

趙樹理對於大眾文化有著深厚的感情，在他開始從事文學創作的時候，就樹立了當「文攤文學家」的理想，因此解放初期他憑個人興趣開始大眾文藝創作的組織和實踐，並不十分令人意外。不過，從「文攤」到「天橋」還是表現出他在「革命後」心態的微妙變化。儘管立志做一名「文攤文學家」，但隨著「趙樹理方向」的提出，他實際既走進了「文攤」也步入了「文壇」，而且還是文壇的領袖人物。解放後，解放區文藝的方向被確定了「新的人民的文藝」的發展方向，作為解放區文藝代表的趙樹理完全可以延續過去創作思路，實現「文攤」和「文壇」統一。但趙樹理沒有這樣做，他選擇了「天橋」，這是他文學理想的一次回歸，同時也是一次思想的超越：選擇「天橋」意味著他放棄了曾經擁有的政治光環，成為了一名普通的大眾藝術工作者；而沒有政治光環的遮蔽，趙樹理就不再是一個符號，而回歸到原初和自我。趙樹理選擇「天橋」看似偶然，也是必然，當革命的風起雲湧平靜之後，「方向」只是一種政治的象徵，繼續一個文藝工作者的本分，用作品影響大眾，又重新成為他追求的目標。

在解放區作家群中，孫犁的「革命後」體驗最為強烈且明顯。孫犁在「十七年」中真正全身心投入創作的時間不到十年（即1949～1956），而後便患了充滿玄機的「病」，創作計劃完全打亂，《風雲初記》之後再無「二記」、「三記」，《鐵木前傳》完成後也沒有再寫出「中傳」或「後傳」。孫犁再次進入讀者的視線直到70年代末期，這一時期孫犁創作的整體風格已經發生了很大的改變，以至於研究者將孫犁一生的創作要分為兩個時期來進行研究。〔註9〕很明顯，「十七年」是孫犁創作生涯的一個轉折時期。

解放區時期，孫犁散文化的小說以清新、溫婉、唯美、詩意而著稱，頗具周作人、廢名、沈從文等「京派」文人創作傳統的遺風，不過在解放區成

〔註8〕高捷等著：《趙樹理傳》，太原：山西人民出版社，第124～125頁，1982年。
〔註9〕學界將孫犁創作分為兩個時期，一般以文革結束為界，之前稱為「早期創作」，之後稱為「晚期創作」或「晚年創作」。

長起來的孫犁與他們在精神內核上有很大的差別。「京派」文學的思想內核是現代知識分子對於「鄉土中國」的留戀和懷想。「京派」文人對傳統文化資源的挖掘，滿足了中國人在現代劇變中的文化懷舊感，豐富了現代文化的多元走向，而現代中國參差不齊的社會現實也爲他們的創作提供了現實基礎。譬如沈從文對「湘西文化」的書寫，在漢文化和工具理性大行其道的現代中國，滿足了現代人對於「自然人性」的嚮往，而湘西文化的神秘性讓他的作品有了「異域」風情。

孫犁的早期作品則不然，如果脫離了革命的大背景，不僅其審美價值要大打折扣，甚至其真實性也要受到懷疑。我們先看革命與孫犁早期作品真實性的關係。孫犁早期作品不僅描寫了解放區農民淳樸善良的傳統文化品格，還刻畫了他（她）們超越其文化性格的犧牲精神和奉獻精神，這兩種文化品格只有在解放區的特定語境下才可能合理地結合在一起。就中國文化的現代化程度而言，中國農民還難以達到孫犁作品所描寫的道德水平和思想覺悟，但在解放區進行的革命實踐中，因爲工農兵（主要是農民）成爲革命的主體，他們的文化性格也在一定程度上被理想化。正因爲此，孫犁早期作品中描寫的現實與實際生活並不具有一致性。〔註10〕而對於當代的讀者來說，由於時間的阻隔，他們對解放區的認識依舊具有理想化的色彩：在這裡，中國共產黨完成了從弱小到強大歷史蛻變，並最終完成了建立新中國的壯舉，這個過程本身就具有傳奇性。所以說，對革命的理想化認識，使當時的讀者不會對孫犁的作品產生現實性的懷疑；而對革命理想化的歷史定格，也讓今天的讀者能夠認同孫犁的作品。

不僅作品的真實性與革命有著莫大的關聯，孫犁早期作品的文學價值也與革命有著深刻的聯繫。今天的研究者探討孫犁早期作品的清新和詩意，其實都沒有脫離一個背景——戰爭（革命）。換句話說，孫犁作品中所表現的清新和詩意特徵是在戰爭（革命）文學的總體框架中凸顯出來。我們今天討論

〔註10〕譬如《山地回憶》中的情節與現實生活中完全相反，對於這種現象，孫犁說「我想寫的，只是哪些我認爲可愛的人，而這種人，在現實生活中間，占大多數。她們在我的記憶裏是數不清的。洗臉洗菜的糾紛，不過是引起這段美好的回憶的楔子而已。」「在那可貴的艱苦歲月裏，我和人民建立起來的感情，確實如此。我的職責，就是如實而又高昂濃重地把這種情感渲染出來。」（《關於〈山地回憶〉的回憶》，《孫犁文集》（第6卷），百花文藝出版社，1982年版。）

「荷花澱派」的價值和意義，也是因爲它在戰爭（革命）文學中獨樹一幟，所以，茹志娟因爲寫作戰爭題材的《百合花》，被文學史認爲是「荷花澱派」的當代延續，而劉紹棠、賈平凹、鐵凝、韓少功等作家自己承認受到了孫犁的影響，但因爲沒有創作戰爭題材的作品，因此文學史更多時候將他們的作品稱爲「鄉土文學」。所以，孫犁作品讓人感覺到的清新和詩意，是因爲他的作品與一般戰爭文學的強烈反差，他描寫的戰爭不但沒有戰爭的殘酷性，反而處處洋溢著濃鬱的田園氣息，當然讓讀者感到強烈的詩意感覺。

概括起來，孫犁早期作品的詩意可以用「革命的詩意」來概括，它與沈從文、廢名、汪曾祺等人作品中體現出的「文化的詩意」有本質的不同。如果說「文化的詩意」屬於過去，代表了人們對消失事物的懷想，那麼「革命的詩意」屬於未來，是革命者對於理想的擁抱和展望。不過，孫犁早期作品中的「革命的詩意」與解放區文學中的「革命浪漫主義」也有著明顯區別：「革命浪漫主義」主要表現革命帶來的變動性，在刻畫人物時強調人物超越過去的先進性而忽略了人物傳統文化心理；「革命的詩意」則將解放區農民的先進性與傳統性有機的結合起來，在表現他（她）革命先進性的同時，又將這種理想人格落實到他們的傳統文化品格之上，從而兼具了革命的浪漫與文化的詩意，形成了獨樹一幟的文學風格。

孫犁早期作品的獨特風格與其獨特的革命經歷有著密切的聯繫。孫犁參加革命的過程可用「既非自願、也非被迫」來概括，他不像丁玲、艾青、蕭軍、王實味等左翼作家出身的文學革命者，有著強烈的革命自覺，但他也不是被迫參加革命隊伍，並不對革命持反感態度。這種曖昧的革命經歷，使他將革命僅僅視爲一種生活方式，革命對他來說不存在著對錯與否、恰當與否的理性分析，而只有舒適與否、適應與否的情感判斷。孫犁在革命生活當中不僅相當適應，而且得心應手：孫犁從事革命活動的主要區域在晉察冀邊區，這是孫犁出生成長的地方，儘管革命勞頓並不能讓他充分享受家庭的溫暖，但在家門口從事革命活動畢竟也沒有背鄉離井的痛苦，同時還常常獲得一種榮耀感；而在革命活動中，孫犁文學才華逐漸顯露，經過不長的時間居然成爲解放區知名作家。這樣的革命經歷，確實會讓人產生「沾沾自喜」的感覺，這使得孫犁對於革命難以有理性的分析判斷，更多情況下是順其自然的相信革命、認同革命和服從革命。在他的心目中，革命就是一種和諧舒服的生活狀態，即使現在對很多人而言，還不能實現這個狀態，但通過革命必然會實

現這種狀態。所以，當孫犁書寫革命的時候，並沒有敵死我活的緊張狀態，也沒有流血犧牲的戰爭慘象，而是一片和諧詩意的景象。

「解放」對於孫犁來說，是從革命的理想狀態到革命後現實狀態的過渡，在這個過程中，他感受到理想與現實的巨大落差。解放後，孫犁最強烈的感受是人與人之間關係的變化。1950 年春天的一個晚上，孫犁去天津濱江道光明影戲院看《青燈怨》，他發現一張門票的價格足以買幾斤農民糊口的玉米麵。而在正片前加演的新聞片上，孫犁看到皖南救災的場面：農民乾瘦的面孔、襤褸的衣衫、破敗的小屋同時出現。這讓孫犁感到非常難過：「難過不在於他們把我拉回災難的農村生活裏去，難過我同他們雖然共過一個長時期的憂患，但是今天我的生活已經提高了，而他們還不能，並且是短時間還不能過到類似我今天的生活。」「我同他們的生活已經距離很遠，有很大的懸殊」，「這樣生活的對照，在電影院裏，只有一樓之隔。」〔註11〕如果這種感受只會激發孫犁建設新中國的決心和鬥志，那麼朋友與孫犁對這種現象完全不同的認識更讓孫犁難以釋懷。

不知昨晚，他們有沒有和我共同的感想。今天，我很想到長堤上站一站，吹吹久別的農村原野的風沙。我把那感想同張同志略談一談，張同志說：

> 你有些觀點是不正常的，落後的。玩玩耍耍，滑冰駁船，飲茶談心，口紅糖香，正是生活的正常現象，也是我們戰鬥的理想。我們從青年就參加了游擊戰爭的生活，習慣於山巒漠野，號角槍聲，勺飲壺漿，行軍熱炕，其實這都是反常的，都不是我們生活的目的。我們生活的目的，就是像眼前這個樣子，康樂富強！
>
> 我想是的，這道理是對的。我們生活的戰鬥的目的是全體人民的康樂富強，但眼前這個樣子還不夠，例如昨天晚上的農民的生活，離眼前這樣子還很遠。天津廣大工人群眾，也還需要改善他們的衛生設備。
>
> 如果有的同志有些牢騷，有些不開展，那只是說，從這些鄉下人來看，眼前這些人，很多還是過去那些不事生產的，而有時，他們樂的更沒道理，加強著他們的剝削的、寄生的、醜惡的意識。我

〔註11〕孫犁：《雨天日記》，《孫犁文集》（第 7 卷），天津：百花文藝出版社，1982年。

們所以不能以眼前的樣子爲滿足，是因爲我們還需要繼續努力，建
設齊全體勞動人民的新的康樂富強的生活，在建設過程中，並改造
人們的思想，傳統的優越感和剝削意識。〔註12〕

不僅在城市裏人與人之間的關係變了，即使在孫犁最熱愛的鄉村，人與人的
關係也發生了變化。1952年多天，孫犁到他在革命期間曾經工作過的安國縣
下鄉，特意徒步到鄰近博野縣大西章村看望了老鄉小紅一家（大西章村是他
1947年土改試點呆過的村子，在小紅家住時，並和這家人建立了深厚的感
情）。小紅家共三口人：母寡居，另有一個弟弟叫小金。回憶土改期間在這
一家的生活，孫犁寫道：「一家人對我甚好。我搬到別人家住時，大娘還叫
小金給我送來吃食，如烙白麵餅，臘肉炒蛋等，小紅給我縫製花緞鋼筆套一
個。工作團結束，我對這一家戀戀不捨，又單獨搬回她家住了幾天。大娘似
很爲難，我既離去。據說，以後大娘曾帶小金到某村找我，並帶了一雙新做
的鞋，未遇而返。」〔註13〕但這一次孫犁的專程拜訪，結果卻有些出乎他的
意料：「不知何故，大娘對我已大非昔比，勉強吃了頓飯，還是我掏錢買的
菜。」〔註14〕這無疑是當頭潑了孫犁一盆冷水，曾經淳樸善良的老鄉爲什麼
變成今天這個樣子，孫犁這樣認爲：「農民在運動期間，對工作人員表示熱
情，要之不得，盡往自己身上拉。工作組一撤，臉色有變，亦不得謂對自己
有什麼惡感。」〔註15〕孫犁的這個解釋，看似是爲自己的尷尬境遇開脫，但
明顯可以看出他加深了對農民的認識：在農民的身上，既有淳樸善良的一
面，也有自私世故一面。就孫犁的感受而言，在革命期間農民的熱情淳樸的
背後，何嘗不是一種自私與世故呢？可以說，這個事件直接影響了孫犁對早
期創作中理想主義的反思。

孫犁在解放後思想的轉變直接反映到他的創作當中。在《風雲初記》這
部長篇小說裏，我們能夠明顯感受到孫犁在處理「革命史」題材和表現「兩
條線」的鬥爭時，顯得有些捉襟見肘。其實，孫犁在1949年寫作了一系列回
憶革命生活的短篇小說，如《吳召兒》、《山地回憶》等等，這些作品以「拾

〔註12〕孫犁：《雨天日記》，《孫犁全集》（第5卷），天津：百花文藝出版社，第238
～239頁，1991年。
〔註13〕孫犁：《陋巷集》，天津：百花文藝出版社，第18頁，1987年。
〔註14〕同上。
〔註15〕郭志剛、章無忌著：《孫犁傳》，北京：北京十月文藝出版社，第286頁，1990
年。

貝」的形式擷取革命生活中的小片段、小細節和小人物，清新自然，但並不能適應新中國對於「革命史」題材的文學要求。解放後出現的大量「革命史」題材小說，一方面是為了反映偉大的新民主主義革命，另一方面也要體現出革命的正確性和合法性，因此表現革命過程中「兩條線」的鬥爭是所有這類小說必備的要素。《風雲初記》是孫犁創作生涯中的第一部長篇小說，也是他準備表現「兩條線鬥爭」的一部小說，但是孫犁的和諧理想，使他並不能充分展開「兩條線」鬥爭的複雜性。在《風雲初記》的開頭，我們可以感受到，為寫好這部小說，孫犁已經做了充分的準備。小說首先介紹了滹沱河兩岸子午鎮和五龍堂上高、吳、田、蔣四姓五家之間複雜關係，又以抗日戰爭作為作為總體背景，有愛恨情仇的家族故事，也有風雲變換的革命鬥爭，兩廂交織，我們期待看到一部情節跌宕起伏的革命傳奇；同時，小說還設計了複雜的人物譜系：背鄉離井多年之後回鄉領導抗日鬥爭的高慶山；熱情有餘而沈穩不足的宣傳委員高翔；身為地主兒媳但突破家庭參加革命的李佩鍾；放蕩不羈的俗兒；陰險狡詐的田大瞎子；匪氣十足的高疤……，根據閱讀習慣，這些個性十足的人物在經過革命的洗禮之後，必然會大浪淘沙，一部分會被歷史無情地淘汰，還有一部分會成長為優秀的革命戰士。然而，小說的推進讓我們有些失望，孫犁對於筆下的人物，除了極端的反動派，都充滿了熱愛，這使得本該發展的人物性格沒有發展，本該展開的小說情節沒有展開，一部本該跌宕起伏的小說顯得有些平淡，本該出現的英雄人物也並不高大。在急速變化的現實面前，孫犁顯得有些躊躇、彷徨。

如果說《風雲初記》是孫犁創作中一次失敗的嘗試，那麼《鐵木前傳》則是決心改變文風的一部小說。《鐵木前傳》描寫了兩個老人（鐵匠傅老剛和木匠黎老東）和兩個青年（九兒和六兒）在解放前後關係的變化，不同於一般革命敘事「解放前把人變成鬼，解放後把鬼變成人」的「革命進化論」模式，孫犁寫出了解放前兩家人親如一家、解放後兩家人形同陌路的「退化論」模式。儘管，作品設計的背景是農村合作化，寫兩家人關係的變化在於批判傅老剛的封建殘餘意識，但從親如一家到形同陌路，作品還是對革命具有消解的意義。另一方面，作品以兩家人的和諧開篇以不和諧結束，孫犁也完成了對自己的消解。孫犁早期的作品都力圖展示革命對人與人之間和諧的促進作用，但在這部作品中我們看到，革命的結果恰恰使人又回到了革命前的狀態。這是孫犁在解放後對人與人之間關係困惑後的理性表達，他認識到在革

命建設的過程中，對勞動人們進行思想的改造和啓蒙同樣具有不可或缺的意義。〔註16〕

應該說，孫犁並不是一個勇敢的批判者，當他敏感地感受到政治革命與文化革命的差距時，並沒有進一步揭示這一問題的重要性和迫切性，而是選擇了逃避，通過對童年和自然人性的讚美，實現對現實無奈的規避：

> 童年啊，你的整個經歷，毫無疑問，像航行在春天漲滿的河流
> 裏的一隻小船。回憶起來，人們的心情永遠是暢快活潑的。然而，
> 在你那鼓脹的白帆上，就沒有經過風雨衝擊的痕迹？或是你那昂奮
> 前進的船頭，就沒有遇到過逆流礁石的阻礙嗎？

向童年逃避，也是孫犁完成自我否定後的一種表現。孫犁早期作品對人情美的禮讚，落腳點是傳統農民淳樸、善良的文化性格，譬如《荷花澱》中的水生嫂、《山地回憶》中的少女等等，她們像山地裏的小花，自然樸實。孫犁曾經將與自己文化身份有很大相似性的趙樹理比喻成「山地的花束」，在他看來：山花離不開山地和曠野，有了這個環境，就有了山昂揚的生命。所以，如果說孫犁早期作品中的人物是一朵朵盛開的山花，那麼她們的美是與生俱來，只要她們沒有離開土地，就會永不凋謝。但在《鐵木前傳》中，黎老東的蛻變否定了這一規律：黎老東並沒有離開土地，但他走向了凋謝，這說明人的淳樸善良並不是與生俱來，甚至不是人最自然的本質。在孫犁看來，最可靠的人性美只有「童真」。《鐵木前傳》中孫犁最喜愛的兩個人物──六兒和小滿兒，與水生嫂、水生、吳召兒等人有很大的差別，他（她）們典型的性格特徵不是淳樸，而是童真。孫犁對他們的欣賞，與其說是傾注某種文化理想，不如說孫犁將自己的理想從「文化」轉移到「童年」。一種理想的文化固然能夠保證自然的人性，但這種保證往往具有不可靠性，鄉村並不一定能保證人的淳樸，湘西也不一定能保證人的自然，唯有童年，一舉一動、一言一行皆出於生命的本能，不管在理性的世界裏我們如何認識這些舉動，但它們毫無爭議都是自然人性的體現。所以，孫犁在《鐵木前傳》中如此強烈的讚美童年，最重要的原因還是他對自己早期審美理想進行深度反思的結果。應

〔註16〕 孫犁在《雨天日記》(《孫犁文集》第七卷，百花文藝出版社1982年) 中寫道：
「我們之所以不能以眼前的樣子爲滿足，是因爲我們還需要繼續努力，建設
起全體勞動人民的新的康樂富強的生活，在建設過程中，並改造人們的思想，
傳統的優越感和剝削意識。」孫犁的這種體驗與辛亥革命後中國知識分子的
體驗有幾分相似。

該說，這一時期的孫犁還沒有完全走出早期審美理想，選擇童年正是他無法面對現實困惑的規避做法，但孫犁批判的鋒芒已經開始顯露。從理想到現實，孫犁開始了自己一生創作的轉變。

二、「自由主義」作家的文學選擇——以巴金爲例

1949 年 7 月，巴金受邀到北平參加新中國第一次文藝工作者代表大會，會後巴金在《人民日報》上發表一篇感言，措辭非常謙虛，開篇就說：「我參加這個大會，我不是來發言的，我是來學習的」〔註 17〕。作爲中國現代文學中的重量級作家，始終堅持進步的民主鬥士，巴金這樣的措辭似乎顯得過於謙遜。但巴金是眞誠的。次年他在《文匯報》上發表的《一封未寄的信》〔註 18〕中再一次表達了這種感受：「我們同是文藝工作者，在一個大會場裏我們像兄弟一般地談笑、討論，我們每天見面，我們呼吸同樣的空氣，我們同樣地拿著筆做武器。可是來到這會場以前以及離開這會場以後，我們卻生活在多麼不同的地方！而且我的筆蘸的是墨水，你們中間有許多人卻用筆蘸著血在工作。你們消耗的是生命，是血。在你們的腳經過的地方，你們都留下一點一滴的血。」「你們在不可能的環境中做出了許多事情：你們在中國撒遍了文藝的種子，不，可以說放遍了文藝的光輝。你們給一般在黑暗中生活慣了的人指示了一條光明的路，你們把瘋癱的人扶起來，你們鼓舞起孺弱者的勇氣，你們使愚昧的人瞭解生存的意義。你們安慰寂寞的心靈。你們用歌把人的心連在一起，你們用戲教育了他們，你們用知識減輕他們的痛苦，你們用善良和誠懇獲得了他們的信任。你們給那班需要愛的人帶來愛，使那班摧殘愛的人受到打擊。」〔註 19〕兩個月後，巴金在上海首屆文代會上的發言稿更明瞭的透露了他建國後的心聲：「『會』，『會』是我的，我們的家，一個『甜蜜的

〔註 17〕 巴金：《我是來學習的》，《巴金全集》（14 卷），北京：人民文學出版社，第 3 頁，1986 年。

〔註 18〕 注：這實際是巴金在新中國文藝工作者協會成立大會上「遲到」的講稿。該文發表時，巴金補充了一段前言說：「去年七月二十三日全國文學工作者協會在北京成立的時候，朋友們要我在大會上講幾句話，他們呼出我的名字，但是我逃走了。我不會講話，站在臺上我講不出一個字。我有過這樣的經驗。因此我不願拿我的缺點折磨別人。那天離開會場以後，我走在街上，忽然起了抑制不住的感情的波動，我想寫點東西，我想寫一封信，我心中有許多話，需要找一個機會痛快的傾吐出來。」（《文匯報》1950 年 5 月 5 日）

〔註 19〕 《文匯報》，1950 年 5 月 5 日。

家』。我們五百多個從同一個大家庭出來的兒女在外面工作了長時期以後，現在第一次回到老家來。這應當是一個多麼歡樂的聚會。我們會親切的相對微笑，我們會關心地互問健康。然後我們會無拘無束、無顧忌地談論彼此的生活和工作，互相交換貢獻意見。我不是帶著空虛的心回來，我更不會帶著空虛的心離開。我需要友愛，『會』要給我溫暖；我看到能力單薄，『會』要給我幫助。離開『會』，我只是孤立渺小的個人，生活在自己弟兄姊妹的中間，我對工作才有更大的信心。」〔註20〕

巴金在解放初期的表態是非解放區作家心態的普遍表現。建國初期進入新中國文壇的作家，解放區作家因直接參與了中國共產黨領導下的革命鬥爭而自然擁有了崇高地位，非解放區作家則因為出身和經歷的複雜性，往往表現出謙卑和忐忑的心理特徵。在新中國的第一次「文代會」上，周揚將解放區文學作為「新的人民文藝方向」的自信，與茅盾對抗戰期間「大後方文學」「右傾」判斷的鮮明反差，已充分反映出兩類作家的不同地位和心態，這想必已經給非解放區作家留下了深刻地印象。而且，在新中國建立前夕，中國共產黨一方面大量挽留非解放區作家，另一方面也對能進入新中國文壇的作家進行了初步選擇，這對於職業作家而言無疑是一次痛苦的審核，能否成為新中國「文代會」的「作家」代表，意味著在新中國繼續從事「寫作」是否可以成為可能。因此在解放後，謙卑和對「文代會」的重視成為非解放區作家的普遍心理特徵。

但是對巴金而言，他在建國初期的一系列表態也是其自身思想發展的必然結果。眾所周知，巴金一生與「無政府主義」思想都有著緊密的聯繫，受這種極端個人主義思想學說的影響，巴金初登文壇以充滿激情、表現個人反抗精神而備受矚目，他的早期作品一直貫穿著「個人反抗」的主題。也正是這個原因，巴金作品雖然並不缺少革命的進步性，但他卻始終與革命文學保持著若即若離的關係，保持自己作為「自由主義作家」的文化身份。抗戰爆發對於巴金的「個人反抗」思想產生了很大的衝擊，這在他抗戰時期創作的作品中充分地體現了出來。與抗戰前的作品相比，巴金在抗戰時期創作的《第四病房》、《憩園》、《寒夜》等作品，明顯多了一份深沉和灰暗，如果說「激情」與「明亮」代表著自信（對個人反抗的自信），那麼「深沉」和「灰暗」則代表了反思和自省；當然，

〔註20〕《文匯報》，1950 年 7 月 24 日。

我們並不能由此簡單的判讀巴金動搖了自己的「個人反抗」思想，但這些作品的內容則顯示出巴金確實對「個人反抗」之路進行了反省。

巴金在構思《憩園》的過程中，曾經想把其中楊老三的情節編入他另一中篇小說《冬》中（作為《家》、《春》、《秋》的尾聲）。〔註21〕可見，《憩園》的創作是巴金對自己早期創作的一種總結和一次延伸。在《憩園》裏，巴金用「楊老三」作為典型再一次對「家」的腐朽性進行了詛咒：封建大家庭的腐朽必然導致其子弟的墮落，也必然導致它的滅亡。但是，此時的巴金又痛苦的發現，儘管一個「家」走向沒落，但不斷會有新的「家」繼續重蹈著覆轍，「憩園」就像一個見證，見證一個家族的衰亡，也見證了另一個「家」的誕生和衰亡，儘管「衰亡」是封建大家庭的最後命運，但歷史似乎不停在原地打轉。正是對歷史循環的無奈，《憩園》比《家》顯得更加深沉。《憩園》的故事是作家親身經歷的事實，抗戰爆發增加了巴金重返家鄉的機會，回到家鄉讓巴金見證了自己家族的衰亡，也發現了無數類似封建大家族的興起，自己的老宅經歷了幾次易主，這對於強調「個人反抗」來推動社會發展的巴金來說，無疑是強烈的衝擊：「個人反抗」能否在根本上給予封建大家庭最後一擊？答案顯然是否定的。在巴金解放後的創作談《關於〈憩園〉》中，巴金說只有在 1956 年重回家鄉，家鄉的面貌才發生了根本性的改變。這種說法當然有應時的成份，但未必不是巴金的一種真實感受，「個人反抗」可以解放自己，但並不能徹底瓦解根深蒂固的封建思想，只有一次徹底的政治變革，封建大家庭才會最終走向滅亡。當然，這也是巴金一時的想法，在經歷「文革」後，他的思想又產生了新的認識。

在《寒夜》中，巴金用知識分子的現實生存問題再一次反思了自己的「個人反抗」思想。《寒夜》是一部「灰色」的小說，主人公汪文宣掙扎在戰爭帶來的生存困境中，根本沒有「反抗」的機會和可能，而類似這樣的人物，巴金在抗戰時見過很多。巴金在 80 年代的時候曾經說：「我寫《寒夜》和寫《激流》有點不同，不是為了鞭撻汪文宣或者別的人，是控訴那個不合理的社會

〔註21〕注：作家在 1961 年寫作《關於〈憩園〉》中說：最初的楊老三的故事並不像我後來寫出的那樣，而且我那時還想把它編進一本叫做《冬》的中篇小說裏面。那個冬天的深夜，我躺在架子床上想到的中篇小說《冬》應當是《秋》的續篇，《激流三部曲》的尾聲。我寫《冬》的念頭並非如夏日的電光一閃即逝，他存在了一個長期的時期。（《巴金全集》，第 472～473 頁）可見《憩園》在某種程度上可以說是作家對自己前期創作的一個總結。

制度，那個一天天腐爛下去的使善良人受苦的制度。」〔註 22〕如果說，此時的巴金還在反抗，那麼他不再是堅持「個人反抗」的理想主義者，而是力圖在制度層面進行政治反抗，這也爲他在建國後思想的轉變打下了基礎。

《寒夜》之後，巴金進入了一個創作的沉寂期，除了寫作一些散文、進行一些翻譯，便沒有再大規模的創作。固然，這樣的沉寂期對於解放戰爭期間的知識分子來說是個普遍的現象，但巴金自身創作的調整也是其中重要的因素。不過，與很多老作家在解放後創作基本停滯不同，巴金在這一時期創作了一批反映抗美援朝和抗美援越的小說和散文，如小說集《英雄的故事》、《明珠和玉姬》、《李大海》，中篇小說《楊林同志》、《三同志》（未發表），以及散文集《炸不斷的橋》、《生活在英雄們的中間》、《包圍和平的人們》等，在這些作品中，巴金眞誠地讚美了中國志願軍和朝鮮、越南人民反抗「侵略」、保家衛國的犧牲精神和集體主義情感，字裏行間包含著他對這些英雄人物由衷的敬意。儘管巴金後來說：「我寫了自己不熟悉的人和事，所以失敗了。這是一個慘痛的教訓」，但他依然認爲：「今天回顧過去五十幾年的文學生活，我仍然保持著這種想法。固然有一個時期我徹底否定了自己，也否定了我所有的作品，但這絕不是欺騙什麼人，我說是做了一場噩夢，或者是中了催眠術。總之，現在我醒了。我又有機會翻看舊作，我認爲它們一不是廢品，二不是毒草，當然，它們都不是完美的作品，我也不是經常正確的人，不過我的舊作中還有不少可讀的東西，對讀者並非毫無益處，它們有權利存在。」〔註 23〕可見巴金在當時的情感是眞誠的。

巴金在解放初期創作的小說和散文，非常容易讓人聯想到早期延安文學中的許多作品，譬如他寫作的散文《我們會見了彭德懷司令員》與丁玲初到延安時創作的《彭德懷速寫》，他的小說《三同志》與劉白羽的小說《無敵三勇士》等等，無論在語言形式還是情感基調（甚至標題的方式）都十分相似。1936 年，剛剛步入延安的丁玲見到了紅軍前敵副總指揮彭德懷，這位共產黨的領袖人物給她留下了深刻的印象，以至她要用「速寫」的形式記錄下這種珍貴的印象：

> 一到戰場上，我們便只有一個信心，幾十個人的精神注在他一
> 個人身上，誰也不敢亂動：就是剛上火線的，也因爲有了他的存在

〔註 22〕巴金：《關於〈寒夜〉》，《巴金全集》（20 卷），北京：人民文學出版社，第 690
頁，1986 年。

〔註 23〕《巴金全集》（17 卷），北京：人民文學出版社，第 40 頁，1986 年。

> 而不懂得害怕。只要他一聲命令『去死！』我們就找不到一個人不
> 高興去迎著看不見的死而勇猛地衝上去！我們是怕他的，但我們更
> 愛他！

丁玲用青年政委的話作為「速寫」的開端，表示自己對這種看法的認可，並
將它作為彭德懷形象的基本特徵。在丁玲眼裏，彭德懷樸實、沈穩、值得信
任（這種信任可以超越理性的判斷，否則就不可能甘願冒死執行他的命令），
與國民黨軍官形成鮮明反差。巴金在《我們會見了彭德懷司令員》中，對彭
德懷有著同樣的印象：

> 我只看見眼前的這一個人。他做得那麼安穩，他的態度是那麼
> 堅定。他忽然發出了快樂的笑聲。這時候我覺得他就是勝利的化身
> 了。

在巴金眼裏，彭德懷也是樸實、穩重、值得信任，給他留下了深刻的印象。
這些情感的相似性，使我們可以通過丁玲等作家初到延安時的精神體驗，來
理解巴金在解放後的心理感受。

　　三、四十年代很多作家奔赴延安後，有著與巴金相似的情感體驗。丁玲
初到延安時寫下的《七月的延安》，也是一種到達「新天地」的感受：「這裡
是什麼地方／這是樂園／我們才到這裡半年／說不上偉大的建設 但／街道
清潔 植滿桑槐／沒有乞丐 也沒有賣笑的女郎／不見煙館 找不到賭場／百
事樂業／耕者有田／八小時工作 有各種保險／那些 在街頭的／漂亮的工人
裝 全來自／武漢 西安 滬上／四面八方來了／學生幾千 活潑 聰明／全是
黃帝的優秀子孫／……／七月的延安 太好了／但青春的心／卻燃燒著／要
把全中國化成一個延安。」〔註24〕被稱為延安「怪人」的冼星海在根據地強
大的集體力量面前也變得頂禮膜拜，他在給妻子錢韻玲的信中寫道：「我們是
渺小的，一切偉大的事業不是依靠個人成就，而是集合全體的力量而得以成
功。」〔註25〕丁玲和冼星海在中國現代文藝史上都是極具個性的人物，他（她）
們到延安後的轉變，固然有個人客觀原因，但也是很多二十世紀中國知識分
子的必然選擇。「個人的自我歸宿感是一個現代事件。我為什麼屬於自己（而
不是他人，如家族、社會、國家），為什麼這種對自己的歸宿感能夠成為拒絕

〔註24〕丁玲：《七月的延安》，《延安文藝叢書‧詩歌卷》，長沙：湖南人民出版社，
　　　　第3～6頁，1984年。
〔註25〕艾克恩：《延安文藝運動紀盛》，北京：文化藝術出版社，第201頁，1987年。

他人干涉的道德資源？……那麼，這個自我又如何為現代人提供個人權利的合理性和合法性的基礎的呢？」〔註26〕在西方，悠久的個人主義傳統和宗教傳統使「個人自我歸宿感」可以在其文化內部自然形成，但中國則不然，作為一個外來概念——「個人」和「自我」觀念的建立與現代民族國家和社會民主建設緊密地聯繫在一起：因為建構現代民族國家的需要，「個人」觀念被作為啓蒙的主要內容在中國普及和傳播。因此，中國知識分子要樹立堅定的「個人」觀念，需要不斷在「個人」和「民族」的互動中確立自我，否則「個人「要麼陷入到傳統道家思想的窠臼，要麼會使自身置於絕望的荒原。丁玲、冼星海和巴金屬於後者，他（她）們的激情主義最終成為自我成長的阻力。〔註27〕巴金在「文革」後多次說自己「中了催眠術」、「喝了迷魂湯」，其實這不過是二十世紀中國作家政治情結的典型體現，在某種程度上也是二十世紀很多中國知識分子難以避免的宿命。

三、「左翼作家」的文學選擇

在「左翼文學」外延日漸模糊的今天，在新中國文學中確定那些作家是「左翼作家」是一件困難的事情，幸虧王富仁教授近年來對左翼文學的內部構成進行了清晰劃分，可以幫助我們更有效地界定「左翼作家」的外延。王富仁教授將「左翼文學」的內部構成劃分為四個層次：「第一個是魯迅作為一個個體的人所體現的」；「第二個接近魯迅的一個層次是用馬克思主義的理論作為自己的話語形式但實際追求的是像魯迅那樣的獨立精神的」；「第三個部分的像李初梨包括郭沫若成仿吾等人，這些人所從事的活動是文學活動，但他們是依照革命和不革命，依照對待國民黨政權的態度來評價人的價值」；「第四個方面，從發展的角度來說就是周揚，周揚可以說到後來成了毛澤東的政治話語的文學闡釋者，是完全政治化了，是依照一種政治的領導來決定自己的理論取向。」〔註28〕本書所指的「左翼作家」特指第一、二類左翼作家，譬如胡風、路翎、艾青、丁玲等，他（她）們具有鮮明的政治傾向和革命衝

〔註26〕 汪暉：《個人觀念的起源與中國的現代認同》，《汪暉自選集》，桂林：廣西師範大學出版社，第36～37頁，1997年。

〔註27〕 程光煒：《文化的轉軌——「魯郭茅巴老曹」在中國（1949～1976）》，北京：光明日報出版社，第234頁，2004年。

〔註28〕 王富仁：《關於左翼文學的幾個問題》，《中國現代文學研究叢刊》，2002年第1期。

動，但同時具有強烈的個體意識，而且個體意識還成爲他們政治選擇的基礎。

30 年代左翼作家在「左聯」解散之後大致被分流成兩支，一支成爲抗戰「大後方文學」的重要作家群，另一支則融入到延安文學的洪流當中。地域的差異使分流後的左翼作家呈現出不同的創作特徵：「大後方文學」中的左翼作家，如以胡風爲核心的「七月派」作家，他們將戰爭的殘酷、革命的激情與文學藝術的探尋有機地結合了起來，創作呈現出充滿力感、關注底層、風格沉鬱的整體特徵；奔赴延安的左翼作家，如丁玲、艾青、蕭軍等作家，在延安集體生活的洪流中，雖然有意保持自己的創作個性，但最終被融入到延安文學的洪流當中。延安文學作爲當代文學的直接源頭，延安文學中左翼作家的命運已經昭示著建國後其他左翼作家的命運。

左翼作家到達延安後首先面臨著創作題材選擇的問題。30 年代左翼作家選擇的創作題材習慣將個人經歷與革命主題結合起來，譬如蔣光慈的小說《少年漂泊者》、《短褲黨》，艾青的成名作《大堰河——我的保姆》，包括左翼文學中流行的「革命＋戀愛」創作模式等等，都具有這種特徵。就根源上來講，30 年代左翼文學呈現出這種特徵是「革命文學」處於發生期的徵候：革命剛剛起步，很多作家對革命生活並不是十分熟悉，所以難以創作出直接反映革命鬥爭的文學作品。再者，30 左翼作家的文學之路大多受到五四文學的薰陶，因此在創作中保持些許五四文學的特徵也是正常現象。但在延安文學中，左翼作家習慣的題材就不能滿足主流政治對文學的要求。典型的例子是周立波創作的轉變。周立波初到延安時，創作了《第一夜》、《麻雀》、《阿金的故事》、《夏天的晚上》、《紀念》等回憶自己監獄生活的小說，這些作品反映了租界監獄的黑暗和殘酷，讚美了革命者的堅貞不屈和革命樂觀主義的精神，表達了自己對自由的嚮往，無論在藝術還是在政治傾向上都是不錯的革命小說。譬如其中的一篇《麻雀》，描寫監獄裏偶然捉到了一隻麻雀，爲沉悶的生活帶來了生氣，但也引發了放飛（給它自由）還是留下（給獄友快樂）的爭論，出於對自由的熱愛，獄友們決定放飛麻雀，並附上了一個表達自己心聲的紙條：「請愛惜你的每一分鐘的自由，朋友」，然而正當大家想像紙條可能出現的種種奇遇時，殘暴的獄警發現了麻雀，這隻滿載希望的麻雀慘遭塗炭，獄友也受到牽連。小說將麻雀與作家對自由的渴望結合在一起，雖然結構安排尚顯稚嫩，但題材選擇的精巧增強了作品的藝術震撼力。然而，這種將個人經驗與革命主題結合的題材並沒有得到延安文學界的認可，主要原因在於它沒有描寫解放區「新」的生活，並在作品中體現出小資產階級的情調。後來，

周立波調整了自己的創作方向，創作了反映解放區農民生活的《牛》等作品，因此被認爲是思想轉變的一個里程碑。

　　除了題材，左翼作家在個人主義立場上的批判精神，也與延安文學強調「集體主義」的原則相悖。作爲「突擊運動」中的「突擊文學」，「集體主義」立場是延安文學創作的最高原則，所謂「集體主義」，即要求作家從解放區整體戰略出發理解現實生活和文學事業，因此「個人主義」是首先必須摒棄的一種世界觀。然而，個人反抗精神是30年代左翼文學的精髓，也是這些作家精神氣質的基本特徵，在融入到延安社會之後，一部分左翼作家如王實味、丁玲、艾青、蕭軍等，針對解放區的許多社會弊病和文化陋習也進行了批判和暴露，但他（她）們的批判迅速被更強大的政治批判所壓倒，在延安文藝座談會召開後，左翼作家的個人反抗精神最終被合法地抑制。

　　左翼作家在延安文學中的境遇，預示著他們在建國後的命運。1948年，一批未來新中國文藝領導人在香港創辦《大眾文藝叢刊》，該刊創辦的目的是「在光明與黑暗進行殊死搏鬥、在新中國艱難誕生的前夜」所進行必要的「催生」工作，〔註29〕具體來說，便是「通過對不同思想的批判來達到意識形態領域的高度統一」〔註30〕。該刊對40年代文壇中很多作家進行了批判，其中除了蕭乾、沈從文、朱光潛等自由主義作家，胡風和七月派作家的文藝思想也受到批判，而且還成爲批判的重心〔註31〕。對於這種現象，有學者認爲這是新生政權對胡風集團進行「意識形態的循喚」〔註32〕，也就是說，主流政治向胡風做出最後通牒，要麼放棄已經成熟的個人文藝思想，臣服於解放區文藝思想的統一意志之下，要麼就會受到無情的批判。1948年，在中國人民解放軍以迅雷不及掩耳之勢橫掃一切「反動派」的大形勢下，「循喚」在某種

〔註29〕林默涵：《胡風事件的前前後後》，《新文學史料》，1989年第3期。

〔註30〕王麗麗：《在文藝與意識形態之間——胡風研究》，北京：中國人民大學出版社，第162頁，2003年。

〔註31〕與胡風有關的批判文章最多，除了胡風本人，與胡風交往密切的路翎、舒蕪、魯迅等都受到不同程度的批判和再解讀。

〔註32〕見《在文藝與意識形態之間——胡風研究》（北京：中國人民大學出版社，2003年）。「意識形態的循喚」是新馬克思主義理論家路易·阿爾都塞提出的概念，他認爲個人接受意識形態的循喚一般經歷四個步驟：喚爲主體、臣服主體、普遍相識和絕對擔保（路易·阿爾都塞：《意識形態與意識形態國家機器》，《當代電影》，1987年第3期）。王麗麗認爲，《大眾文藝叢刊》對胡風的批判正是「喚爲主體」向「臣服主體」發出循喚。

程度上是「武戲」之前的「文戲」,是「後兵」之前的「先禮」。然而,胡風等多數七月派作家拒絕了「循喚」,對於《大眾文藝叢刊》上的批判文章,胡風進行了反駁和自我辯護,而且在解放後的一系列批判中,他也沒有完全臣服;路翎解放後依舊保持著自己的創作個性,受到爭議的《窪地上的戰役》鮮明地體現出「七月派」小說的特徵;阿壟對政治性和藝術性一元論的看法,是胡風「主觀戰鬥精神」的另一種表達。以胡風為代表的七月派作家的姿態使他們成為解放後知識分子的一面孤絕的旗幟。是什麼力量使胡風等「七月派」作家拒絕意識形態的循喚呢?

有學者分析「胡風事件」時說:「導致意識形態對胡風『循喚』失敗的原因則至少有三個:現實主義文藝理論本身存在著裂縫與矛盾,人們對『政治』一詞的理解充滿歧義與含混,胡風與他的批判者的個性人格分屬兩個不同的類型。所以這些因素歸根結蒂說起來,都反映了文藝與政治意識形態的糾纏與歧途」〔註33〕胡風的好友賈植芳則認為:「(胡風——引者注)這一代知識分子不僅是從理論中,而是從實踐上或情感上認同了革命,就理所當然地視革命為自己的一部分。或者說,視自己為當然的革命的一份子」,而「忽視了『小資產階級』本身必須被改造的大前提」;同時,「他們幾乎是吸吮著五四新文化的營養長大,又在抗戰的炮火中練就」,「有一種藐視一切權威。反抗一切壓迫的個人主義衝動」。〔註34〕兩位學者的話對於我們認識左翼作家、以及他們在解放後的生命體驗很有幫助。左翼作家與同樣熱衷於革命和底層的解放區作家有很大差別:解放區作家多數接受了「意識形態的循喚」,在行為和思維上以集體主義為最高準則,左翼作家則不同,他們大多數都具有個人主義的衝動,既使接受了「意識形態的循喚」,也不可能完全拋棄自我和個人。但是,儘管堅持個人主義信仰,左翼作家與自由主義也有很大不同:左翼作家習慣將個人與社會現實結合起來,而自由主義作家則習慣將個人與社會對立起來,因此左翼作家的個人主義具有很大彈性和堅韌性,而自由主義作家的個人主義顯得容易破碎,不堪一擊。對於胡風等在「大後方」經歷過抗戰磨練的作家來說,經歷過戰爭和逃亡的生死考驗,個人主義已經鎔鑄到他們的靈魂,這讓他們在政治鬥爭中更顯得超乎一般的堅韌。

〔註33〕 王麗麗:《在文藝與意識形態之間——胡風研究》,北京:中國人民大學出版社,第 252 頁,2003 年。

〔註34〕 賈植芳:《獄裏獄外》,上海:上海遠東出版社,第 45~46 頁,1995 年。

　　另一方面，左翼作家中很多都是資深的革命者或共產黨員（其中還有一些甚至擔任過黨的領導職務），他們經歷和見證了無產階級革命運動在中國發展的挫折和興盛，因此對於黨的主張並不會如解放區作家那樣「以服從爲天職」，也不會如自由主義作家那樣具有恐懼心理，而是保持了審慎和理性認知的態度。不管是在解放前還是在解放後，胡風對於黨的文藝政策始終從合理性的角度進行認識。1977年，在長篇思想彙報《簡述收穫》中，胡風解釋了自己在解放後堅持己見的原因。他認爲，新中國文藝實踐方針當然要根據毛主席的思想路線進行制定，但解放後的文化語境「已不是戰時軍事共產主義的延安時代，更不是半封建半殖民地的反動派統治的舊中國」，而是「全國解放了的，進入了社會主義革命和建設的新中國新時代」，因此怎樣將毛澤東文藝思想和新時代結合起來，是值得探索的一個問題。〔註35〕正因爲如此，胡風力圖以個人的力量對毛澤東文藝思想的當代發展做出貢獻，這也釀成了他的悲劇。在某種程度上，胡風和周揚的宗派之爭反映出胡風與黨的關係，也反映出胡風的自我定位。雖然周揚在二十世紀一直扮演著毛澤東文藝思想最權威闡釋者的角色，但胡風始終與他保持著平等的分庭抗議的姿態，這昭示出胡風的心理：他始終將自己作爲一個資深且「正宗」的革命者，同時他也想通過個人的努力對黨的文藝主張產生影響。

　　胡風的悲劇正是在於他始終沒有將自己的「知識分子」身份與「革命者」身份進行清晰的區分，作爲少數在「十七年」保持錚錚鐵骨的硬漢，胡風的可貴在於他昭示了中國知識分子在二十世紀保持「自我」的有效方式：只有始終將個人主義與對現實的關照有機地結合起來，才可能使「個人主義」保持堅韌性。作爲「交叉」體驗的一個反例，左翼作家的文學選擇與解放區作家和自由主義作家的文學選擇具有呼應之處。

第二節：「交叉體驗」的個體狀態

一、一半的葬歌：跨界作家的交叉體驗

　　1957年，詩人穆旦發表了一首自我剖析的詩歌《葬歌》，可以說代表了很

〔註35〕胡風：《簡述收穫》，《胡風全集》（第6卷），武漢：湖北人民出版社，第664～665頁，1999年。

大一批跨界作家在建國後的心聲。「葬歌」是詩人唱給自己的歌，因爲所要埋
葬的正是自己：「我的陰影，我過去的自己」。「我」之所以要埋葬自己，因爲
「歷史打開了巨大的一頁」，「我看過先進生產者會議，／紅燈，綠彩，眞輝
煌無比，／他們都凱歌地走進前廳，／後門凍僵了小資產階級」；也因爲「有
多少情誼，關懷和現實／都由眼睛和耳朵收到心裏；好友來信說：『過過新生
活！』但是，「埋葬」自己是一個痛苦的過程：「我正想把印象對你講說，／
你卻冷漠地只和我避開。」「你」害怕新時代「冒出的熊熊火焰，／這熱火反
使你感到寒栗，／說是它摧毀了你的骨幹」；「你」害怕革命的「洪水淹沒了
孤寂的島嶼」，因此「你還向哪裏呻吟和微笑？／連你的微笑都那麼寒傖。」
詩人在詩歌裏用到的「我」（「希望」、現在的自己）和「你」（「回憶」、過去
的自己），如果用弗洛伊德的精神分析理論來理解，正是「超我」和「本我」
的象徵，它們之間的矛盾糾纏也是「超我」和「本我」之間的衝突：在「超
我」的層面上，理性讓「我」走出過去的自己，去迎接希望；但在「本我」
的層面上，「你」又恐懼革命，喜歡沉迷於過去的回憶。那麼就「自我」來說，
詩人傾向於那種選擇呢？

> 就這樣，像隻鳥飛出長長的陰暗甬道，
> 我飛出會見陽光和你們，親愛的讀者：
> 這時代不知寫出了多少篇英雄史詩，
> 而我呢，這貧窮的心！只有自己的葬歌。
> 沒有太多值得歌唱的：這總歸不過是
> 一個舊的知識分子，他所經歷的曲折；
> 他的包袱很重，你們都已看到：他決心
> 和你們並肩前進，這兒表出他的歡樂。
> 就詩論詩，恐怕有人會嫌它不夠熱情：
> 對新事物嚮往不深，對舊的憎惡不多。
> 也就因此……我的葬歌只算唱了一半，
> 那後一半，同志們，請幫助我變爲生活。

「一半的葬歌」，是詩人最終的選擇。這也是「十七年」間一批作家的普遍心
態特徵：在已經形成的創作個性與新時代的集體主義要求之前，很多作家難
以完全放棄自我。沈從文在解放前一年也透露過類似的心迹：

> 人近中年，情緒凝固，又或因情緒內向，缺少社交適應能力，
> 用筆方式，20年30年統統由一個「思」字出發，此時卻必須用「信」

字起步，或不容易扭轉。過不多久，即未被擱筆，亦終得把筆擱下。
這是我們一代若干人必然結果。

> 如生命正當青春，彈性大，適應性強，人格觀念又尚未凝定成
> 型，能從信觀點學習用筆，為一進步原則而服務，必更容易促進公
> 平而合理的新社會早日來臨。〔註36〕

沈從文用「思」與「信」來概括過去和將到的文學時代，所謂「思」，即強調
個人獨立思考，而「信」則是強調信仰。沈從文深知，在「信」的時代，個
人獨立思考必然要被取締，要獲得繼續創作的權利，必須進行堅決地自我改
造。但是，認識並不能代替行動，沈從文自歎「人到中年，情緒凝固」、「終
得把筆擱下」不過是自我推脫，實質是不願意、也難以完全改造自己。沈從
文在這裡也出現了「超我」和「本我」的分離：在「超我」的層面，他希望
自己能夠適應新時代的要求，「促進公平而合理的新社會早日來臨」；但在「本
我」的層面，他是不願意改變自己已經形成的創作個性和創作主張，因此他
情願無奈地選擇「擱筆」。可惜的是，這些具有典型「交叉體驗」的作家在建
國後要麼喪失了創作的機會，要麼作品很少，讓我們無法用作品來印證他們
的心迹。但是，在「十七年」文學的很多獨特文學現象中，我們依然可以感
受到許多作家「交叉體驗」的痕迹。

「十七年」發生了很多「直諫」、「為民請命」、「據理力爭」的事件，也
出現了不少以「請命」和「清官」為主題的文學作品，是一個值得注意的文
學現象。「請命文學」和「清官文學」是中國傳統文學的一個母題，它是封建
社會民主制度不健全而出現的必然結果，由於「請命」和「清官」包含了自
發的民權意識和匡扶正義的道德因素，因此成為中華民族精神的重要內容。
按理說，在人民民主專政的新中國，民權和民意得到充分的尊重和保障，不
應該出現「請命文學」和「清官文學」大量出現的現象，但由於種種原因，
這兩類主題在「十七年」文學中還是佔據了重要的地位。「十七年」中的「請
命文學」和「清官文學」都帶有明顯的政治寓意，它們多數是領導人的特意
安排，用於擴展民主風氣或其它隱秘的政治意圖，如吳晗創作《海瑞罷官》，
動因之一便是毛澤東對海瑞「直諫」精神的讚賞，同時也因為海瑞整頓綱紀
的事迹符合了「大躍進」後「調整期」的政治需要；再如曹禺創作的《膽劍

〔註36〕《沈從文全集》（第27卷），太原：北嶽文藝出版社，第49頁，2002年。

篇》和《王昭君》，都是中央領導人直接「命題」的「作文」。不過，儘管作家創作這類主題多數都有「任務」在身，但還是有些作家通過作品曲折地表達出自己的心聲，田漢創作的《關漢卿》和《謝瑤環》就是典型的例子。

必須承認，田漢在創作《關漢卿》、《謝瑤環》的過程中，也受到了時代因素的影響:《關漢卿》是田漢準備「世界文化名人關漢卿創作活動七百週年紀念大會」過程中而萌生出的產物，創作過程不可能不受到主旋律的影響;《謝瑤環》改編自陝西碗碗腔《女巡撫》，田漢將原作之上添加了武則天這個勵精圖治的正面人物，明顯受到了新中國唯物史觀的影響。但是，田漢同時塑造兩個「為民請命」的角色，並把他們塑造的「驚天地、泣鬼神」，也不能說完全沒有自身體驗在其中。田漢生性爽直，建國後雖然擔任中國戲劇家協會主席，成為體制內的一名官員，但他也沒有由此改變個性。有很多事例可以反映田漢因為個性因素而在體制內顯得格格不入:作為劇界領導，他反對跟風聽潮、把指令作為創作的出發點（這完全不合領導者的身份），堅持把藝術規律和實際情況結合起來;他反對過蘇聯的「無衝突論」，甚至對當時奉為神明的斯坦尼斯拉夫斯基體系也表示過不同的看法〔註37〕;他敢於直言，在 1956年考察了長沙、桂林的戲劇發展狀況後，便在中國劇協的機關刊物上發表兩篇「請命」文章——《必須切實關心並改善藝人的生活》、《為演員的青春請命》，這些措辭激烈的文章，險些讓他成為右派。田漢的個性決定了他不易為時代所淹沒，也難以壓抑「直言」和「請命」的衝動，當他的個人感受與時代愈行愈遠，就必然會將情感投射到創作當中，正是如此，有傳記作家這樣看待他與關漢卿的關係:「憋著『不伏老』的豪氣，感受著創作見解的相似，憑著耿介爽直、為民請命的火熱情懷，田漢是將關漢卿引為隔世知己的。『湖南牛』與『銅碗豆』之間，一樣壯心，兩脈豪邁，穿過七百年的歷史煙塵，融匯到了一起，融匯到了《關漢卿》被反抗的詩心照亮、有浪漫的詩情燃燒的天地裏。」〔註38〕

〔註37〕 田漢在《話劇藝術健康發展萬歲》中說:「我以為同志們十分虛心地向專家學習是完全對的。但也不要把中國表演藝術的優秀的現實主義傳統和自己過去的哪怕是很微小的現實主義創作經驗完全加以否定。對自己的創作經驗和祖國的傳統的虛無主義態度，是有害的。」

〔註38〕 田本相、吳戈、宋寶珍著:《田漢評傳》，重慶:重慶出版社，第 345 頁，1998年。

　　《關漢卿》創作於 1958 年，共計 9 場〔註39〕，同年由北京人民藝術劇院首演，後為許多戲曲劇種改編排演，馬師曾、紅線女的粵劇和厲慧良、丁至雲的京劇均有成功演出。《關漢卿》以《竇娥冤》的寫作和上演為線索，塑造了元代戲劇家關漢卿蒸不爛、煮不熟、捶不匾、炒不爆、響璫璫的「銅碗豆」形象。該劇講述單純善良的少女朱小蘭因抗拒惡奴凌辱而被誣陷，贓官不問情由，判她死罪。關漢卿目睹慘況，憤而揮筆，在歌伎珠簾秀的支持下寫成《竇娥冤》。權貴阿合馬責令修改，關漢卿寧折不彎，被捕入獄，歌妓珠簾秀竟被抉目。義士王著等刺死阿合馬，關漢卿、朱簾秀免死，被逐出大都。劇本歌頌了關漢卿正直、善良，勇敢的大無畏精神，特別是他用藝術的方式反抗權貴、為民請命，遭到強權，寧死不屈的精神，令人十分感動，雖然不在同一時代，但關漢卿的形象中，我們能夠明顯感受到田漢自己的影子；關漢卿創作《竇娥冤》與田漢創作《關漢卿》之間，也似乎具有了重疊的巧合。不過，他們兩人之間也有差距：關漢卿的情緒在創作和生活中得到了雙重釋放，而田漢的情感則無論在劇作還是在生活中都沒有得到充分的釋放。田漢的這種尷尬，正是他「交叉體驗」的一個反映。

　　田漢的「交叉體驗」在現實生活中也有反映。在創作完《關漢卿》之後，田漢似乎意識到這種帶有明顯個性特徵作品可能難以符合他在當代的身份，於是熱情地投身到「大躍進」的熱潮中，不斷在文藝創作上「發衛星」：他僅僅用一個星期的時間，就完成了一個 12 場的話劇《十三陵水庫歌功記》（《十三陵水庫暢想曲》）；他還擬定了很多創作計劃，因此成為媒體報導的焦點，一家報紙曾經發表消息《田漢鼓足幹勁 徹夜奮戰又寫成一部朗誦劇 大型話劇正在構思就要動筆》，說田漢寫完朗誦劇《扭斷了枷鎖的阿拉伯人》之後，「又將就伊拉克共和國的誕生寫一部以反侵略鬥爭為主題、以英美侵犯中東事件為中心的國際問題的大型話劇」〔註40〕作為一位年邁的老作家，田漢如此拼命的進行創作，除了他好勝心強、不服老的個性之外，通過具體行動來表明政治立場恐怕也是一個重要原因。但田漢畢竟是創作經驗豐富的老劇人，不久之後，他就對這種創作方式進行了反省：「我們對於革命從來不陌生，但對建設──特別對社會主

〔註39〕《關漢卿》有三個公開發表本，一個是 1958 年 5 月號《劇本》雜誌發表的 9
　　　　場本；一個是 1961 年 4 月人民文學出版社出版的 11 場本；還有一個是 1958
　　　　年 6 月在 9 場本基礎上修改的單行本。此處以 1958 年在《劇本》雜誌上發表
　　　　的版本為準。

〔註40〕李輝：《風雨中的雕像》，濟南：山東畫報出版社，第 75 頁，1997 年。

義建設卻是『外行』，在社會政治實踐是外行，文藝創作也調子不穩，不是『左』了，就是『右』了。一般地說，『左』的毛病更顯著……」〔註41〕之後，田漢便創作了《文成公主》（1960 年）和《謝瑤環》（1961 年）。

　　《文成公主》是一部應時而作的劇目，通過歌頌歷史上的民族友好關係，促進社會主義社會制度下各民族間團結友好，作家個人發揮的空間很受限制。改編自陝西碗碗腔《女巡撫》的《謝瑤環》，則是田漢晚年的一部興趣之作。《女巡撫》本是由清代地方戲華劇《萬福蓮》（李十三編劇）改編而來，後者是一齣詆毀武則天、宣揚封建正統思想的戲，該劇寫謝瑤環反對女人當朝，聯絡李唐大臣與社會反武勢力滅周興唐的故事，《女巡撫》在改編過程中刪除了武則天這個人物，專寫謝瑤環與腐敗的唐中宗進行鬥爭，表現人民與封建統治者之間的矛盾。1961 年，田漢在西安調查研究，看到《女巡撫》的演出，產生了很高的興趣，要求對該劇進行修改，體現出「為民請命」的主題來。田漢在改編過程中，做了如下改動：一、讓武則天出場，把反武則天改為肯定武則天；二、把謝瑤環反叛武則天的性格，改為忠實地執行武則天性格的角色；三、謝瑤環與豪門貴族的爭鬥，更要從一般的政治壓迫寫到經濟上的掠奪，即把維護均田制和破壞均田制的真實歷史寫進去。這樣，謝瑤環的形象就從一個「反叛者」變成了「忠君者」，田漢的思想動機是：「要考慮我國的現實情況。我國正在困難之中，要安定，不要動亂。黨要求我們少寫或根本不寫造反的戲。」〔註42〕但是，「為民請命」並不是一般的忠君，而是為了天下安危和國家大局甘願冒犯天威，謝瑤環是個為民請命的人，對待太湖難民叛亂，她力主安撫而不是圍剿；奉命處理太湖事件，她對待權貴毫不手軟，並最終被奸臣所害。田漢同樣是為民請命的人，他用劇本表現「水能載舟、亦能覆舟」的道理，歌頌進諫和納諫，他說「寫進諫和納諫，於今天沒有什麼不好，我們黨現在大力提倡調查研究，提倡實事求是，提倡積極開展批評和自我批評嘛。」〔註43〕在某種程度上，田漢身上的知識分子獨立性和對現實的批判精神都體現在「請命」的行為之上。

　　然而，傳統文化中的「請命」與現代知識分子的「獨立」畢竟不是一個概念，董健先生分析《謝瑤環》時說：「『為民請命』者必有三種品格：對上，

〔註41〕轉引自田本相、吳戈、宋寶珍著：《田漢評傳》（重慶：重慶出版社，1998 年）。

〔註42〕黎之彥：《田漢創作側記》，成都：四川文藝出版社，第 100、169 頁，1994 年。

〔註43〕同上，第 214 頁。

敢於犯顏直諫，以達下情，此其一；對下，善於體察民間疾苦，代爲呼籲，此其二；中間環節則是與那些上弊皇帝下苦百姓的豪門作生死搏鬥，此其三。」〔註44〕因此「請命」是一種在夾縫中鬥爭的行爲，請命者冒犯天威、但並不能反抗天威；體察民生，但不能直接解決民生，在道德上極其可貴，但在精神上依舊體現出封建社會濃鬱的「忠君」思想。在現代文明體系中，人權思想的出現使「請命」失去了道德的光環，它只是現代民主制度中的一道程序，並沒有任何神聖可言；而且，現代人爲了維護自身的權利，採取的方式是「反抗」而不是「請命」。因此，在「十七年」文學中大量出現「請命」主題，在文化上是一種倒退，但「請命」畢竟表現出請命者的不合流俗和錚錚鐵骨，它體現出「十七年」中很多知識分子既信仰社會主義、又難棄個人批判精神的矛盾心態，因此它依舊有可貴之處。

除了「請命文學」，「十七年」文學中表現和弘揚傳統文人氣節的作品，也是考察「交叉體驗」的重要線索。「十七年」歷史小說「對傳統文人的價值取向，有更深入和直接的吸納和表現」〔註45〕，陳翔鶴的《陶淵明寫〈輓歌〉》、《廣陵散》、黃秋耘的《杜子美還鄉》等作品，雖然數量不多，但作家們能夠進入到傳統文人的生命深處，針砭時弊，餘韻無窮，在「十七年」文學中屬於思想性和藝術性俱佳的鶴立雞群之作。

「十七年」的「歷史小說熱」的出現有些偶然，但這更反映出「十七年」知識分子精神體驗的多元性。掀起這股小說熱潮的作家是陳翔鶴，這位曾經的「沉鐘社」成員，在解放後的身份是《文學遺產》主編，主要從事古典文學研究，已經很長時間沒有發表文學作品，但在1961和1962年，他突然發表了兩篇質量頗高的歷史小說，受到文壇的注意，也掀起了一股歷史小說熱。關於寫作歷史小說的動機，陳翔鶴說：「是想表達對生死問題的一點看法。死和生是同樣自然的事。現在有的老人很怕死，沒有起碼的唯物主義態度。而陶淵明的生死觀是很豁達自然的，『死去何所道，託體同山阿』也就是歸返自然。因而他當然討厭佛家對死的煞有介事，更不相信什麼西方極樂世界」。〔註46〕但在具體作品中，我們顯然能感受到作家並不是僅僅解決「老人怕死」的

〔註44〕董健：《田漢傳》，北京：北京十月文藝出版社，第829頁，1996年。

〔註45〕董之林：《舊夢新知：「十七年」小說論稿》，桂林：廣西師範大學出版社，2004年。

〔註46〕涂光群：《五十年文壇親歷記》，瀋陽：遼寧教育出版社，第223頁，2005年。

問題，更探討了一個知識分子「生存還是毀滅」的嚴肅問題。《陶淵明寫〈輓歌〉》和《廣陵散》的主人公都直接面對了死亡問題，同時都表現出超然的姿態，寧死而不偷生，因為在他們看來：與其在渾渾噩噩的現實中忍辱偷生，不如直面死亡保持精神的高潔。陶淵明寫《輓歌》時自語：「『死去何所道，託體同山阿』。不錯，死又算得個甚麼！人死了，還不是與山阿草木同歸於朽。」與山川草木同朽似乎是一種超然的處世態度，但是在這種超然的背後卻是深深的無奈：「活在這種爾虞我詐，你砍我殺的社會裏，眼前的事情實在是無聊之極！一旦死去，歸之自然，真是沒有什麼值得留戀的！」原來，生命不值得留戀是因為吏治腐敗而並非「人生一世，草木一秋」的豁達。這樣的感受在陶淵明的《自祭文》中同樣表現了出來：「人生實難，死之如何？嗚呼哀哉」〔註 47〕，正因為人生艱難，因此死亡就不再恐怖。面對死亡，嵇康似乎比陶淵明多了一份慷慨，但背後那種對世事和生死的無奈卻是相同的，甚至產生無奈也是基於相同的原因。《廣陵散》中，嵇康臨行前對妻子說的「最後一句話」：「凡事都不要『悔吝』，對於生死大事也同是一樣」。嵇康為何要發出這樣的感慨？因為「『司馬昭之心，路人皆見』，他為了奪得政柄，是不惜殺掉所有忠於朝廷的人的！」「生當這種『季世』。真正是沒有什麼可多說的」〔註 48〕。在作品中，我們能深深感受到作家的無奈。曾經擔任《人民文學》編輯的陳白塵回憶當年的情況說，「《陶淵明寫〈輓歌〉》是我自己發稿的，因為我喜歡它。《廣陵散》寫出時，我已脫離了《人民文學》的編務了，我讀了更喜歡，但我有點擔心。因為那時已在廣州會議以後，上海一位『大人物』不但喊出『大寫十三年』，而且盤馬彎弓，不知意欲何為；我勸翔老和編輯部要持慎重態度，暫緩發表。但編輯部堅持要發，而且對翔老在篇末寫的『附記』，我認為可刪掉的，他們卻特別欣賞。」〔註 49〕可見，陳翔鶴體會到的現實無奈，在當時是很多知識分子共同的感受。

　　就性格而言，陳翔鶴善於隱忍，他本身是個具有感傷傾向的小說家，而後放棄創作轉入古典文學研究；復出後他選擇創作歷史小說，表現傳統知識分子「不自由、毋寧死」的精神，都體現出他隱忍的個性（復出只是在隱忍中爆發）。現代知識分子保持個性獨立的方式不是隱忍而是直面和戰鬥，魯迅

〔註 47〕 陳翔鶴：《陶淵明寫〈輓歌〉》，《人民文學》，1961 年第 11 期。
〔註 48〕 陳翔鶴：《廣陵散》，《人民文學》，1962 年第 10 期。
〔註 49〕 陳白塵：《哭翔老》，《新文學史料》，1980 年第 4 期。

「直面慘淡的人生、正視淋漓的鮮血」和他始終保持「戰鬥」和「批判」的姿態，正是現代知識分子崇尚的精神，在這一點上，陳翔鶴對傳統知識分子高潔品質的描寫雖然體現了現代知識分子的個性獨立精神，但並不是最完整的表達，如果時代不足以讓他爆發，他可能會沉迷在古典文學研究中。所以在陳翔鶴的精神世界中依然存在著「交叉體驗」的特點，在對現實的隱忍中不願放棄個性的獨立。陳翔鶴創作的歷史小說，讓我們看到「十七年」間很多「轉行」作家精神世界的冰山一角。

二、「少共」的兩極：青年作家的交叉體驗

在「十七年」文學的探索者中，充當主力的是一批青年人，譬如創作了《在橋梁工地上》、《本報內部消息》的劉賓雁，創作《組織部新來的青年人》的王蒙，創作《運河的槳聲》的劉紹棠，創作《紅豆》的宗璞，創作《改選》的李國文，創作《達吉和她的父親》的高纓，創作《榮譽》、《小巷深處》的陸文夫，以及創作《在懸崖上》的鄧友梅等等。這是文學史的正常狀態，在任何時代，勇於突破常規，敢於推陳出新的大多數都是青年人。但是，在「十七年」這種特殊的時期，誕生於戰火中、成長在紅旗下的年青人，我們很難將他們和「叛逆者」聯繫在一起。先讓我們看看這些「叛逆者」又紅又專的背景吧！

王蒙，1934年生於北京。1940年入北京師範學校附屬小學。1945年入私立平民中學學習，上中學時參加中共領導的城市地下工作。1948年加入中國共產黨。1950年從事青年團區委工作。1953年創作長篇小說《青春萬歲》。1956年9月7日發表短篇小說《組織部來了個年輕人》。

劉賓雁，1925年出生，1943年讀高中時參加地下抗日鬥爭。1944年加入共產黨。1946年起先後在哈爾濱、瀋陽等地從事教育和青年團工作。自學掌握了俄語，開始翻譯《真理的故事》等蘇聯文學作品。1951年調北京《中國青年報》任記者、編輯。1955年到蘭州黃河大橋工地採訪，寫成報告文學《在橋梁工地上》，隨後又發表報告文學《本報內部消息》和評論《道是無情卻有情》。

陸文夫，1928年出生，1949年畢業於蘇北鹽城華中大學。同年赴蘇北解放區參加革命。1949年渡江回到蘇州，任新華社蘇州支社

採訪員、《新蘇州報》記者八年。1955 年開始走上文學創作之路。1956 年發表短篇小說《小巷深處》一舉成名。

劉紹棠，1936 出生，1948 年參加革命，1949 年 13 歲讀中學時開始發表短篇小說。1951 年到河北文聯工作半年，翌年發表成名作、短篇小說《青枝綠葉》。

高纓，1929 年出生於河南焦作，抗戰中隨全家流亡，考入國立第六中學，因無法忍受封建專制教育，獨自流浪到重慶。1944 年夏，陶行知把他收入自己創辦的育才學校。1946 年在《火之源》雜誌上發表第一首詩《張娘》。1947 年在重慶當小學教員。同年加入中國共產黨。1956 年到作家協會重慶分會從事專業創作。

鄧友梅，1931 年出生，1942 年，在其故鄉山東參加八路軍，做小交通員。1943 年，因部隊精簡，赴天津務工。在被某工廠招收之後，被強行押送至日本山口縣的一個化工廠做苦工。1944 年，返回中國，並重新參加八路軍，先做通訊員，之後一直在文工團工作。1949 年，在新華社某軍隊分社做見習記者。之後轉業，擔任北京人民藝術劇院和北京市文聯創作員。

⋯⋯

按照正常的邏輯，這些在解放前走上革命道路、在解放後走上創作道路的青年作家，在強調信仰和規範的「十七年」文學環境中，會認真貫徹黨的號召，成長為又紅又專的文藝戰士，但現實的情形並不如此，我們有必要對「少共」作家的精神世界進行重新理解。

在表面上看來，「少共」作家的叛逆是「規範裂縫」出現的結果。1956 年，「百花」時代的到來給了王蒙、劉賓雁等青年作家「干預現實」的機會，劉賓雁創作的《在橋梁工地上》、《本報內部消息》，王蒙創作的《組織部新來的青年人》，李國文的《改選》給當時文壇造成了很大的衝擊。對於「干預文學」，文學史一般注意到蘇聯「解凍文學」帶來的影響，譬如尼古拉耶娃《拖拉機站站長和總農藝師》對《組織部新來的青年人》的影響，奧維奇金對劉賓雁的影響等等。應該說這種判斷並沒有錯，但僅僅認為「干預文學」是被影響的結果，就可能忽視了中國作家的主體感受。王蒙曾經不止一次很隱晦的否認這種影響的存在：

　　我無意把他寫成娜斯嘉式的英雄，像一個剛剛走向生活的知識

青年能像娜斯嘉那樣。那似乎太理想化了，如果生活裏一邊是娜斯
嘉，一邊是阿爾卡其、顯然可鄙的阿爾卡其，新與舊的鬥爭就會簡
單和順利得多。不遂人願的是，往往一些學習娜斯嘉的人竟全然不
像娜斯嘉那樣無可指責，因而他不可能像娜斯嘉那樣堅定、正確。
他們正在成長，正在戰勝周圍的落後勢力的鬥爭中戰勝自己的缺
陷。遵照生活的指示，我試寫了林震。〔註50〕

  我不想把林震寫成娜斯嘉式的英雄。生活不止一次地提示給我
熱情嚮往娜斯嘉又與娜斯嘉有相當區別的林震式的人物，林震式的
鬥爭，林震式的受挫。老實講，我覺得娜斯嘉的性格似乎理想化了
一些，她的勝利也似乎容易了些。我甚至還想通過林震的經歷顯示
一下：一個知識青年，把「娜斯嘉方式」照搬到自有其民族特點的
中國，應用於解決黨內矛盾，往往不會成功。生活鬥爭式比林震從
《拖拉機站站長和總農藝師》裏讀到的更複雜的。〔註51〕

王蒙一再強調林震與娜斯嘉的不同，並不能否認他受到了《拖拉機站站長和
總農藝師》的影響，相反，這種強調恰恰表明王蒙受到啟發後出現的「影響
的焦慮」。不過，王蒙對兩部作品主人公不同的強調，至少說明他的創作是來
源於對生活充分認知、來源於自己的主體體驗；說明他對於現實始終堅持著
獨立認知、自主探索的態度，否則他難以如此自信地認為「娜斯嘉式」的鬥
爭太過於理想化、不符合中國的民族特點，現實的生活更加複雜。王蒙的這
種獨立探索生活的態度，在我看來，正是新中國一批「少共」的典型特徵。

  「少共」，即少年共產黨員，他（她）們在未成年時（或剛剛成年）就選
擇加入中國共產黨，一方面說明他們對於共產主義事業的赤子之情，另一方
面說明他們機敏聰慧、政治早熟。而且，新中國的「少共」作家，大多數在
勝利前夕參加革命，並沒有經歷多少革命血雨腥風的磨練，因此他們對革命
和共產主義的選擇多少帶有理想主義的傾向。解放初期，詩人任洪淵剛剛跨
入大學的校門，當學校安排他代表新生發言時，他悄悄揉碎講稿，熱情地向
同學發問：「18歲的馬克思在波恩大學開始了什麼？18歲的我們又在這裡開

〔註50〕王蒙：《林震及其它》，《王蒙文存‧你為什麼寫作》，北京：人民文學出版社，
   第3～4頁，2003年。

〔註51〕王蒙：《關於組織部新來的青年人》，《王蒙文存‧你為什麼寫作》，北京：人
   民文學出版社，第10～11頁，2003年。

始了什麼?……」〔註52〕這個發問的有意味之處在於「馬克思」具有的多義性:馬克思是共產主義事業的總導師,任洪淵作為新中國的大學生,開口提到馬克思,體現出作為紅色接班人的責任感;馬克思又是真理的化身,正是他發現了資本主義「剩餘價值」的秘密,才出現了科學社會主義的思潮,任洪淵以馬克思反問自己,體現出對真理的探索精神。正是將對社會主義的熱愛與對理想和真理的追求結合在一起,任洪淵在「十七年」創作的詩歌具有了智性的特徵,我們以他在 1957 年創作的《第二重宇宙》為例:

> 忽而是火的旋流
> 忽而是冰的冷寂
> 忽而崩潰在霹靂聲中
> 忽而又在清風裏和諧一體
> > 混沌的,我心中的宇宙
> > 一團團尚未成形的物質
>
> 我願借取你的一份光明一份熱力
> 加速我思想的星雲,組成井然的天體
> > 升起吧,信念的太陽
> > 給迷亂的星以光的位置
> > 運行吧,思索的行星
> > 沿著確定的軌迹。

在詩歌中,詩人期待著代表思想成熟的「第二重宇宙」的誕生,並為之焦慮不已,這與他在作為新生講話時的內容具有內在的一致性。時代風雲變化太快,對一個只有 20 歲的年青人來說,想確定的把握它並不是一件容易的事情,但它反映出「少共」的一個側面。

任洪淵的焦慮很像王蒙筆下的林震,而林震又是王蒙的化身。在典型的「少共」作家王蒙的心目中:「文學」與「革命」是不可分割的:

> 我始終認為,文學與革命是天生地一致和不可分割的,它們有
> 著共同的目標——舊世界打個落花流水,鮮紅的太陽照耀全球。文
> 學是革命的脈搏、革命的信號、革命的良心,而革命是文學的主導、
> 文學的靈魂、文學的源泉。《鋼鐵是怎樣煉成的》所以能培養不止一

〔註52〕任洪淵:《墨寫的黃河:漢語文化詩學導論》,北京:北京師範大學出版社,
第 22 頁,1998 年。

> 代的革命者，首先是因爲革命的烈火、革命的理想與實踐培養了奧
> 斯特洛夫斯基和他的書。〔註 53〕

正是在這一層面上，我們理解王蒙一生的創作爲什麼始終充滿著熱情和理想，即使在新時期之後也不放棄。而在另一方面，文學與革命的結合又讓他用文學的理想來反觀革命，產生出批判現實和不斷探索的精神：

> 對於我來說。革命和文學是不可分割的。眞、善、美是文學的
> 追求，也是革命的目標。既然我們的社會充滿了政治、我們的生活
> 無處不具有革命的信念和革命的影響。那麼，脫離政治，就是脫離
> 了生活，或者是脫離了生活的激流，遠離了國家、民族的命運亦即
> 廣大人民群眾的命運。同時，我也堅決反對用政治說教代替文學，
> 反對離開了具體的、活生生的人的觀察、體驗和表現去表現政治，
> 反對把直接影響政治作爲文學創作的首要目標。〔註 54〕

正是如此，我們看到《組織部新來的青年人》中的林震，他並沒有力圖去改變現實，而是用一雙敏感的眼睛不解而困惑地看待著現實中發生的一切，孤立無援，彷徨不知所措。而王蒙寫作這篇小說時，「我對於兩個年輕人走向生活、走向社會、走向機關以後的心靈的變化的描寫，對他們的幻想、追求、眞誠、失望、苦惱和自責的描寫，遠遠超過了對官僚主義的揭露和解剖。」〔註 55〕所以，《組織部新來的青年人》與《拖拉機站站長和總農藝師》在作家立筆之時的動機是有差別的。

在另一個「少共」──劉紹棠的作品中，除了對表達革命的理想，表現青年人對愛情的渴望也讓他脫離了「十七年」主流文學的軌道。在他的代表作《運河的槳聲》中，除了表現年輕人的愛情，還描寫了區委書記俞山松和農業社副主任春枝之間名目不清的愛情關係，而且描寫還十分歐化，有很多類似「親吻」、「擁抱」等在當時看來十分露骨的場面。而在另一個女作家的作品《紅豆》中，愛情成爲了作品的主題，儘管女主人公爲了革命放棄了愛情，但小說的悲劇結尾仍然讓我們對淒美的愛情唏噓不已。「十七年」青年作家對愛情的描寫，讓人直觀的聯想到 30 年代「革命文學」中的一種傾向：「革命

〔註 53〕 王蒙：《我在尋找什麼》，《王蒙文存‧你爲什麼寫作》，北京：人民文學出版社，第 23 頁，2003 年。

〔註 54〕 《〈冬雨〉後記》，《王蒙文存‧你爲什麼寫作》，北京：人民文學出版社，第 19～20 頁，2003 年。

〔註 55〕 同上。

＋戀愛」。所謂「革命＋戀愛」，即「革命文學」中的一種寫作時尚和一種寫作模式，革命的故事加上戀愛的描寫。由於很多革命小說家利用這種模式投機取巧，因此受到了當時左翼理論家的批判。其實，如果我們不帶偏見的看待這些小說，它們的出現也有現實的基礎。在「革命文學」剛剛興起之際，參與者多數是經過五四薰陶的年青叛逆者，他（她）們對個性解放的渴望和對社會壓迫的反抗是同步的，因此「革命」和「戀愛」在他（她）們的世界都是「革命」的表現，忽略了任何一個方面，都不是一個純粹的革命者。「革命文學」中的青春氣質在新中國「少共」的血液中得到了遺傳，與革命作家相比，「少共」們更加理性，但青春是相同的，當這些具有理想主義的青年作家熱情地擁抱新生活時，愛情就不自覺的成為他們擁抱的另一個對象。

　　與王蒙和劉紹棠相比，青年作家陸文夫對於人性保持著真誠的好奇，這也讓他滑離了「十七年」文學規範的範圍。對人性的好奇也是青年人典型的特徵，初涉社會，面對複雜的生活，很多青年人對於生命都有一種窺私欲。世界文學史上，哈姆雷特的憂鬱正是他對於生命和人性的迷惑不解，而中國現代劇作家曹禺在寫作《雷雨》時，也感慨「命運像一口井」，那幽深而神秘的命運之「井」勾起了他對於人性的探索欲。「十七年」中的陸文夫正是這樣的年青人，江南的生長經歷使他細膩而縝密，習慣於在平凡的人物中發現其中不平凡的秘密。他的處女作《榮譽》，描寫「先進生產者」方巧珍在發現自己兩次生產出質量不好的次布後的思想鬥爭：坦白還是不坦白，坦白意味著失去榮譽的光環；不坦白則失去了做人的誠信，這對於一個積極上進、愛好榮譽的青年女工來說，的確是一次艱難的選擇。方巧珍最終選擇的結果並不重要，重要的是陸文夫在英雄人物中探索了平凡人應該具有的秘密。在他的成名作《小巷深處》中，作家在蘇州的小巷中又一次發現了人性的秘密。小說描寫了一個在舊社會做過妓女的女工徐文霞在新生活中追求真摯愛情的故事。這也是一場激烈的內心爭鬥，做過妓女的經歷與純潔的愛情之間有著巨大的鴻溝，沒有人可以阻止一個做過妓女的女性對愛情的追求，但也沒有人否認身體的不潔會玷污純潔的愛情，如何面對這種窘境，一個少女在小巷的深處苦苦的掙扎……就陸文夫作品的底色來看，他也有著革命年代英雄主義情結，塑造偉大的靈魂，堅持道德的潔癖，但最純潔的靈魂深處往往有著艱難的人性掙扎，陸文夫用青年人的好奇走出了時代。

　　「十七年」作家中，另一個探索人性的青年作家高纓沒有強烈的人性窺

私欲，但他童年時代的流亡經歷讓他對「親情」有著特別的感動。他在 28 歲時創作的小說《達吉和她的父親》用一個民族故事表現了人間的親情美。小說以涼山彝族自治州工作的漢族幹部李雲所寫日記的形式，講述一個關於親情的故事：解放前，漢族貧農任秉清的小女兒妞妞，被「阿候」家的奴隸主掠進涼山當奴隸，度過了十多年的苦難生活。民主改革後，妞妞被「阿候」家的奴隸馬赫爾哈收為養女，改名達吉，二人相依為命，過著安定、幸福的生活。達吉的生父任秉清為了尋找女兒跑遍許多地方都沒有結果。一次偶然的機會，任秉清在街上發現了自己的女兒，就追蹤到達吉所在的農業社要人。於是，圍繞達吉的歸屬去留的問題，在任秉清和馬赫爾哈之間爆發了一場激烈的衝突。最後，通過社長沙馬木甲與漢族幹部李雲的耐心工作，終於化解了矛盾：達吉同時認任秉清和馬赫爾哈做自己的父親，並跟生父回家。但正當任秉清準備把達吉帶走時，他發現達吉和馬赫爾哈之間戀戀不捨的深厚情感，於是就作出了一個痛苦的決定：讓女兒留在馬赫爾哈的身邊。按理說，這段故事表現民族友誼和人間親情、同時又有控訴舊社會的意味，應該符合新中國的主題，但作家因為自身相似的流亡經歷，從而恣肆的書寫人間親情，犯下了「宣揚資產階級人道主義」的錯誤。對「情」的渴望，使高纓成為了「十七年」「人情美」的書寫者。

「十七年」青年作家干預生活，抒寫人情、探索人性讓我們對「少共」有了更深的認識：「少共」並不僅僅是信仰，它同時還包含著青年人對於真理、人性、人情的不懈探索。

第四章：意識形態焦慮中的藝術探索
——以對外國文學的接受爲例

　　對於「純文學」的堅守，「十七年」文學藝術探索的成就始終得不到合理的評估，意識形態的焦慮對無產階級文學內在矛盾的揭示可以有效地解決這一問題。無產階級文化具有三種功能：表達的功能、工具的功能和審美的功能，這三種功能交織在一起，相互也產生影響。總體而言，無產階級文化的表達功能爲其審美功能提供了廣闊的空間，出於表達的欲求，作家可以在無產階級的精神世界中開掘出新的審美範疇、審美主題和審美形式；相反，無產階級的工具功能限制了審美功能的實現，它爲文學制定的各種規範、標尺，損害了作家的創作自由。傳統的「十七年」文學研究側重了它的工具功能，而忽略了它的表達功能，因此對其審美價值始終無法做出理性的判定。如果我們意識到「十七年」文學的表達功能，它所表現出的底層情懷是中國當代文學中值得梳理的藝術經驗。此外，「十七年」文學在國家立場上對宏大結構的追求，對外國文學資源接受的規模化效應也值得我們重新審視。探討「十七年」文學藝術探索的成就，我們可以通過這一時期對外國文學的接受爲個案進行具體分析，一方面，「十七年」文學對外國文學接受是其藝術探索的具體表現；另一方面，通過中外文學比較研究，我們可以更明瞭地理解「十七年」藝術探索的成就。

第一節：意識形態的焦慮與「十七年」對外國文學資源的選擇

意識形態的焦慮的本質是一種「審美焦慮」，由於無產階級文化缺乏足夠的準備，因此無產階級文學建設必須在已有的文學經驗中汲取營養，但由於意識形態的阻隔，無產階級文學在對已有文學經驗的借鑒中保持了警惕的態度。這種矛盾心理決定了建國後「十七年」對外國文學資源的選擇。

一、「十七年」蘇俄文學翻譯概況

自現代以來，中國作家和讀者對於蘇俄文學就有一種天然的親近感。早在「五四」時期，蘇俄文學就被介紹到中國並受到新知識分子的熱捧，之後，蘇俄文學和文學理論就一直在中國文壇保持著持久而強大的影響力，如果將中國現代文學獲取外國文學資源的多少進行排序，沒有國家能出蘇俄之右。解放之後，中蘇之間相同的政治體制，使中國文壇對於蘇俄文學的青睞更有所增加。「五十年代被譯介到中國的俄蘇文學作品數量驚人，其總量大大超過前半個世紀譯介數的總和。1959 年時，有研究者做過一個統計：人民文學出版社、上海文藝出版社和少兒出版社等當時幾家主要的出版機構在近十年的時間內，各出版了三四百種俄蘇文學作品，各家印數均在一二千萬冊；而從 1949 年 10 月至 1958 年 12 月，中國共譯出俄蘇文學作品達 3526 種（不計報刊上所載的作品），印數達 8200 萬冊以上，它們分別約占同時期全部外國文學作品譯介種數的三分之二和印數的四分之三。」〔註1〕不僅這一時期蘇俄文學翻譯的數量空前，而且翻譯的質量也有了加大改善。在建國前，由於俄語人才缺乏，很多蘇俄文學的翻譯都是從其它語種的譯本中轉譯過來，這勢必影響文學翻譯的質量。建國後，國家注重了對俄語人才的培養，一批又一批經過正規院校培養的專業譯者加入了俄蘇文學的翻譯隊伍，這使得「十七年」的俄語文學翻譯基本都是直譯，轉譯現象少之又少。

50 年代的蘇俄文學翻譯，蘇聯文學占主流地位，約占總數的十分之九。這一時期出版的蘇聯文學譯作，新譯作品占主流位置，由於建國初期，中國文壇和中國讀者對蘇聯文學表現出了巨大的熱情，翻譯者也幹勁十足，短短十年譯出了上千位蘇聯作家的幾千種作品。與此同時，大批舊譯重版作品也

〔註1〕陳建華：《二十世紀中俄文學關係》，上海：學林出版社，第 184 頁，1998 年。

在此時出版。在無數的蘇聯作家作品中，高爾基作品的翻譯雄踞蘇聯文學翻譯的榜首，各種版本的出版總數達百餘種，與二十世紀上半期高爾基作品出版的總數大體相當。由於解放前高爾基的重要作品幾乎都有了中譯本，因此五十年代的出版物呈現出舊譯本和新譯本比翼雙飛的局面。「如有三家出版社出版了夏衍的舊譯《母親》的重印本，人民文學出版了南凱的新譯本；有四家出版社出版了耿濟之等的四種譯本《阿爾達莫諾夫家的事業》的重印本；海燕出版社出版了《底層》的芳信舊譯本，而又有四家出版社分別出版了李健吾和陸風的新譯本；《童年》、《在人間》、《我的大學》既有篷子等人的多種舊譯重印本，又有了劉遼逸、陸風等人的新譯本。以集子形式出版的中短篇小說、劇本和回憶錄也有二十來本。」〔註2〕此外，馬雅可夫斯基。肖洛霍夫、阿·托爾斯泰、愛倫坡、西蒙諾夫、法捷耶夫等作家都受到翻譯者和讀者關注。

　　與當時蘇聯文學的空前譯介的境況相比，50年代俄國古典文學的翻譯量要小得多，但是其繁榮景象也超越解放前任何時期。「以出版的單行本計，五十年代初版新譯的作品，年均達20.4種，其中建國第一年爲38種；如果加上重版的作品，年均達40.4種，其中又以建國時期的1949年和1950年最高，這兩年共出版了151種作品，創歷史之最。」〔註3〕從具體作家來看，譯者的注意點主要是那些最有聲望的俄國作家作品。「如普希金的詩體小說《葉甫蓋尼·奧涅金》在五十年代中期又出版了四種譯本，戈寶權等人譯的《普希金文集》在五十年代重印了五次；果戈理的《死魂靈》和《欽差大臣》在五十年代都有重印本，新出譯本中比較重要的有小說集《狄康卡近鄉夜話》和《彼得堡故事》等」；〔註4〕此外，奧斯特洛夫斯基的作品、屠格涅夫的作品、陀思妥耶夫斯基的作品、托爾斯泰的作品、契訶夫的作品都在這一時期受到了重視。其它俄國作家的作品，如《伊戈爾遠征記》、馮維辛的《旅長》和《紈絝少年》、卡拉姆津的《薄命的麗莎》、格利鮑耶陀夫的《聰明誤》、岡察洛夫的《平凡的故事》、薩爾蒂柯夫·謝德林的《一個城市的歷史》、涅克拉索夫的《俄羅斯女人》、《珂丘賓斯基短篇小說選》、阿克薩科夫《家庭記事》和柯羅連科的《我們同時代人的故事》等被新譯出來。〔註5〕

〔註2〕陳南先：《俄蘇文學與「「十七年」中國文學」》，蘇州大學2004年博士論文。
〔註3〕陳建華：《二十世紀中俄文學關係》，上海：學林出版社，第185頁，1998年。
〔註4〕同上。
〔註5〕同上。

進入 60 年代，由於中蘇關係出現惡化，中國對俄蘇文學的譯介呈明顯的逐年遞減的趨勢。有研究者對 60 年代至文革前夕的蘇俄文學出版情況進行了統計，可以很明顯的看到這種趨勢：

1960 年公開出版 49 種（其中初版 40 種），內部出版 0 種，刊物登載 58 篇；

1961 年公開出版 22 種（其中初版 17 種），內部出版 4 種，刊物登載 32 篇；

1962 年公開出版 16 種（其中初版 14 種），內部初版 4 種，刊物登載 22 篇；

1963 年公開出版 10 種（其中出版 10 種），內部出版 10 種，刊物登載 7 篇；

1964 年公開出版 3 種（其中初版 2 種），內部出版 10 種，刊物登載 0 篇；

1965 年公開出版 0 種（其中初版 0 種），內部初版 9 種，刊物登載 0 篇；

1966 年公開出版 0 種（其中出版 0 種），內部出版 1 種，刊物登載 0 篇。

（公開出版數包括初版本和新譯本，不包括舊譯重印本。）[註6]

不過，在六十年代上半期，由作家出版社和中國戲劇出版社內部出版「黃皮書」和「灰皮書」還是翻譯了不少蘇俄重要文學作品，其中主要有：特瓦爾多夫斯基的長詩《山外青山天外天》（1961 年 中譯本出版時間）、肖洛霍夫的小說《被開墾的處女地》（第二部 1961 年）、潘諾娃的小說《感傷的羅曼史》（1961）、西蒙諾夫的劇本《第四名》和小說《生者與死者》（1962）、柯涅楚克的劇本《德聶伯河上》（1962）、愛倫堡的小說《解凍》（1963）、梅熱拉伊蒂斯詩集《人》（1963）、《〈娘子谷〉及其他》（蘇聯青年詩人詩選，內收葉夫圖申科的《斯大林的繼承者們》、《恐怖》、《婚禮》、《娘子谷》和《孤獨》等、沃茲涅先斯基的《天才》和《三角梨》、阿赫瑪杜琳娜的《兒子》、《深夜》、《上帝》和《新娘》等二十多首詩，1963）、施泰因的劇本《海洋》（1963）、伊克拉莫夫和田德里亞科夫的劇本《白旗》（1963）、阿爾布佐夫的劇本《伊爾庫

〔註 6〕陳建華：《中國蘇俄文學研究史論》（第一卷），重慶：重慶出版社，第 222～223 頁，2007 年。

茨克故事》（1963）、索爾仁尼琴的小說《伊凡‧傑尼索維奇的一天》（1963）、阿克肖諾夫的小說《帶星星的火車票》（1963）、索弗洛諾夫的劇本《廚娘》（1963）、愛倫堡的回憶錄《人、歲月、生活》（1962～1964，前四卷）、特瓦爾多夫斯基的長詩《焦爾金遊地府》（1964）、阿遼申的劇本《病房》（1964）、羅佐夫的劇本《晚餐之前》（1964）、科熱夫尼科夫的小說《這位是巴魯耶夫》（1964）、卡里寧的小說《小鈴鐺》（1965）、阿克肖諾夫的小說《同窗》（1965）、西蒙諾夫的小說《軍人不是天生的》（1965）、貝可夫的小說《第三顆信號彈》（1965）、《艾伊特瑪托夫小說集》（1965）、《蘇聯青年作家小說集》（1965）、卡札凱維奇的小說《藍筆記本》和《仇敵》（1966）等。

在「十七年」期間，除了重要文學作品，一些重要作家的文學理論著作也被譯介到中國。50年代，列寧、高爾基、普林漢諾夫、盧那察爾斯基、別林斯基、車爾尼雪夫斯基、杜勃羅留波夫等人的文藝理論著作被大量介紹到中國，這些著作的印數達到了數十萬冊，十分驚人。60年代上半期，除了上述作家的經典理論，中國還內部出版了一批蘇聯當代的文藝理論著作，涉及的內容包括蘇聯當代作家、理論家對當時文藝上一些爭議問題的意見。這些著作包括：《人道主義與現代文學》、《關於文學與藝術問題》、《蘇聯一些批評家、作家論藝術革新與「自我表現」問題》、《蘇聯文學中的正面人物、寫戰爭問題》、《蘇聯文學與人道主義》、《蘇聯文學與黨性、時代精神及其他問題》、《蘇聯青年作家及其創作問題》、《新生活——新戲劇（蘇聯戲劇理論專輯）》、《戲劇衝突與英雄人物（蘇聯現代襲擊理論專輯）》、《關於〈山外青年天外天〉》、《關於〈被開墾的處女地〉第二部》、《關於〈感傷的羅曼史〉》等。

二、「十七年」歐美文學翻譯概況

除了蘇俄文學，歐美古典文學也是建國後「十七年」文學翻譯的重要選擇。在「冷戰」的格局下，新中國選擇翻譯歐美古典文學作品有兩方面的原因：第一，許多歐美古典作家作品已經充分經典化，成爲世界文化遺產的一部分，新中國翻譯這些文學經典，既可以吸納它們的藝術精華，也體現出海納百川的氣度。1950年成立的屬於「社會主義陣營」的世界和平理事會，每年都要選定幾位「世界文化名人」開展紀念活動，50年代初期的文化名人屬於歐美作家的有雨果、拉伯雷、席勒、安徒生、海涅、蕭伯納、易卜生、布萊克、朗費羅等，紀念活動的重要組成部分即譯介這些作家的文學作品。第

二，歐美古典文學經典作品中包含的豐富思想，如反封建地主壓迫、揭露資
產階級的殘忍性、暴露資本主義社會的罪惡，表現主人公追求理想時不屈不
撓的精神、表現人類烏托邦幻想等等，與新中國政治意識形態有契合之處。
譬如莎士比亞，新中國文藝工作者認爲其意義「不是新舊教間或資本主義與
封建主義之間的矛盾，而是因爲尖銳化而愈見明顯的資本主義與勞動人民之
間的根本矛盾。」「他深刻暴露資本主義社會的罪惡」，「從人民的苦難災禍中
發現人民的力量，並且指出人類的未來」，「他將永遠是全世界人民在鬥爭中
的鼓舞者」。〔註 7〕再譬如英國作家亨利‧菲爾丁，鄭振鐸認爲他是偉大的「現
實主義者」，稱其作品是「人類要求和平與幸福的意志的有力表現。」〔註 8〕
顯然，新中國文藝界是從符合主流意識形態的角度認識和譯介這些文藝作
品，但不管出於什麼樣的目的，「東西方兩大陣營意識形態的對立，雖然導致
新中國在 1949～1966 年與歐美文學直接交往關係的中斷，但歐美文學翻譯卻
取得了相當大的成就，呈現出繁榮景象。」〔註 9〕

　　據國家出版事業管理局版本圖書館編寫的《1949～1979：翻譯出版外國
古典文學著作目錄》（中華書局 1980 年版）顯示，建國後「十七年」翻譯出
版的歐美古典文學約千餘種，其中英國文學有近 200 種，如《莎士比亞全集》、
《坎特伯雷故事集》、《布萊克詩選》、《彭斯詩鈔》、《雪萊抒情詩選》、《魯濱
遜漂流記》、《格列佛遊記》、《唐璜》等；美國文學有近百種，如《紅字》、《白
鯨》、《湯姆‧索亞歷險記》、《哈克貝里‧芬歷險記》、《歐文短篇小說選》、《歐‧
亨利短篇小說選》等；德國文學有 70 餘種，如《少年維特之煩惱》、《陰謀和
愛情》、《白雪公主》、《灰姑娘》、《德國，一個多天的童話》等；法國文學有
200 餘種，如《巨人傳》、《僞君子》、《老實人》、《紅與黑》、《高老頭》、《悲慘
世界》、《包法利夫人》、《約翰‧克利斯朵夫》等。

　　相對而言，歐美當代文學和現代主義文學的翻譯數量在「十七年」間顯得
比較少，但也比之前翻譯的數量和種類有豐富了很多。公開出版的歐美當代文
學作品有：林賽的《被出賣了的春天》、克羅寧的《城堡》、阿爾德里奇的《荒
漠英雄》、萊辛的《野草在歌唱》、海明威的《老人與海》、馬爾茲的《潛流》、

〔註 7〕 趙詔熊：《莎士比亞及其藝術》，《文藝報》1954 年第 9 期。
〔註 8〕 鄭振鐸：《紀念英國偉大的現實主義作家菲爾丁》，《文藝報》1954 年第 20 期。
〔註 9〕 方長安：《新中國「17 年」歐美文學翻譯、解讀論》，《長江學術》，2006 年第
　　　　3 期。

法斯特的《斯巴達克思》、史沫特萊的《大地的女兒》，以及《巴黎公社詩選》等無產階級文學。除此之外，歐美當代文學和現代派文學的作家作品還以「內部出版」或學術探討的方式被介紹。在 60 年代中國出版的「黃皮書」中，傑克・克魯亞克的長篇小說《在路上》（黃雨石等譯，作家出版社 1962 年 12 月內部發行），賽林格的長篇小說《麥田裏的守望者》（施咸榮譯，作家出版社 1963 年 9 月內部發行），薩繆爾・貝克特的兩幕劇《等待戈多》（施咸榮譯，中國戲劇出版社 1965 年 7 月版），約翰・奧斯本的著名戲劇《憤怒的回顧》（黃雨石譯，中國戲劇出版社 1962 年 1 月內部發行）等著作被翻譯到中國。

在對西方現代主義文學的介紹中，除了直接翻譯作品，《譯文》、《世界文學》、《文學評論》等雜誌以專題或單篇文章的形式也參與其中，而且成果不容小視。1957 年《譯文》雜誌 7 月號以「專輯」形式對波德萊爾進行了介紹，其內容包括：波德萊爾石版畫像；波德萊爾親自校訂的《惡之花》初版本封面；蘇聯列維克的論文《波德萊爾和他的「惡之花」》；法國阿拉貢的《比冰和鐵更刺人心腸的快樂──「惡之花」百週年紀念》；詩人陳敬容從《惡之花》中選譯的九首詩；《譯文》雜誌「編者按語」等。「《譯文》對波德萊爾的態度無疑相當程度地體現了中國對於歐美現代派文學新的話語取向。」〔註 10〕50 年代中後期至 60 年代初，《譯文》（其後的《世界文學》）、《文學評論》等紛紛轉載譯文或刊發評介文章，介紹了其它現代主義的作家有：多麗思・萊辛、科林・威爾生、約翰・奧斯本、約翰・威恩、坎納斯・泰南、比爾・霍普金斯、林賽・安德生、斯圖亞特・霍爾洛德、金斯萊・艾米斯、約翰・布蘭恩、喬治・司各脫、福克納、海明威等。

第二節：意識形態的焦慮與「十七年」對外國文學的接受特徵

一、國家立場及其意義重估

整體而言，「十七年」文學對外國文學的接受立足於國家立場之上，國家決定了接受主體對外國文學接受的種類、程度和方式。這與中國現代文學對

〔註10〕方長安：《「十七年」文壇對歐美現代派文學的介紹和言說》，《文學評論》，2008 年第 2 期。

外國文學的接受完全不同。中國現代文學對外國文學的接受基本建立在個人立場之上，個人的喜好和興趣可以決定他（她）們對外國文學接受的種類和方式，也可以決定他（她）們是否要對外國文學進行接受。相比而言，在國家立場上對外國文學的接受，接受者個體的自由受到了極大的壓制，這讓他們難以在跨文化交流真正實現文化的交流和共融，更難以在文化的碰撞中激蕩出創造的火花，因此研究者更多注意到其負面的意義。不過，如果回到二十世紀中國文學的具體語境，「十七年」在國家立場上對外國文學的接受也並非一無是處。

1. 國家立場與文學譯介的規模化效應

中國現代文學發生和發展的過程中，在西方文學中吸收了豐富的給養，而隨著「全球化」時代的到來，中西文化的對話和交流將會更加廣泛和頻繁。跨文化的對話和交流為中國現代文化的健康發展提供了廣闊的空間，但也引發了文化主體性的焦慮，因此關於文化接受的方式問題也愈發受到學界的關注。在這方面，「十七年」文學對外國文學的接受方式，值得我們重新關注。

中國現代文學在發展過程中，對西方文學和文化基本保持著「共鳴式」的接受姿態。所謂「共鳴式」接受姿態，即接受主體首先在異域文學或文化中找到「共鳴點」，而後再將這些「共鳴點」創造性地化為己有，譬如魯迅對果戈理諷刺文學的接受；李金髮對法國象徵派詩歌的接受；新月派對新人文主義的接受；左翼作家對「拉普」創作方法的接受等等，都是如此。魯迅曾經為「共鳴式」接受姿態取了一個通俗的名字：「拿來主義」：「總之，我們要拿來。我們要或使用，或存放，或毀滅。那麼，主人是新主人，宅子也就會成為新宅子。然而首先要這人沉著，勇猛，有辨別，不自私。沒有拿來的，人不能自成為新人，沒有拿來的，文藝不能自成為新文藝。」〔註11〕可見，「拿來主義」在現代是開放的標誌，而「共鳴式」的接受姿態也是對待外國文學（文化）的理想態度。

的確，對於中國現代文學這個一片空白的「新宅子」，在保持主體性（共鳴）基礎上的「拿來」顯得非常必要：有了「拿來」，文學和文化中才會具有新元素，文化和文學才會健康的發展。但當中國現代文學經歷了一個世紀的發展，「新宅子」裏填滿了內容而且還有些雜亂的時候，我們就有必要在更高層次上領會和體悟魯迅「拿來主義」的內涵。

〔註11〕《魯迅全集》（第 6 卷），北京：人民文學出版社，第 40 頁，1981 年。

　　跨文化交流以區域或類別爲單位，但在實踐的過程中，卻只有部分有交流能力的個體直接參與，大多數人對異域文化的瞭解和接受都是通過部分譯介者爲中介間接完成。就中國現代文學而言，雖然多數作家具有直接參與跨文化對話的能力，但還是會有很多作家必須依靠翻譯中介，這種現象在建國之後更加明顯。因此，當個體以「共鳴式」的接受方式爲中國文學譯介新的文學資源時，即使其非常「沉著，勇猛，有辨別，不自私」，依舊會受到時代和個人認知能力的限制和影響，從而導致文化交流中的「誤讀」。既使魯迅這樣的文學大家，在接受和介紹俄羅斯文學的過程中，依舊存在著局限。著名俄羅斯文學翻譯家藍英年曾經在一次對話中談到過這一現象：

　　　　魯迅的局限性毋庸諱言。首先他對蘇聯的認識並不那麼清楚，都是聽別人說的，沒有親自去瞭解，不像紀德和羅曼‧羅蘭那樣。對蘇聯體制的瞭解，他遠不如陳獨秀，他譯的那些書對反專制、反對帝國主義是有意義的，但是他翻譯和推出的一些作品，並不都是很好的，比如有一本書叫《不走正路的安得倫》在文學史上根本沒有地位的，他讓曹靖華介紹了幾部藝術性並不很高的書。

　　　　他介紹俄國作家的作品貢獻更大。如普希金、果戈理、陀思妥耶夫斯基，自己還翻譯了果戈理的《死魂靈》和《鼻子》。另外他還介紹了二十年代不少同路人作家的作品，如札米亞京的《洞穴》、皮里尼亞克的《苦蓮》、費定的《果園》等。這些後來都成爲禁書。他也說過：「最優秀的作品，是描寫貧農們爲建設農村的社會主義的鬥爭的《勃魯斯基》。」《勃魯斯基》即潘菲洛夫的《磨刀石農民》，經過幾十年的實踐證明，怎麼也不能說這是「最優秀的作品」。這是個大題目，三言兩語說不清，但可以肯定魯迅介紹蘇俄文學有很大的局限性。〔註12〕

當然，魯迅並不是一個職業的翻譯家，而作爲一個作家，他擁有自己選擇的自由。但是，當魯迅成爲文化界的權威，其言論就可能影響到許多對俄羅斯文學並不瞭解的作家。魯迅在文化接受過程中出現的問題也會在其它作家中出現，而他們或許還不具備魯迅這樣的學養和辨別能力。

　　「共鳴式」文化接受在文化學可以稱爲「選擇文化學」，當作家的選擇出

〔註12〕李輝：《藍英年：鏡子中的歷史——關於蘇俄文學與中國的對話》，《青年文學》，1999 年第 5 期。

現混亂和矛盾的時候，就會有人將「一切認知對象都作爲學習的對象，都以
話語暴力的形式出現在現代中國人的面前，這同時又孕育著一種極大的危險
性，即爲了反抗這所有的話語暴力形式而否定所有這一切的認知對象，並只
以一個現代人的思想爲絕對權威。」〔註 13〕要解決這一問題，必須在文化接
受中採用「認知文化學」的態度，即「話語基礎不在對象，而在認知主體，
它是以本民族普遍承認的公理爲前提的，所以它的結果不再是認知對象本
身，而構成中國文化的基礎。」〔註14〕這即是魯迅所說的要做「主人」，但要
在中國這樣大國實現「認知文化學」，就需要人人能夠做主人，這並不是要求
人人都具有跨文化交流的能力，而是要使普通接受者有機會更充分、完整地
瞭解異域文學，譬如西方現代派文學，就不能只介紹「象徵派」，而要把荒誕、
黑色幽默、魔幻現實主義、未來派、達達等統統介紹進來，大家才可以根據
自己的興趣自由選擇，這樣文化的發展也就健康了。二十世紀中國對魯迅「拿
來主義」的認識往往偏狹化了。

「十七年」對國外文學的接受以「意識形態」爲標準，這種超越「文學
共鳴」的「政治共鳴」姿態，帶來了文學接受的偏狹，但有時也產生了意想
不到的效果。譬如這一時期對歐美現代主義文學介紹。在政治立場上，歐美
現代派文學都屬於資本主義腐朽墮落的表現，因此幾乎全部都被打進了歷史
的垃圾堆，但在批判的過程中，由於歐美現代派文學整體被否定，因此介紹
者可以毫無偏見的將現代派文學逐一進行批判，這樣反倒提供了一份較爲完
整的歐美現代派文學的譜系圖。據我粗淺的學識，「十七年」對歐美現代派文
學的認知程度比較低，但介紹卻是最齊全的一個時期。有學者對 60 年代最初
幾年對歐美現代派文學介紹的主要文獻進行過統計：

1960 年：

《文學評論》第 6 期上袁可嘉寫作的《托・史・艾略特——英
美帝國主義的御用文閥》；《世界文學》2 月號發表了戈哈的《垂死
的階級、腐朽的文學——美國的「垮掉的一代」》。

1962 年：

《文學評論》第 2 期刊發袁可嘉的《「新批評派」述評》，第 6
期刊登了董衡的《海明威淺論》；《文藝報》第 2 期發表王佐良的《艾

〔註13〕王富仁：《中國現代文化執掌圖》，北京：人民文學出版社，第 9 頁，2004 年。
〔註14〕同上，第 10 頁。

略特何許人？》，第 12 期發表他的《稻草人的黃昏——再談艾略特與英美現代派》；《世界文學》第 5 至 8 期刊出卞之琳的《布萊希特戲劇印象記》；這一年，上海文藝出版社還發行了周煦良等譯的《托·史·艾略特論文選》，這是新中國翻譯出版的第一部西方現代主義作家文論集；中國科學院文學研究所西方文學組還編選了一部二卷本的《現代美英資產階級文藝理論文選》，由作家出版社內部發行，該書由袁可嘉負責編輯；同年，中國科學院哲學社會科學部編印了一本「內部參考資料」——《美國文學近況》，介紹了福克納、海明威、斯坦貝克等人的作品，這是「十七年」對美國當代文學一次眞正關注。

1963 年：

《文學評論》第三期發表袁可嘉的《略論美英「現代派」詩歌》；《世界文學》6 月號刊發了柳鳴九、朱虹的《法國「新小說派」剖視》。

1964 年：

《文學研究集刊》第 1 冊發表了董衡巽的《文學藝術的墮落——評美國「垮掉的一代」》和袁可嘉的《美英「意識流」小說述評》。

〔註15〕

如果加上內部出版的「黃皮書」、「灰皮書」，「十七年」對歐美現代派文學的介紹，包含了象徵主義、表現主義、未來主義、達達主義、超現實主義、意識流、荒誕派、新小說等重要的流派；介紹了艾略特、勞倫斯、喬伊斯、卡夫卡、福克納、伍爾夫、龐德、休姆、葉芝、奧登、燕卜遜、羅伯·葛利葉、米歇爾·布托爾、塞林格、傑克·凱如阿克、阿倫·金斯柏等不同時期的作家；一些重點作品如《橡皮塊》、《荒原》、《在路上》、《麥田裏的守望者》、《尤利西斯》、《到燈塔去》等被重點介紹；一些重要現代派文學術語如「非人格化」、「客觀對應物」、「包含的詩」、「排它的詩」、「骨架」、「肌理」、「反諷」、「張力」等被採用並被詳細介紹。如果僅僅介紹外國文學的全面性而言，「十七年」對歐美現代主義文學的介紹無疑是中國現代文學史上最完整的一次。

當然，文學譯介的規模化並不能作爲文學創作的成就進行肯定，但在跨

〔註15〕 方長安：《「十七年」文壇對歐美現代派文學的介紹和言說》，《文學評論》，2008年第 2 期。

文化交流尚不發達的中國現代和「十七年」間，它讓我們更完整地理解了西方和世界。新時期之後，正是一批能夠閱讀這些「黃皮書」和「灰皮書」的讀者成爲了中國文化的橋頭堡，這種規模化效應的意義才算是完整地體現了出來。

2. 國家立場與理論界的自律

一種文學走向成熟的標誌之一，便是出現能夠反映和涵蓋這種文學主要藝術特徵的理論概念，譬如西方現實主義文學走向成熟之後，就出現了如「典型」、「眞實」等概念；現代主義文學成熟之後，就出現了如「荒誕」、「間離」、「黑色幽默」、「虛無」、「象徵」等概念。中國古典文學同樣如此，在它走向成熟之後就出現了如「意境」、「載道」、「妙悟」、「神思」等概念。從文學認知的角度，充分瞭解一個流派、一種思潮，除了直接閱讀他們的作品，還必須對它們的核心概念有深刻的把握，否則就難以把握這種文學的精髓之處。

中國現代文學在成長的過程中，在西方文學傳統中獲得了豐富的給養，然而整個現代文學對西方文學的接受重在選擇，而沒有進行多少深度把握。譬如，「五四」時期就出現的「爲人生」和「爲藝術」之爭，在一定程度上是現代作家對「現實主義」和「浪漫主義」的選擇之爭，但當時作家無論對「現實主義」，還是對「浪漫主義」都沒有認眞揣摩它們的精髓之處。30年代，左翼文學提倡過「拉普」創作方法、「新寫實主義」、「唯物辯證法創作方法」、「社會主義現實主義」等創作方法，但對於每一種創作方法的精要也並沒有深刻把握。中國現代文學發展中的這種特徵是「革命期」的典型特徵。在這個時期，作家主要關心的問題尋找到一條適合現代中國的文學道路，難以理性對每一個選擇對象進行仔細揣摩。

我無意對現代文學的這種特徵進行價值評判，因爲「創造」必然繁複而雜亂，只有在一個創造乏力的時期，才會有人進行歷史沉澱和知識清理的工作。但必須認識到，中國現代文學要良性發展，歷史沉澱、知識清理與創造同等重要，如果我們不對文藝中一些基本問題有深刻的理解，創造就有可能迷失方向。

「十七年」文學進入到文學「他律」的時代，作家們失去了選擇「創作什麼樣文學」的自由，也就會開始探討「怎樣寫」的藝術，因此一些文學的基礎性問題，如「典型」、「形象思維」、「美的本質」、「自然美」、「美感」、「題材」、「共鳴」、「山水詩」、「戲劇衝突」等等，在這一時期展開了廣泛的討論。

乍看起來，「十七年」討論的這些問題顯得非常幼稚，其中很多問題屬於文學常識，但從當時討論的激烈程度看，中國學界對它們並沒有產生共識；而如果我們回溯中國現代文學史，這些問題也並沒有得到過深入的探討。

不必諱言，「十七年」文學對這些文藝基礎問題的討論帶有明顯的政治意圖，譬如「典型」問題的探討與普及「社會主義現實主義」、「題材」問題的探討與設定「題材等級」、「美的本質」問題與歷史唯物主義等等之間都有著密切的聯繫，但在這個過程中，許多作家和理論家對這些問題的本質進行了深入的探索，產生了許多具有真知灼見的理論成果。譬如在建國初期，中國文學界大力提倡「社會主義現實主義」，就有不少學者對「社會主義現實主義」中存在的機械性和庸俗性提出了質疑。如劉紹棠的《現實主義在社會主義時代的發展》，文章首先發問：蘇聯為什麼「後 20 年的文學事業比前 20 年遜色得多」？作者認為：根本原因在於主觀主義、教條主義左右了文學創作。接下來，文章開始分析中國當代文學中的問題，認為新中國文學事業一開始就受到了教條主義的影響，使作家在對待真實的問題上發生了混亂，「既然當前的生活真實不算做是真實，而必須去發展地描寫，結合任務去描寫，於是作家只好去粉飾生活和漠視生活的本來面目了」。文章還指出了「社會主義現實主義」的不足，「令人啼笑皆非的是，在這種定義和戒律的體驗下，偉大作家的經典名著竟無法及格」，「試問：葛利高利這個人物是正面人物還是反面人物呢？他的具體的教育意義是甚麼呢？據說葛利高利是代表小農私有者的個人主義的悲劇的。但是，為甚麼在人們心目中矗立起來的，是一個崇高和勇敢的形象呢？」「那個把生命和一切獻給葛利高利的婀克西妮亞，將給她安一個甚麼稱號呢？好，算她是個反革命的追隨分子，可是這個千秋萬代不朽的婀克西妮亞，卻影響著人民的品質和美德。」最後，文章大膽的指出，中共領導下的文藝工作，「對現實主義的藝術建築上，卻是比思想上的建築小得多」，而原因則在於「受到戰爭環境和教條主義影響的緣故」。所以，作者認為只要不消除教條主義的影響，「文學事業無法進步，無法繁榮」。〔註 16〕這種質疑文章的基礎，正是作家對現實主義的深刻認識。

再如，在今天還被很多學者糾纏不清的「純文學」問題，在「十七年」期間已有很多非常深入的獨到見解。「純文學」觀首先出現在革命文學思潮中，為了平衡政治性和文學性的關係，革命文藝領導人制定了政治第一、藝

〔註 16〕劉紹棠：《現實主義在社會主義時代的發展》，《北京文藝》1957 年 4 月號。

術第二的標準，這使文學的政治性和藝術性兩分開來，它不僅導致政治指令對文學藝術的壓抑，也導致了「政治／文學二元對立思維」的出現。1950 年初，阿壠在天津出版的《文藝學習》第 1 期上發表了《論傾向性》一文，就藝術與政治的關係問題提出了精闢的見解。他認爲藝術與政治是一元論的，兩者不是「兩種不同的元素」，而是同一的東西；不是結合的關係，而是統一的整體；不是藝術加政治，而是藝術即政治。接著，阿壠就新中國文學的傾向性問題談了自己的看法，他認爲新中國文學的傾向性就是「黨性」，「是一種階級性，一種思想性」，但是「在藝術問題上，如果沒有藝術，也就談不到政治」。他詳細具體說明了藝術產生政治效果的特殊途徑，指出藝術有別於由於諸種要素而很有些人不願讀的哲學和政論。如車爾尼雪夫斯基所說，它是「美」的「親愛的東西」，政治傾向相同的人讀了，可以「補充思想」，「昂揚思想」；政治立場相異的人讀了，可以無形地進行批判，或者有力進行鬥爭；政治要求不多的人讀了，也可以「喚起覺醒」，得到「鼓勵」。最後，阿壠在政治、藝術一元論的基礎上，給作家創作指出了新的要求：「藝術，首要的條件是眞」；而「公式主義、教條主義出發於一定的概念之中」，「這個概念，卻不是眞。」因此，那些「毫不觸摸實際生活而又專門玩弄政治概念的人」的作品，只能是「說謊和作假」。

　　繼阿壠之後，李何林在 1960 年發表了一篇《十年來文學理論批評上的一個小問題》的文章，再次討論了政治與文學的關係。李何林的文章首先從思想性和藝術性的關係說起，他指出：十年來文學理論和批評上都以爲「有思想性和藝術性相一致的作品，也有不相一致的作品」，這是不對的。他認爲「沒有思想性和藝術性不相一致的作品」。因爲「思想性和藝術性是一致的，思想性的高低決定於作品『反映生活的眞實與否』；而『反映生活眞實與否』也就是他的藝術性的高低；藝術性不等於描寫的技巧，雖然眞實地反映生活需要描寫的技巧。至於『政治標準第一，藝術標準第二』，是任何階級評價作品的標準，這是另一個問題，不能把它與思想性和藝術性的關係問題混淆起來，尤其不能得出一個結論：既然『政治標準第一，藝術標準第二』，可見政治性（思想性）和藝術性是不一致的，甚至只要政治性不要藝術性了。」〔註17〕

〔註17〕原載 1960 年 1 月 8 日《河北日報》，該報「編者按」說：「李何林同志這篇文章，曾經引起了一些同志的爭論。有些同志認爲這篇文章對思想性和藝術性的論述是錯誤的，是違背毛澤東同志的文藝思想的。現在，我們把李何林同

阿壟和李何林的文章不僅有力的批駁了「政治標準第一、藝術標準第二」的教條主義思想，也對今天學界走出二元對立思維的迷思很有啓示意義：不僅政治與文學，即使最讓國人困惑的「現代」與「傳統」、「東方」和「西方」，在藝術創造的大前提下都是一元的，沒有傳統的現代是藝術的抄襲，而沒有現代的傳統則是失去創造力的表徵；同樣，在今天的世界裏，無論東方和西方文學都必須以「人」爲基礎，將「東方」置於「西方」之上或者相反，都是對藝術根本精神的違背。

「十七年」理論界出現的閃光點還有很多，限於篇幅本書不一一列舉，這些思想可能被掩蓋在這一時期文學理論的一元話語中，但並不妨礙它們對今天的文學發展依舊具有啓示意義。

二、國家立場與個體偏離

「十七年」文學中值得注意的一個現象，是一批理論家和學者在繁複的文學運動中，冷靜地意識到文學與「人」的關係，從而使五四時期提出的「人的文學」在經歷一番曲折之後實現了回歸。在本篇裏，本書探討的主要問題不是這些著作的意義，而是它們能夠出現的理論淵源。

「十七年」間直接探討文學與「人」的關係的理論文章不多，比較著名的有錢穀融的《論「文學是人學」》和巴人的《論人情》兩篇，不過，其它如何直的《現實主義——廣闊的道路》、李何林的《十年來文學理論批評上的一個小問題》、胡風的《意見書》、張光年的《題材問題》等理論作品，雖然沒有直接討論文學與「人」的關係問題，但他們論述文學的基本立場是建立在「人」的基礎之上，得出的結論在當時具有很高的理論價值。按理說，自五四提出「人的文學」之後，「文學是人學」已基本得到了學界的認可，並沒有多少理論的創新性，但在強調階級、集體和規範的「十七年」，它卻是文藝界糾正極左思潮的最有力的武器。1957 年，張明權在《北京文藝》上發表了一首哲理詩《更相信人吧》，情感激昂，通過它我們可以更具體的理解「文學是人學」在「十七年」文學中的重要價值。

> 更相信人吧，／相信「人」比你的「干涉」更值得相信，／相信「人」的「良心」不需要橫加統一。／相信「人」不需要鞭策的

志的這篇文章和他的附記一併發表，供文藝界的同志們研究和討論。」《文藝報》1960 年第 1 期又加上編者按裝載了這篇文章和附記。

長鞭、跑道的白線，／只需要一把招引人心靈前進的火炬。／／……
／／更相信人吧，／相信他的辨別真、善、美的能力，／遠遠超過
向日葵辨別太陽的能力。／相信沒有一個生機不爲春天而舉蕾、開
花，／同樣沒有一個心靈不爲眞理而日益美麗。／／……／／更相
信人吧，／相信他、尊重他、膜拜他！／宇宙間只有他才最應該接
受頂禮。／對他的每一個美麗的幻想雙手保護。／對他的每一顆創
造的嫩芽細心培養。／／更相信人吧，／即使你不肯拿出澆灌的桶、
施肥的鍬，／且讓你那橫暴的鋤頭休息；／或者用它敲開自己心頭
的枷鎖吧，／好讓春風也把你懷裏的幼苗吹綠。／／……〔註18〕

在詩中，詩人強調相信人，更確切的說是要求相信「個人」，讓「個人」成爲
生活、工作、文藝的主宰，這在當時無疑是對各種文藝規範的致命一擊。

「十七年」部分理論家對「人的文學」傳統的回歸，直接源自他們的人
生體驗：在建國後的階級鬥爭導致「人情」的淡漠，這對於很多具有理想主
義的作家而言會感到難以適應。巴人在《論人情》中就提到這個問題：一些
參加革命的幹部不喜歡看新劇，原因之一是新劇的「政治氣味太濃，人情味
太少」；而在現實生活中，一些資產階級或地主家庭出身的青年朋友爲了表明
自己的革命性，常常要壓抑自己的親情，與家庭和父母斷絕聯繫，以至父母
境遇慘淡得不到慰籍，而這些青年朋友也會黯然神傷。這樣生活慘劇不得不
令人沉思，難道革命的結果就是要消滅人的情感，導致人間慘劇嗎？同樣的
例子還有孫犁，他在建國後最強烈的感受便是人與人之間關係的微妙變化，
曾經其樂融融的軍民魚水情、同志友誼在革命後紛紛變淡。「十七年」作家對
人情冷漠的感受，其實是「五四」以來中國新知識分子的普遍感受，譬如在
魯迅的《孤獨者》、《孔乙己》、《在酒樓上》，冰心的《超人》，巴金的《家》、
《寒夜》等等作品中，我們都能感受到作家對中國人「人情冷漠」的批判。
就中國近現代社會而言，「人情冷漠」的思想徵候是中國文化中人道主義思想
的缺失，而根源則是中國人對於「人」的理解缺乏普遍的共識，從而導致人
與人之間的割據。建國後出現人情冷漠的現象，是因爲這一時期的「革命倫
理」取代了「日常倫理」，從而導致革命文化中人道主義的缺失。正是在這個
意義上，「十七年」文學中出現對「人的文學」的回歸併不偶然。

〔註18〕 張明權：《更相信人吧！——讀「衛道」的「文藝雜談」有感》，《北京文藝》，
1957 年第 4 期。

　　「十七年」理論界向「人的文學」的回歸，魯迅等一批中國現代作家及其作品起到了重要的啓示作用，這可以說是「十七年」文學傳播中的「偏離」現象之一。經過官方選擇，中國現代文學只有部分作家作品合法地進入「十七年」，而且這些作家作品還被重新闡釋，但文學作品包含的文化內涵和藝術意蘊，並非經過「界定」就能夠限制接受者的認知，很多經典作品必然會讓「十七年」理論家讀出別樣的內涵。譬如關於「阿Q」形象問題的爭論，如果用「社會主義現實主義」的觀點，就只能從階級出身來看待阿Q，但將其作爲一個「農民」或「落後農民」，都不能符合農民作爲革命同盟軍的政治原則。何其芳後來對阿Q進行了深度分析，認爲阿Q精神「並非一個階級的特有的現象」，而是「在許多不同階級不同時代的人物身上都可以見到的」，「是人類的普通弱點之一種」〔註19〕。這種觀點後來又受到了批判，認爲他是「超階級論」的觀點，但無論如何批判它依舊最有說服力，而「超階級」的本質正是理論家將目光投向了全人類，回到了人的立場。這種現象說明：除了政治等外界力量對文學能產生規訓的力量，優秀的文學作品也會對文學產生新的規訓力量，如果不從博大的人類情懷去認識經典，經典的魅力也不可能充分展現出來。錢穀融的《論文學是「人學」》，引用了魯迅的兩部作品：一部是《摩羅詩力說》，作者從中讀出「過去的傑出的哲人，傑出的作家們，都是把文學當做影響人、教育人的利器來看待的。一切都是從人出發，一切都是爲了人」。〔註20〕另一部是《阿Q正傳》，說明文學寫「人性」的道理，並鞭笞了「文學階級論」的幼稚和不足。這正是經典對文學規訓作用的體現，也是「十七年」文學傳播中「偏離」現象的根本原因。

　　不過，這一時期關於文學與「人」的關係的理論文章，受到影響最大的還是馬克思、恩格斯和蘇聯理論家關於文學基本規律的經典闡釋。這也是「十七年」文學傳播中的一個「偏離」。眾所周知，馬克思、恩格斯、列寧等無產階級革命家、以及高爾基等蘇聯作家和理論家對文學的認識，思想內蘊都非常豐富，中國革命汲取了馬克思主義的營養，但並沒有全面闡釋馬克思主義的全部思想內涵，當他們的作品在中國傳播後，一些勇於探索的理論家就會從中發現端倪，從而出現文學接受的「偏離」。

〔註19〕何其芳：《論阿Q》，《人民日報》，1956年10月16日。

〔註20〕錢穀融：《論文學是「人學」》，《藝術・人・眞誠：錢穀融論文自選集》，上海：華東師範大學出版社，第64頁，1994年。

　　巴人在《論人情》曾經引用了列寧在《馬克思和恩格斯〈神聖的家族〉一書摘要》中的兩段「摘要」：

　　　　有產階級和無產階級同樣是人的自我異化。但有產階級感到自己在這種自我異化中是滿足的和穩固的，它把這種自我異化看做自己的強大的證明，並在異化中獲得人的生活的外觀。而無產階級則感到自己在這種異化中是被毀滅的，並在其中感到自己的無力和非人生活的現實。這個階級，用黑格爾的話來說，就是在被唾棄的狀況下對這種狀況的憤恨，這種憤恨是由這個階級的人類本性和它的生活狀況之間的矛盾必然地引起的，這個階級的生活狀況是對它的人類本性的公開的、斷然的、全面的否定。〔註21〕

　　　　「由於在已往形成的無產階級身上實際上喪失了一切合乎人性的東西，甚至喪失了合乎人性的外觀；由於在無產階級的生活條件中現代社會的一切生活條件達到了違反人性的頂點；由於無產階級身上，人失去了自己，同時他不僅在理論上意識到了這種損失，而且還由於不可避免的、無法掩飾的、根本不可抗拒的貧困的逼迫，不得不直接地憤怒地反對那種非人性。」而無產階級必須起來鬥爭，就是要「消滅集中表現在它自己的處境中的現代社會的一切違反人性的生活條件」，從而來「消滅自己本身的生活條件」，使自己本身成為真正的人，回覆了人類本性。〔註22〕

其實這也只是馬克思主義中關於「人」的思想的一部分。在馬克思和恩格斯的全部思想學說中，西方人文傳統是其重要基礎，其著名的階級鬥爭思想、剩餘價值理論都包含著深沉的人道主義情懷。不僅如此，馬克思對人的「異化」現象的提出，成為了西方資本主義自我批判的利器，也成為了現代派文學著力表現的主題。巴人引用的部分正是馬克思的「異化」思想，不過巴人是創造性地引用了這種理論：在馬克思思想中，無產階級對抗「異化」的方式是革命和鬥爭，從而實現「個人」和「類」的解放；但是馬克思沒有意識到，在蘇聯和中國的革命實踐中，革命和鬥爭本身也可能造成對人的異化，暴力和人情冷漠正是人被革命異化的典型症狀。此外，馬克思雖然提出了階級鬥爭學說，但依然

〔註21〕巴人：《論人情》，《新港》，1957 年第 1 期。
〔註22〕同上。

相信有「人性」存在：「假如我們想知道什麼東西對狗有用，我們就必須探究狗的本性。這種本性本身是不能從『效用原則』中虛構出來的。如果我們想把這一原則運用到人身上來，想根據效用原則來評價人的一切行為、運動和關係等等，就首先要研究人的一般本性，然後要研究在每個時代歷史地發生了變化的人的本性」；後來馬克思又多次強調：「人的本質並不是單個人所固有的抽象物。」〔註23〕馬克思在「十七年」的中國是最權威的西方理論家，理論家在深究他的作品的過程中，必要要受到其人道主義思想的啟示。

除了馬克思，蘇聯作家和理論家的思想也十分豐富，錢穀融的著名論文《論文學是「人學」》正是受到了高爾基的啟發。以高爾基為例，中國學界瞭解高爾基主要通過其自傳「三部曲」：《童年》、《在人間》、《我的大學》，和其晚年創作的著名「社會主義現實主義」長篇小說《阿爾達莫諾夫家的事業》。在廣大中國讀者的心目中，高爾基是一個政治文人的象徵，但如果全面瞭解他的思想，高爾基對文學和知識分子又是一個有著強烈使命感的作家，將文學認為是「人學」正是其代表性觀點。1896 年，高爾基第一次對「文學是什麼」的問題作了解答：「文學的目的，是幫助人瞭解自己本身，提高他的信心，激發他對真理的企求，同人們鄙俗行為作鬥爭，善於在人們身上找到好的東西，喚醒他們靈魂中的羞恥感、憤怒和勇氣，做一切使人變得高尚堅強、能用美的聖潔的精神來活躍自己的生活的事情。」〔註24〕1928 年，高爾基在《地方志學中央局慶祝大會上的答詞》中，第一次明確地把文學稱為「人學」：「我的主要工作，畢生的工作，不是地方志學，而是人學。」〔註25〕稍後在 1931年的《談技藝》一文中，他再次重複了文學是「人學」的觀點。在高爾基看來，文學和人這兩個詞是不可分割的：「藝術是人的一部分」〔註26〕；「人都是藝術家」〔註27〕；人就是「最偉大、最神奇的文藝作品」；「文學是最富於人文主義特徵的藝術，可以把文學家稱為職業的愛人者和人道主義的生產

〔註23〕 轉引自埃‧弗洛姆著，陳世夫、張世廣譯：《馬克思論人》，西安：陝西人民出版社，第 168 頁，1991 年。

〔註24〕 高爾基：《高爾基文集》（第二卷），北京：人民文學出版社，第 290 頁，1981年。

〔註25〕 高爾基：《高爾基三十卷集》（第二十四卷），北京：人民文學出版社，第 373頁，1956 年。

〔註26〕 高爾基：《高爾基文學論文選》，北京：人民文學出版社，第 71 頁，1962 年。

〔註27〕 高爾基：《高爾基文學書簡》（上卷），北京：人民文學出版社，第 56 頁，1962年。

者。」〔註28〕可見，高爾基的「人學」概念涵蓋了他基本的人道主義思想。他以畢生的努力都在為人民的覺醒、人民的解放、人民的幸福和全人類的不斷完善而吶喊。〔註29〕正是不斷強調文學的神聖感，高爾基在蘇聯並不是一個言聽計從的政治文人，他與列寧和斯大林都曾經分道揚鑣。

蘇聯文學中的人道主義傳統，使他們的文學在遭受政治的衝擊之後，能夠很快產生自我反省、自我調整的力量。五十年代中期，隨斯大林的去世，蘇聯文學中出現了一種新的文學思潮。愛倫堡發表的中篇小說《解凍》，是這股思潮興起的標誌。在這部小說中，主人公面對不關心人、不相信人的整體氛圍，急切地期待著生活能夠發生重大變化，他們渴望心靈的溫暖，渴望衝破人與人之間互不信任的壁障。《解凍》之後，愛倫堡的《解凍》（第二部）、肖洛霍夫的《一個人的遭遇》、田德里亞科夫德《死結》、羅佐夫德《永生的人們》、杜金探夫的《不單是為了麵包》和沃洛金的《工廠姑娘》等一批作品，重新回到了人道主義的立場上。思想界的解凍也影響到蘇共的決策，1961 年蘇共「二十二大」也提出了：「一切為了人，為了人的幸福」，「和平、勞動、自由、平等、博愛和幸福」，以及「人與人是朋友、同志和兄弟」的口號，還肯定了共產主義是人道主義的最高體現。

受「解凍文學」影響，中國作家也響亮的喊出了文學要「干預生活」、「積極參與生活」的口號，作家們要求真實地反映生活中的矛盾，開始把筆觸伸向廣闊的生活領域，更豐富的揭示人的情感世界。當時出現了一批有較大影響的作品，如王蒙的《組織部新來的青年人》、劉賓雁的《橋梁工地上》、《本刊內部消息》、耿簡（柳溪）的《爬在旗杆上的人》、鄧友梅的《在懸崖上》、陸文夫的《小巷深處》、李易的《辦公室主任》、李國文的《改選》、宗璞的《紅豆》和楊復方的《布穀鳥又叫了》等，體現出中國作家對「人的文學」的回歸。

第三節：從中蘇文學關係看「十七年」文學的藝術創造

中國現代文學的成長與對外國文學經驗的吸收是分不開的，「新中國文學」作為一種新型的文學試驗，也離不開國外文學精華的滋養。大量外國文學作品的翻譯和介紹，豐富了「十七年」作家的藝術視野，也影響了他們的

〔註28〕高爾基：《高爾基文獻資料》，北京：人民文學出版社，第 108 頁，1962 年。
〔註29〕朱靜宇：《王蒙小說與蘇俄文學》，蘇州大學 2005 年博士畢業論文，第 40 頁。

創作和成長。王蒙說：「是愛倫堡的《談談作家的創作》在五十年代初期誘引我走上寫作之途。是安東諾夫的《第一個職務》、納吉賓的《冬天的橡樹》照耀我短篇小說創作。是法捷耶夫的《青年近衛軍》幫助我去挖掘新生活帶來的新的精神世界之美。」〔註 30〕蒙古族作家拉札嘎胡回憶自己的創作經歷時說：「五十年代，奧維奇金的特寫和尼古拉耶娃的小說《拖拉機站站長和總農藝師的故事》等作品，猛然間又那麼強烈地觸動了我的心靈。我覺得我們蒙古民族的新生活中，既有鮮花和美酒，也有浮塵和沉渣。爲使鮮花開得更豔麗，爲使美酒釀得更香醇，我們有責任除塵清渣。我寫出了干預生活、暴露生活陰暗面的第一篇作品《懸崖上的愛情》。」〔註 31〕鄧友梅回憶當時寫小說的情景：「安東諾夫的影響則在我寫小說風格上。當時蘇聯大力推崇的短篇小說家是鮑里斯・波列伏依和他的《斯大林時代的人》。但是我覺得他太圖解政治，太概念化邏輯化。與其相比，並不那麼走紅的安東諾夫令我喜愛。他寫平民百姓的日常生活，有血有肉友情有趣。我覺得這才叫小說。也許是有意無意地學習了他，所以 1956 年寫了篇愛情小說《在懸崖上》就既帶有托爾斯泰自我懺悔的思想又帶有安東諾夫的藝術情調。」〔註32〕

　　從「十七年」作家的自述可以看出，就外國文學對「十七年」中國作家的影響程度而言，蘇俄文學無疑佔據了首要位置；同時，蘇俄文學對中國文學的影響既體現在意識形態的層面，也體現在藝術探索的層面。這種現象值得深思，是什麼因素使蘇俄文學讓中國作家如此著迷？通過對這些因素的分析，我們不僅可以更深層次的理解中蘇文學的親密關係，也可以明瞭「十七年」文學創造的基本向度。

一、土地情結：中蘇文學的橋梁

　　自現代以來，中國作家就一直十分青睞蘇俄文學，這當中不可避免有政治的因素，也因爲蘇俄文學獨特的氣質。蘇俄文學有著深厚而強大的民族文化傳統，它使蘇俄文學在世界文學之林中獨具一格，也滋養了俄羅斯一代又一代偉大的作家。研究界對俄羅斯文學傳統有各種各樣的概括，如果將這些概括統一

〔註30〕王蒙：《蘇聯文學的光明夢》，《讀書》，1993 年第 7 期。
〔註31〕拉札嘎胡：《踏入文學之門》，轉引自陳南先：《俄蘇文學與「「十七年」中國文學」》，蘇州大學，2003 年。
〔註32〕鄧友梅：《文友良伴〈世界文學〉》，《世界文學》，2003 年第 4 期。

起來並冠以形象的名字，似乎沒有什麼比「土地情結」更爲合適。蘇俄文學的「土地情結」有著豐富的內涵。它是俄羅斯長期處於農業文明而滋養出的「鄉土情結」。「土地，不僅成爲俄羅斯作家們的根基，也影響到它們的文化選擇，整個俄羅斯文學，都帶有一股濃濃的鄉土氣息。」〔註33〕的確，俄羅斯在上世紀初期還是一個農業人口占90％的農業國家，其文化帶有濃厚的農業社會的特點，村社制度、自然經濟、土地基礎使俄羅斯的作家們成爲負債累累的土地之子，在他們遲到的現代性追尋之途中，他們無法擺脫對於鄉村的濃厚情感。俄羅斯很多作家都宣稱「鄉村」才是他們文化的「根」：

> 在我久別的家鄉，／樹林、草坪花兒正在開放，／在城市苦惱的掌聲裏，／我好像已經瀕臨死亡。／／爲了心的平靜、安寧，／我常把夏天和花園思付，／我原在蛙聲的合奏中，／成長爲一個詩人。（葉賽寧《挨肩坐下》）

> 我的眼裏是遙遠的疆界，／白樺被握在我的手中，／鳥兒落在我的肩頭，／野獸是我同名的兄弟……／片片雲朵與我同行，／春風爲我指引芳香，／我像一個古代的武士，／在田野的中央祈求力量……／松樹下一個歡樂的短夢，／我又被賦予新的精神，／我走著，像早春，／走過了一個又一個村鎮……（克雷奇科夫《浪者》）

在俄羅斯作家的情感體驗中，似乎只有與鄉村與大自然親密的擁抱在一起，他們的情感才可能得到自由的抒發，他們的文學才華才能夠充分地綻放。正是這種與「鄉村」的親密感情，俄羅斯文學的現代性追求也有著自身獨特的氣質：赫爾岑希望將西歐空想社會主義和俄國村社傳統結合起來；陀思妥耶夫斯基把農民當作了俄羅斯的根基，把土地看作建立俄羅斯「村社花園」的基礎；列夫·托爾斯泰背離了自己的階級，想要成爲俄羅斯農民的一員；民粹派作家更是把土地當作了保持人的理智、良知和善良的道德本源：「土地是人民在想像中描繪的整個光明未來的基礎，是唯一問心無愧的勞動的根本，是以自願相互服從爲基礎的人與人的關係的本源，這種人與人的關係最容不得『人的』專橫，因爲大家普遍地、必然地服從於一種不可摧毀、不可戰勝、神秘莫測的威力。」〔註34〕

〔註33〕 何雲波：《鄉土俄羅斯的現代轉型——蘇聯文學鄉土情結的文化考察》，《蘇聯文學反思》，北京：中國社會科學出版社，第198頁，2005年。

〔註34〕 劉文飛：《蘇聯文學反思》，北京：中國社會科學出版社，第230頁，2005年。

蘇聯文學的「土地情結」還包含著一種博大的精神，那便是具有「宗教情懷的人道主義」。高爾基曾經說過：「是的，在那令人詛咒的年代，在對人進行體罰的制度流行的同時，美麗的良心之火燃燒起來並照亮了俄國生活的窒悶的黑暗。納傑日金大概記得拉季謝夫和普希金、赫爾岑和車爾尼雪夫斯基、別林斯基、涅克拉索夫等一大批天才的俄國人的名字，這些人創造了他們的極其獨特的文學作品，這些文學作品之所以被稱爲極其獨特的，是因爲它們完完全全、徹裏徹外是良心問題，社會正義問題的。」〔註35〕高爾基所說的「良心問題」和「社會正義問題」，看似是一個關於作家道德和倫理的話題，但在俄羅斯文學傳統中，它直接體現爲宗教情懷和人道主義問題。俄羅斯有著悠久的東正教傳統，在步入現代之後又接受了啓蒙主義的人道主義思想，兩者的結合，形成了俄羅斯文學中獨具特色的具有「宗教情懷的人道主義」精神。在歐洲，人道主義與個人主義相對而存在，在某種程度上「個人主義」是他們弘揚的人道主義的基礎。但在俄羅斯，當宗教與人道主義結合在一起，作家們便如同一個個虔誠的聖徒，目光始終俯視著大地，即使在「革命」的狂躁中，也不能使他們脫離土地，喪失理智。「十月革命」勝利後，勃洛克在1918年寫成其著名的長詩《十二個》。「十二個」指在革命勝利的彼得格勒街頭，以十二個人一隊編組巡邏的赤衛隊員。其詩歌本意是歌頌「革命」，但在長詩的最後，耶穌出現了並成爲「十二個」的主角，「十二個」又與耶穌的十二門徒重合，詩歌的意蘊頓時豐富了許多：

> 在前面一個刀槍不入的人，／被紛飛的暴風雪遮住，／踏著晶瑩的雪花，／邁著輕柔的腳步，／帶著白玫瑰的花環，／把血紅的旗幟揮舞，／走在前面——是耶穌基督。

詩歌發表後，不少人提出質疑：讓耶穌走在「十二個」的前面，會不會損害了詩歌的主題，會不會違背了蘇維埃的無神論原則？勃洛克有自己的想法：「耶穌走在它們前邊，是毫無疑問的。問題不在於，他們是否配和耶穌爲伍。可怕的是，他耶穌要和他們在一起，而且找不出第二個人。需要另一個人嗎？」〔註36〕在勃洛克看來，革命與宗教雖然形式不同，但目標卻是一致的，而宗教的理想更是革命要實現的理想。正是這種「宗教情懷的人道主義」，蘇聯作

〔註35〕高爾基：《不合時宜的思想》，南京：江蘇人民出版社，第153頁，1998年。
〔註36〕轉引自劉文飛：《蘇聯文學反思》，北京：中國社會科學出版社，第291頁，2005年。

家在極度「左傾」的時候也沒有停止思考，同樣創造出藝術的經典，根本原因就在於他們始終沒有離開土地。

蘇俄文學的「土地情結」還有一層不易被注意的內涵──倔強的「地方志」特徵。倔強是俄羅斯民族性格的典型特徵，俄羅斯文學塑造的人物形象序列中，我們不乏看到那些倔強而堅韌的身軀。「地方志」是後現代主義出現後，文化人類學創造出來的詞彙。地方志與我們通常所說「地域文化」、「鄉土文化」的差別在於，它不是用一個中心的視角審視地域、傳統，而是站在「地域」、「地方」的視野上展示文化的多元性。蘇俄文學的「地方志」特徵，就在於這個民族的文學常常以地方的視野看待國家和世界，從而表現出文化的差異性。蘇俄文學的這種特徵曾經被高爾基敏感地發覺，當他看到肖洛霍夫的《靜靜的頓河》後說：「像一個熱愛頓河、哥薩克人生活和大自然的哥薩克那樣寫作」，他的小說叫「地方文學」〔註37〕。高爾基所說的「地方文學」，顯然不是「地域文學」的範疇，而是體現肖洛霍夫站在哥薩克的立場上進行創作，從而表現出濃鬱的哥薩克特徵和文學的獨創性，其內涵用「地方志」來概括更為確切。

蘇俄文學的「地方志」特徵最普遍的表現方式，是他們在文學創作中的差異化思考和表達。在「十月革命」發生後，葉賽寧表現出對於革命的擁護態度，但他的擁護帶有強烈的個人特徵，「在革命的年代我完全地站在十月革命的一邊，但我接近革命是用自己的方式，帶有農民傾向的方式。」〔註38〕他在詩歌中寫到：我是最後一個鄉村詩人，／在詩中歌唱簡陋的木橋，／站在落葉紛紛的白樺樹間，／參加它們訣別前的祈禱。（《我是最後一個鄉村詩人》）在他看來，革命的勝利是他與鄉村訣別的日子到了，在擁抱革命之前，他需要再一次歌唱鄉村，為它們默默祈禱。這種對革命擁護的姿態，如果在中國顯然要受到批判，但正是這種倔強的個人姿態保持了蘇聯文學的個人主義傳統，使他們沒有隨波逐流，在革命的洪流中迷失自己。

蘇俄文學的「土地情結」在創作中表現為宏大的結構、沉思的品格，以及回歸自然的姿態等等方面。俄羅斯遼闊的國土賦予蘇俄作家博大的胸懷，他們善於表達宏大的主題，在作品中建構出宏偉的結構，細數蘇俄文學的經典名著，《戰爭與和平》、《安娜·卡列尼娜》、《靜靜的頓河》、《卡拉馬佐夫兄

〔註37〕高爾基：《論文學》，北京：人民文學出版社，第281頁，1978年。
〔註38〕劉文飛：《蘇聯文學反思》，北京：中國社會科學出版社，第287頁，2005年。

弟》、《罪與罰》、《葉甫蓋尼・奧尼金》、《母親》、《鋼鐵是怎樣煉成的》等等
作品，它們共同的特徵在於將個人置於著廣闊的時代背景之下，用恢宏的結
構思索著人類的生死、善惡、美醜等宏大的主題，從而使作品表現出史詩般
的品質。蘇俄文學的這種特徵，既使在以敘事見長的歐洲文學中，特色也十
分明顯。「土地情結」在俄羅斯文學中還表現爲其沉思的品格。俄羅斯民族的
東正教傳統和苦難的歷史，使俄羅斯文學偏重沉思，他們喜歡在作品中探討
生死、善惡、罪罰等形而上的命題，喜歡探索人性中最隱秘的一面，喜歡不
斷進行自我反省和宗教懺悔。蘇聯詩人帕斯捷科納克的一首詩最能體現俄羅
斯文學的這種特質：

> 這大地的遼闊
> 如同教堂的内部；窗旁，
> 我時而能聽到
> 合唱曲那遙遠的回響。

> 自然，世界，宇宙的密室，
> 我將久久地服務於你，
> 置身於隱秘的顫抖
> 噙著幸福的眼淚。

——《天放晴了》

在詩歌當中，詩人將自己置身於大地、教堂和宇宙之間，除了不斷的思索、懺
悔、提升自己的靈魂，再也找不到安生的所在。詩人的這個形象正是俄羅斯作
家的集體寫照。英國作家吳爾芙在談及俄國文學的巨大魅力時也精闢地指出：
「如果我們尋求對靈魂和內心的理解，那麼我們在哪裏還能找到如此深刻的理
解呢？」「我們從所有俄國大作家身上都可以看到聖潔品德的特徵。正是他們這
種聖潔的品德使我們爲自己的沒有靈魂的天眞品質而感到羞愧，並且使我們的
如此赫赫聞名的小說家們變成虛飾和欺騙。俄國人的理智是如此眞摯而又富於
同情心，其所得出的結論因此恐怕也必然充滿不可解脫的哀愁。」〔註39〕中國
作家劉心武也有著相似的感受：「列夫・托爾斯泰、陀思妥耶夫斯基卻不僅仍然
甚至更加令文學愛好者心儀。倒也不是人們鍾情於他們終極追求的所得，什麼
『勿以暴力抗惡』，什麼皈依至善的宗教狂熱，依然不爲人們所追求所信奉，但

〔註39〕《英國作家論文學》，三聯書店，第 438 頁，1985 年。

人們從他們的作品中感到靈魂的震撼和審美愉悅的並不是那終極追求的答案而是那終極追求本身；那瀰漫在他們作品字裏行間的沉甸甸的痛苦感，是達到甜蜜程度的痛苦，充滿了琴弦震撼般的張力，使一代又一代的讀者在心靈共鳴中繼承了一種人類孜孜以求的精神基因。」〔註40〕的確，正是蘇俄文學的沉思品格打動了世界範圍的廣泛讀者，讓他們隨著這些作品不斷沉思。

「土地情結」讓蘇俄作家始終保持著擁抱自然的姿態，自然成為俄羅斯人生命的另一種呈現方式。1888 年，契訶夫寫給前輩作家格里戈羅維奇的信中說：「我堅信，只要俄羅斯還存在森林和峽谷……無論是您，還是屠格涅夫，還是托爾斯泰，人們都不會忘記。」〔註41〕為什麼只要俄羅斯只要存在森林和峽谷，托爾斯泰等偉大的作家就不會被忘記呢？一位俄羅斯詩人普里什文為我們給出了答案。他在晚年的一篇文章中寫到：「大自然的感覺乃是反映在大自然的個體生命的感覺：自然就是被人體驗了的詩。」〔註42〕「人之所以投向荒野，是因為在非人工的自然中能尋找到不可重複的自我。」〔註43〕普里什文曾經寫過一首關於人與自然的詩，通過它我們更可以理解俄羅斯文學中人與自然的親密關係：

我站立著和生長著——我是植物。

我站立著，生長著和行走著——我是動物。

我站立著，生長著、行走著和思索著——我是人。

依託這這片大地，我升騰：我的頭頂是天空——我是整個天空。〔註44〕

正是這種人與自然的生命聯繫，蘇俄文學的自然描寫比其它民族文學更加集中，也更為傳神。蘇俄文學中很多自然描寫的經典段落，令讀者歎為觀止。蘇聯作家艾特馬托夫在《母親——大地》中，在主人公初戀的夜晚，他這樣寫到：「在那個藍色的明亮的夜晚，大地同我們一起覺得幸福。它也充滿了這種涼爽和寂靜，整個草原上呈現著一片深情的靜謐。灌溉渠裏水聲淙淙。盛開的零陵香散發著蜜一樣的馥鬱，沁得人醺醺欲醉。偶爾從某處襲來一股充滿艾蒿氣的熱風，於是麥穗就在田界上搖來擺去，悄聲細語。」〔註45〕在帕斯

〔註40〕劉心武：《話説「沉甸甸」》，《作家》，1993 年第 1 期。

〔註41〕契訶夫：《契訶夫文集》（第 14 卷），莫斯科，第 16 頁，1949 年。

〔註42〕普里什文：《普里什文文集》（第 6 卷），莫斯科，第 525 頁，1957 年。

〔註43〕同上，第 349 頁。

〔註44〕轉引自童道明：《蘇聯文學與俄羅斯傳統》，劉文飛：《蘇聯文學反思》，北京：中國社會科學出版社，第 317 頁，2005 年。

〔註45〕劉文飛：《蘇聯文學反思》，北京：中國社會科學出版社，第 225 頁，2005 年。

捷科納克的著名長篇小說《日瓦戈醫生》中，當日瓦戈離開了這個世界，棺材周圍放了許多鮮花，鮮花怒放，散發芳香，彷彿在完成某種壯舉：「很容易把植物王國想像成死亡王國的緊鄰。這裡，在這綠色的大地上，在墓地的樹木之間，是從花畦中破土而出的花卉幼苗當中，也許凝結著我們竭力探索的巨變的秘密和生活之謎。」〔註46〕

正是蘇俄作家對大自然的癡迷，當俄羅斯偉大的詩人帕斯捷科納克的著名詩集《天放晴了》出版時，詩集的編者動情地說：「讀到這個集子，讀者會發現，帕斯捷科納克獻給大自然的詩竟如此之多。在詩人對遼闊的土地，對春天和冬天、對太陽、對落雪、對雨水的經常、仔細的關注中，也許就潛藏著他的創作的一個主要的主體——面對生活奇迹的虔誠和對生活的感激之情」。「如果潛心細讀，就可以發現，帕斯捷科納克的詩實際上沒有對自然作有生命和無生命的劃分。在他的詩中，山水與人、與作者具有同等的存在權利。對於帕斯捷科納克來說，重要的不僅僅是他個人對對象、對自然的目光；詩人堅信，外在的對象、自然本身也在觀察作者、感受著他並獨自作出解釋。山水與作者彷彿在一致行動，常常，不是詩人在講述雨水、日出，而是他們自身在以第一人稱的方式談論詩人。這一體現著強大的泛神情感的方式，正是帕斯捷科納克最典型的手法之一。」〔註47〕

蘇俄文學的土地情結讓中國現代作家感受到強烈的共鳴。與俄羅斯民族一樣，中國也有著廣袤的疆土，也是一個農民占絕對多數的農業國，也有著悠久而滄桑的歷史，也面臨著後發現代性追求的艱難選擇。這些客觀上的一致因素，使得中國現代作家面對蘇俄文學的作品有一種天然的親切感。新中國建立後，政治體制的相通讓「十七年」作家可以更加自由地吸取蘇俄文學的營養，這也讓蘇俄文學的這些特質潛移默化到中國當代文學當中。

二、蘇俄文學與十七文學的藝術探索

1. 宏大結構

在二十世紀中國文學的藝術探尋之旅中，如果說「十七年」文學有讓我

〔註46〕劉文飛：《蘇聯文學反思》，北京：中國社會科學出版社，第221～222頁，2005年。

〔註47〕劉文飛：《二十世紀俄語詩史》，北京：社會科學文獻出版社，第227頁，1996年。

們值得駐足的地方，首先必須稱道的是這一時期文學宏大的結構。宏大結構首先指這一時期出現了大量長篇幅的作品。就詩歌而言，「據粗略統計，『十七年』間發表的長篇敘事詩有近百部」〔註48〕，出現了李季的《菊花石》、《生活之歌》、《楊高傳》（共三部）、《向崑崙》，阮章競的《金色的海螺》、《白雲鄂博交響詩》，田間的《長詩三首》、《英雄戰歌》、《趕車傳》（共七部），李冰的《趙巧兒》、《劉胡蘭》，臧克家的《李大釗》，郭小川的《白雪的讚歌》、《深深的山谷》、《一個和八個》、《嚴厲的愛》、《將軍三部曲》，艾青的《黑鰻》、《藏槍記》，聞捷的《復仇的火焰》、《東風催動黃河浪》，喬林的《馬蘭花》，王致遠的《胡桃坡》等上萬言、甚至幾十萬言的作品。這一時期最具有時代特徵的政治抒情詩，如胡風的《時間開始了》，賀敬之的《放聲歌唱》、《十年頌歌》、《雷鋒之歌》，郭小川的《致青年公民》、《望星空》、《致大海》等等，大量採用排比句式，排山倒海般地宣洩情感，再加上冗長的篇幅，使作品顯得非常恢宏壯觀。

這一時期的敘事文學，長篇小說的繁榮是顯著的特點，今天談到「十七年」文學直觀想到的「三紅（《紅日》、《紅岩》、《紅旗譜》）一創（《創業史》），保（《保衛延安》）林（《林海雪原》）青（《青春之歌》）山（《山鄉巨變》）」，都是長篇小說。除此之外，這一時期還出現了柳青的《銅牆鐵壁》、孫犁的《風雲初記》、趙樹理的《三里灣》，高雲覽的《小城春秋》，李六如的《六十年的變遷》，馮德英的《苦菜花》，周而復的《上海的早晨》，李英儒的《野火春風鬥古城》，馮至的《敵後武工隊》，劉流的《烈火金剛》，歐陽山的《三家巷》、《苦鬥》，草明的《乘風破浪》，姚雪垠的《李自成》（第一卷），浩然的《豔陽天》等等長篇小說，很多都是多卷本、幾十上百萬言的厚重之作，當它們集中在這一段時間出現，不能不讓讀者感到震撼。

這一時期文學除了篇幅長的特點外，還有著宏大的主題。以長篇小說為例。《李自成》、《大波》、《六十年的變遷》等作品，表現「中國人民的愛國主義精神和彪炳千古的正義鬥爭，是中華民族發展史上最光輝的篇章。」〔註49〕《紅旗譜》、《紅日》、《紅岩》、《苦菜花》、《林海雪原》、《鐵道游擊隊》等作品，則反映了在中國共產黨領導下的革命鬥爭生活。《創業史》、《山鄉巨變》、

〔註48〕洪子誠：《中國當代文學史》，北京：北京大學出版社，第 67 頁，1999 年。
〔註49〕華中師範學院《中國當代文學》編寫組：《中國當代文學》（第 2 卷），上海：
　　　　上海文藝出版社，1984 年。

《百鍊成鋼》、《上海的早晨》，則以新中國建立後中國共產黨領導下的社會主義改造和建設爲主題。這些作品將個人的命運放置在巨大的歷史時空中，產生巨大的藝術震撼力。無論在哪一方面，「十七年」文學都可以說是一個「宏大文學」的時代。

從中國現代文學發展的角度，「宏大文學」時代的到來是一個有積極意義的現象。中國步入近代之後，百年來經歷了煙片戰爭、辛亥革命、五四運動、抗日戰爭、解放戰爭等等重大事件，與這些重大事件相應的是中國社會翻天覆地的變化。近、現代中國的歷史，只能用「宏大文學」去表現。但是，中國現代文學雖然不乏精品，但缺乏能與這個時代匹配的文學巨製，也正是這個原因，當藝術上並不成熟的《家》、《子夜》等作品出現，都得到批評家和讀者的熱捧。現代中國缺少宏大結構的文學，有兩個原因：首先，中國現代社會的劇烈變化，使作家難以獲得靜心構思、寫作「宏大文學」的機會。「宏大文學」需要充足的精力、物力保證，在「城頭變幻大王旗」的現代，作家們常常爲時勢、生存而奔波，難以獲得這樣的寫作條件。但這並不是主要原因，譬如在俄羅斯，即使在沙皇專制和革命變幻中，依舊產生了大量大部頭的作品。現代中國沒有出現「宏大文學」的根本原因還是因爲新文學的積澱不夠深厚，「宏大文學」的背後是作家宏大的靈魂、博大的胸懷，是一個國家、一個時代文化成熟的標誌，由「五四」新文化運動開啓的中國現代文化遠遠沒有走向成熟，我們至今還不能給中國現代的歷史進行準確的定位，當然更談不上在藝術上對其進行完美地表現。中國現代文學大師魯迅曾經構思寫作一篇反映紅軍長征的長篇文學，但最終無奈放棄，放棄的原因引起種種猜測，而在我看來，魯迅放棄寫作計劃的原因並沒有那麼複雜，最根本還在於他沒有充分的把握去拿捏這段歷史。沒有宏大的文學並不一定意味著文學成就低，但對於有著悠久歷史、廣袤土地的中國來說，沒有「宏大文學」的出現與這個國家和時代是不匹配的。「宏大文學」需要勇敢的探索者，「十七年」文學對宏大結構的追求，至少爲之後當代作家在駕馭宏大題材、操縱宏大結構方面積累了充足的經驗，新時期之後的中國文學，有著宏大結構的文學作品輩出，藝術技巧日益爐火純青，這與「十七年」文學的經驗積累是分不開的。

「十七年」文學對宏大題材的追求，是時代與蘇俄文學「契合」的結果。新中國的誕生，給予了中國作家「圓夢」的機會：內戰結束，作家們有了較爲安定的創作條件；面對新的時代，作家們有信心、也渴望創作出宏大的文學；

而新生政權的誕生，也需要宏大的文學來表現和歌頌時代。在這樣的歷史條件下，當中國作家接觸到蘇俄文學，其宏大的結構與中國的時代「契合」了。我們可以看到，在中國作家對蘇俄文學的諸多感受中，最強烈、最吸引他們的正是蘇俄文學「宏大」的一面。王蒙的第一個「老師」法捷耶夫，征服王蒙的是他博大的革命情感，當「十八、九歲時」的王蒙看到《青年近衛軍》「快要結束的時候，就是寫到這些人一個一個被德國人處死，忽然來了一段『我親愛的朋友，我寫到這段的時候，我想起了你。』……我到現在說起來都非常激動，我覺得太偉大了，寫青年近衛軍的故事一般人都可以寫，但忽然加上這一段只有法捷耶夫。只有這樣一個抒情詩人，只有這樣一個真誠的為社會主義革命和共產主義殉道的作家才能那麼寫。」〔註50〕人類最偉大的情感莫過於「殉道」，當一個作家表現出「殉道」的情感，在激情燃燒歲月中的王蒙當然感受到了強烈的共鳴。詩人邵燕祥回憶自己對蘇俄文學的最初感受時說：「那時候我們是把頓河、伏爾加河，以至肖洛霍夫《靜靜的頓河》這部小說，都當作那片實驗著一種新理想、新制度的土地的象徵。」「我覺得神話裏把心捧出來燃燒照路的丹柯、小說中義無反顧赴死的奧列格，以至於歌曲中珍藏著忠貞愛情的卡秋莎，才是親近的，可以生死相託的朋友和同志。」〔註51〕是什麼力量讓邵燕祥將蘇聯文學與神話放在一起，主要的原因還是蘇俄文學中的道德因素，這正是其宏大的一個表現。其它的作家，如劉心武、張煒被托爾斯泰博大的靈魂所震撼；張承志、瑪拉沁夫被肖洛霍夫「頓河」情感所征服，張賢亮則被索爾仁尼琴不屈的靈魂所折服，這些都是蘇俄文學「宏大」特徵的表現。

「十七年」文學追求蘇俄文學的宏大結構，但沒有認識到蘇俄文學「宏大」背後的理性精神和人道主義情懷，因此作品空有宏大的理想而沒有現實批判的精神，只有熱情似火的情感而沒有理性的沉思。不過，「十七年」文學追求宏大結構的失敗依舊具有意義，它至少讓我們明白現代中國文學要走向成熟，應該從何做起。

2. 底層情懷

上世紀90年代末期開始，中國文壇出現了「底層寫作」的呼籲和實踐，曹征路、劉慶邦、胡學文等一批作家創作的「底層文學」受到了批評家和讀

〔註50〕《王蒙、王幹對話錄》，《王蒙文集》，第8卷，第586頁，華藝出版社1993年。

〔註51〕邵燕祥：《伴我少年時》，《外國文學評論》，1992年第2期。

者的熱捧，關於「底層」和「底層表達」的爭論也在思想界和文學界同時展開。當代「底層寫作」將自身合法性的文學史淵源追溯到上世紀30年代的左翼文學、40年代的延安文學，以及當代「十七年」文學，「文學爲工農兵服務」、「人民性」等口號被重新提起。當代「底層寫作」潮流的出現有著複雜的社會、思想背景，但他們將左翼文學、延安文學和「十七年」文學作爲自己的精神資源，至少說明這些文學實踐在二十世紀有著不可磨滅的文學和思想價值，特別是「底層」概念的出現，更給予了我們重新審視「十七年」文學的契機。

「底層」是個很模糊、很曖昧的概念，它不是一個類似「階級」或「階層」的政治學概念，也不像「有產」、「無產」這樣的經濟學概念，儘管當代社會學家的「社會分層理論」衝擊了我們的當代社會認識，但究竟什麼樣狀態的人才能算是「底層」，還沒有誰能給出令人信服的答案。與此一致，當「底層」處在模糊不清的境況下，所謂「底層性」、「底層表達」、「底層寫作」這樣的概念，當然會引發學者們的諸多爭論，類似「底層可不可能眞實的表達自己」、「作家該如何表達底層」的問題也成爲「底層寫作」的尷尬。不過，「底層」的尷尬並不表示在文學創作中沒有「底層情懷」的存在，特別是文學充分市場化以後，作品是否具有「底層情懷」變得更加清晰。

文學的充分市場化，或者說「消費文學」的時代，「文學爲什麼人服務」的問題不再是一個政治的話語，而是文學的一般形態。一個作家要生存、要獲得發表權和出版權，首先必須考慮市場的需要。在這樣的境況下，作家是否關懷到沒有足夠文學消費能力的人群（底層）的利益和需要，就成爲學界值得思考的問題。也是在這個層面上，當有學者將文學的底層情懷視爲一種「倫理」，倡導當代文學的「人民性」，重提毛澤東「文藝爲工農兵服務」的當代意義，都是可以理解的一個現象。但我並不認同當代「底層寫作」將文學的「底層情懷」視爲政治的自我約束，特別是將上世紀左翼文學、延安文學和「十七年」文學整體視爲他們的精神資源，更是一種不切實際的「烏托邦」想像。在我看來，「底層情懷」是一種自由的藝術精神，而不是來自他者的約束，它和文學的階級性有重合，但並不統一。

在世界文學當中，蘇俄文學公認有著濃鬱的底層情懷。蘇俄文學的「底層情懷」表現爲兩個方面：其一是底層生命體驗的自由表達。譬如在蘇聯時期，高爾基的自傳三部曲《童年》、《在人間》、《我的大學》，將高爾基成長過

程中階級覺醒和尋求階級解放的生命體驗完整的表達了出來；肖洛霍夫的《靜靜的頓河》，站在哥薩克人的立場上，將他們面對革命變幻風雲的猶豫與彷徨表達了出來；索爾仁尼琴的《伊凡‧傑尼索維奇的一天》，則將蘇聯「大清洗」時期勞改營中的生命體驗表達了出來；帕斯捷科納克的《日瓦戈醫生》，從一個普通知識分子的角度將他對蘇聯革命的感受和反思表達了出來。在不同的角度和不同的時期，這些小說的視角都可以理解為「底層」，它們所傳達的生命體驗都是「底層體驗」，它們之所以能夠經受風雨的洗禮也正是因為它們都具有「底層」的藝術精神。其二是具有宗教情懷的人道主義。俄羅斯文學中體現出的人道主義精神與西歐不同，西歐文學的人道主義常常與個人主義交織在一起，感情的基調多數是上揚、外露的激情；俄羅斯文學的人道主義與宗教聯繫在一起，感情的基調多數是深沉、內斂。激情四溢可以使文學變得犀利，深沉內斂可以使文學變得博大。蘇俄文學的「底層情懷」最明顯的表現便是這種人道主義精神，它讓蘇俄作家總是帶著同情、思索、懺悔的情感俯視土地，去包容、關懷一個個苦難的靈魂而後深刻自省。正因為兩種特徵的存在，一打開蘇俄文學作品，我們便強烈感受到「底層情懷」的存在。

　　二十世紀中國文學「底層情懷」的最集中表現，不是30年代左翼文學，甚至也不是中國共產黨領導下的延安文學和「十七年」文學，而是抗戰時期的「大後方文學」。在這裡，戰火使作家們流離失所，在痛苦而艱辛的逃亡之旅中，作家們感受到豐富的底層體驗。譬如巴金，在抗戰以前，他的作品以強烈的反抗性和激情四溢的「青春寫作」而聞名，經歷了抗戰之後，其後期代表作《寒夜》以一個知識分子的生存困境為主題，寫出了戰爭期間中國知識分子的悲劇命運，其洋溢的激情變得深沉而內斂，傳達了一個作家飽經滄桑的生命體驗。再譬如「七月派」作家阿壟創作的《縴夫》：

> 嘉陵江／風，頑固地逆吹著／江水，狂蕩地逆流著，／而那大
> 木船／衰弱而又懶惰／沉湎而又笨重，／而那縴夫們／正面著逆吹
> 的風／正面著逆流的江水／在三百尺遠的一條纖繩之前／又大大地
> ——跨出了一寸的腳步！……〔註52〕

詩人以嘉陵江上縴夫逆水拉纖的場面隱喻中華民族的艱難處境，如果作家沒有見識過這樣的底層生活場景，沒有對縴夫工作的深刻同情和強烈共鳴，無

〔註52〕臧克家編：《中國抗日戰爭時期大後方文學書系》（第二編　詩歌，第一集），
　　　　重慶：重慶出版社，第933頁，1989年。

論如何也創作不出這樣充滿「力感」的作品。由於有了底層生活的體驗，抗戰時期很多作家的創作在藝術上都較過去精進很多，一批包含底層生活經驗的藝術精品湧現了出來。這種將「底層」與藝術創造自由結合起來的經驗，是二十世紀中國文學值得珍重的「底層文學」資源。

從「底層情懷」的角度審視 30 年代左翼文學、40 年代延安文學和建國後「十七年」文學，它們有一致的地方，但並不宜作為一個整體而成為當代「底層文學」訴求的主要依據。作為一個整體，30 年代左翼文學、40 年代延安文學和建國後「十七年」文學，共同表現了中國底層民眾尋求階級解放的願望和訴求。二十世紀是中國「人的覺醒」的世紀，伴隨著「人的覺醒」，是中國人尋求民族解放、政治獨立和階級解放的過程。但是，30 年代左翼文學和 40 年代延安文學、解放後「十七年」文學表現階級解放的方式和程度又是不一樣的，30 年代左翼文學的主題是底層知識分子對政治獨裁的「反抗」，其反抗的基礎是「五四」新文化運動開創的「個人主義」傳統。這一時期出現的蔣光慈的詩歌和小說、中國詩歌會的詩歌、魯迅的雜文等等，都表現出強烈的戰鬥精神，而戰鬥的主體是知識分子自己，普通底層民眾的生活並沒有成為文學的中心。不過，因為這一時期左翼知識分子大多數都處於底層地位，因此他們的「反抗」也是中國「底層經驗」的一種表現。40 年代延安文學和解放後「十七年」文學的主題是普通底層民眾（範圍是「工農兵」，但主體是中國農民）在中國共產黨的領導下對階級解放和民族解放的訴求和實踐，與 30 年代左翼文學不同，這一時期文學表現的主角不是知識分子自己，而是普通底層民眾。應該說，描寫底層民眾對民族解放和階級解放的渴望，真實地傳達了新民主主義革命時期中國底層的呼聲，但由於這一時期文學對底層經驗的傳達帶有很強的政治目的性，因此並沒能將文學的底層關懷與藝術探索有機結合起來。

如果說延安文學和建國後「十七年」文學有值得珍視的「底層文學」經驗，必須要提起兩個人的創作。第一個是趙樹理。趙樹理通過《小二黑結婚》、《李家莊的變遷》、《李有才板話》、《三里灣》、《登記》等作品開創的「趙樹理傳統」，為我們展示了農民文化在中國現代文學中進行自我表達的可能性。趙樹理是一個知識分子，但其對山西民間文化的熟悉及其「文攤作家」的理想，使其對農民和農村生活的描寫始終保持了「平視」的視角：他沒有將農民置於「被啟蒙」的地位，也沒有想像他們具有崇高的革命覺悟，從而更豐富地展示出農民精神世界的多樣性。趙樹理小說的敘事方式是農民式的，他

的小說沒有刻意追求敘事的謹嚴，或採用什麼現代敘事技巧，就是在給農民講故事，結構鬆鬆垮垮，但親切自如；他的敘事語言將日常口語和民間說書語言巧妙地結合了起來，節奏明快，妙趣橫生。譬如，在《小二黑結婚》的開篇，趙樹理這樣寫道：

> 劉家峧有兩個神仙，鄰近各村無人不曉：一個是前莊上的二諸葛，一個是後莊上的三仙姑。二諸葛原來叫劉修德，當年做過生意，擡腳動手都要論一論陰陽八卦，看一看黃道黑道。三仙姑是後莊於福的老婆，每月初一十五都要頂著紅布搖搖擺擺裝扮天神。

這架勢、這腔調，完全是一個民間的說書人。但與說書人不同的是，趙樹理用了更多的日常口語，從而擺脫了說書語言的刻意追求風雅的匠氣，使語言更加親切自然。趙樹理的小說為中國現代小說的發展提供了新的可能，他最終曇花一現，只能說明中國民間知識分子具有諸多先天和後天的不足，從而難以走向成熟。

另一個是柳青。柳青創作的《種穀記》和《創業史》，用具有蘇俄文學特徵的博大和深沉，深刻地展現了二十世紀中國農民的精神世界。柳青的在「十七年」創作的《創業史》是一部讓人稱道的作品，他從「創業史」的角度對中國農民傳統文化心理的反映，是繼魯迅之後對農民描寫的又一個高峰。魯迅自述對中國舊農民態度是「怒其不爭、哀其不幸」，體現出他內心中「個人主義」和「人道主義」的糾葛：在個人主義的視角上，魯迅將農民作為國民性批判的典型，不留情面地揭露出他們身上的封建陋習；而在人道主義的立場上，魯迅對中國傳統農民在封建宗法制度壓榨下的悲慘命運又給予深深的同情。比較而言，魯迅對農民的兩種態度是批判多於同情，他首先是怒，而後才是無奈的哀。柳青在《創業史》中對「梁三老漢」這樣的舊農民也是既愛也恨，但他最基本的態度不是批判，而是同情和包容。對於梁三老漢的「創業」夢，柳青批判了他的小農思想根柢，但又對他的思想行為保持了理解和同情。的確，對於勤勤懇懇但常常處於生存邊緣的中國農民來說，創業是對悲慘命運的一次挑戰，也是擺脫苦難的生命掙扎，儘管他們在創業之後不免會變成新的壓迫者，但「創業」本身並不具有文化的「原罪」。正是如此，柳青刻畫了梁三老漢在另一個側面展示了中國農民的傳統文化心理，與阿Q、閏土一樣，是中國傳統農民的經典形象。

而且，《創業史》雖然在整體上並沒有走出「十七年」小說的敘事規範，

但「創業史」的提出，也讓他的作品比一般「合作化」小說有著不盡相同的文學視角。在《創業史》中的「創業」顯然具有雙重的意義：一方面，它是中國農民傳統文化心理的具體外化；另一方面，它也是對建國後農村「合作化」運動的通俗理解。在柳青看來，「合作化」運動並不是要摒棄農民的創業理想，而只是拋棄創業中的小農經濟思想，從而在更高層次上實現「創業」。在這種思路中，我們可以看出柳青始終對農民保持著同情和理解，而不是簡單地對他們的小農思想進行批判。也正是如此，《創業史》所描寫的「合作化」雖然被事實證明是一次冒進的運動，但作品的藝術魅力並沒有由此而減損；而且，小說對梁三老漢等舊農民在合作化運動複雜心理的描寫，更反映出作品對社會現實反映的深刻性。

3. 自然默想

「十七年」敘事文學的自然景物描寫是最讓人印象深刻的特徵之一。這一時期的小說、敘事詩，幾乎每篇都有大量自然景物描寫的段落，而這絕非僅僅是敘事的一種手段，而是發自作家生命本能的熱愛。「自然」在這一時期的文學中儼然成了一個角色，是一切事件的見證者，也是作家敘事的基礎。我們甚至可以設想：如果抽去了自然景物描寫，「十七年」敘事文學就可能失去了它最主要的魅力。我們可以舉一些例子來說明這一現象。在魏巍的小說《東方》（第一部）的開篇，作者描寫了一段九月平原的風光：

> 平原九月，要算最好的季節。春天裏，風沙大，就是桃杏花也落有細沙。冬景天，那紫微微的煙村也可愛，但那無邊平野，總是顯得空曠。一到青紗帳起，白雲滿天，整個平原就是一片望不到邊的滾滾綠海，一座座村莊，就像漂浮在海上的綠島似的。可是最好的還是算是秋季。穀子黃了，高粱紅了，棒子拖著長鬚，像是游擊戰爭年代平原人鐵矛上飄拂的紅纓。秋風一吹，飄飄颯颯，這無邊無涯的平原，就像排滿了我們歡騰吶喊的兵團！（《東方》（上））

這是小說的開局，也是作家對故鄉土地的回憶，而後發生的故事都會在這片土地上發生。俗話說，一方水土養一方人，自然在這裡有著「母親」的味道，正是富饒的平原養育了英雄的平原兒女，讓他們在這片土地上做出了驚天動地的壯舉。

而在小說《紅日》裏，一段戰爭開始前自然景物的描寫，讓人感受到自然的另一種味道：

> 灰暗的雲塊，緩緩地從南向北移行，陽光暗淡，天氣陰冷，給
> 人們一種荒涼寥落的感覺。
>
> 漣水城外，淤河兩岸醬黃色的田野，寂寞地躺著。
>
> 開始枯黃的樹林裏，鳥鵲驚惶地噪叫著，驚惶地飛來飛去。這
> 裡特有的棟雀，大群大群地從這個村莊，這個樹林，忽然飛到那個
> 村莊，那個樹林裏去，接著，又從那個村莊，那個樹林，飛到遠遠
> 的村莊、樹林裏去。（《紅日》第二章）

在這裡，自然景物的凝重，一方面營造了戰前緊張的氛圍，另一方面又成為
了戰爭的見證者，那移動的「雲塊」和驚慌的「鳥鵲」，離開是將英雄的舞臺
留給了革命者，但它們將見證將要發生的一切。

在小說《紅旗譜》的開卷，奔騰的滹沱河又有了別樣的味道：

> 眼前這條河，是滹沱河。滹沱河從太行山上流下來，像一匹烈性
> 的馬。它在峽谷裏，要騰空飛躍，到了平原上，就滿地奔馳。夏秋季
> 節湧起嚇人的浪頭，到了冬天，在苒厚的積雪下，汩汩細流。流著流
> 著，由南往北，又由北往東，形成一帶大河灣。（紅旗譜 開卷）

顯然，小說中的滹沱河已不是普通的自然景物，也不是華北平原上一條普通
的河流，而是和長江、黃河一樣是華北平原的「母親河」。但是，這條「母親
河」的意義不是滋養，而是華北兒女剛烈、熱情的性格品質的象徵。

類似的例子還有很多，我不再一一列舉。接下來，我將要說明的是這些
景物描寫在二十世紀中國文學藝術探索中的意義。自然景物描寫是現代小說
敘事必備的要素之一，通過它小說家可以達到許多意想不到的藝術效果，因
此在中國現代小說發生之後，自然景物描寫就一直得到了小說家們的重視。
然而，小說中的自然景物描寫並不是純藝術技巧，當它與現代小說不可分割
地融為一體，就必然會受到各種文化觀念的制約：文化觀念可以決定自然景
物描寫的方式和達到的效果。

中國現代文學中的自然景物描寫與「鄉土文學」有著緊密的關聯。「所謂
『鄉土文學』，主要是指這類靠回憶重組來描寫故鄉農村（包括鄉鎮）的生活，
帶有濃重的鄉土氣息和地方色彩的小說。」〔註 53〕「鄉土文學」是全球範圍
普遍存在的文學現象，當一個社會從農業文明步入工業文明，從傳統進入現

〔註53〕 錢理群、溫儒敏、吳福輝著：《中國現代文學三十年》（修訂本），北京：北京
大學出版社，第 67 頁，1998 年。

代，生活在期間的個人就會感受到文化轉型的陣痛，對農業文明和傳統的重新審視也就成爲必然的現象，而這在有著悠久農業文明的中國顯得格外明顯。對傳統和農業文明的回眸和懷想，「作爲與城市相對立而存在的中國廣袤的鄉村原野，成爲它描寫的對象」，因此，當代學者重新界定「鄉土文學」，「風景美」就成爲其必備的特徵之一，而以自然地貌爲主要特徵的「地域鄉土」也就成爲新文學運動以來的中國鄉土小說題材閾定的臨界線。〔註 54〕也就是說，在中國文化轉型的現代，作家對自然景物的描寫已不可避免與現代／傳統糾纏的文化觀念、城市／鄉村現實的空間分割聯繫在一起，在城市裏將鄉村和自然置於「被看」的地位，或者把自然定義爲某種文化象徵，就成爲中國現代文學自然景觀描寫的常態。所以，有研究者精闢的指出，「『地域』（Region）在這裡（中國現代鄉土文學——引者注）不完全是一個地理學意義上的人類文化空間意義的組合，它帶有鮮明的歷史的時間意義，也就是說，它不僅僅是一個地理疆域裏特定文化時期的文學表現，同時，它在表現每個時間段中的文學時，都包容和涵蓋著這一人文空間中更有歷時性特徵的文化沿革內容。所以說，地域文化小說不僅是小說中『現實文化地理』的表現者，同時亦是『歷史文化地理』的內在描摹者。」〔註 55〕因此，中國現代文學（狹義）中的自然景物描寫呈現出兩種迥然不同的景象，第一種站在激進的立場上將鄉土視爲腐朽中國的象徵，「看」到的自然景物也自然是破落、腐敗的一面；另一種站在保守的立場上，將鄉土視爲即將失去的人類理想，因此「看」到便是自然優美詩意的一面。現代文學中自然景物描寫的差異並不以作家群進行區分，但在不同類型作家的作品中，我們能隱約地感受到這一點。譬如在魯迅的《故鄉》中，現實中的故鄉破敗而腐朽：

> 漸近故鄉時，天氣又陰晦了，冷風吹進船艙中，嗚嗚的響，從
> 篷隙向外一望，蒼黃的天底下，遠近橫著幾個蕭索的荒村，沒有一
> 些活氣。我的心禁不住悲涼起來了。

但同爲一個地域，魯迅的兄弟周作人「看」到的故鄉卻是另一番舒適、安逸、詩意的景象：

> 你坐在船上，應該是遊山的態度，看看四周物色，隨處可見的山，
> 岸旁的烏桕，河邊的紅蓼和白蘋，漁舍，各式各樣的橋，困倦的時候

〔註 54〕 丁帆：《中國大陸與臺灣鄉土小說比較論綱》，《福建論壇》，2000 年第 5 期。
〔註 55〕 同上。

> 睡在艙中拿出隨筆來看，或者沖一碗清茶喝喝。偏門外的鑒湖一帶，
> 賀家池，壺筋左近，我都是喜歡的，或者往婁公埠騎驢去遊蘭亭（但
> 我勸你還是步行，騎驢或者於你不很相宜），到得暮色蒼然的時候進
> 城上都掛著薜荔的東門來，倒是頗有趣味的事。（《烏篷船》）

故鄉並沒有變，所不同的只是看待故鄉不同的態度和方式，而「看」到的內
容也就完全不一樣了。

在「十七年」文學中，「自然」依舊處於「被看」的位置，但作家「看」
的角度已不是「現代／傳統」或「城市／鄉村」的思維格局，而是從「革命」
的角度出發。不可否認，「革命」也包含著現代性追求的內容，但二十世紀中
國共產黨領導下的革命活動走的是「農村包圍城市」的路線，當作家們在鄉
村完成建立現代民族國家的任務，並在鄉村上準備直接跨入「共產主義」的
時候，他們「看」到的鄉村和自然就有了別樣的景致。

在革命者的眼裏，鄉村和自然不是以一種文化象徵而存在，而是政治經
濟學意義上的人類生存之本──「土地」。「土地」和「鄉村」的差異，在於前
者的現實性和後者的虛幻性，人可以離開「鄉村」但絕對不能離開「土地」。
毛澤東領導的「土地革命」，正是認識到在中國這樣一個農業國「土地」的重
要性：只要改變了「土地」的所有權，就完全能夠改變這個國家的政權，也
就有可能改變它的性質。新民主主義革命的結果證明，毛澤東發起的「土改」
運動和「農村包圍城市」的戰略完全正確，正是讓無地和少地的農民獲得了
土地，他們迸發出的革命熱情直接擊潰了在當時非常強大的國民黨軍隊和政
權。在建國以後，毛澤東進行社會主義改造和建設的方式也是依託「土地」，
通過「互助組」、「合作社」、「人民公社」等形式讓農民脫離私有土地，從而
力圖實現對農民根深蒂固私有制思想和小農社會的雙重改造。建國後的「土
改」活動是否成功我們暫且不提，但在這一時期作家的心目中，「土地」絕對
是中國革命和現代化建設的基礎，正是因為中國有廣袤的農村，才可能出現
「農村包圍城市」的成功；土地也是革命和現代化的動力，正是解決了土地
問題，中國革命取得了成功；如果進一步解決土地問題，中國現代化目標的
實現也指日可待；土地是革命和現代化理想最終實現的場域，在新中國的建
設方針中，現代化的實現不是離開鄉村、離開土地，而是在土地上建立起現
代化的「集體農莊」，在土地上直接實現現代化。

為了更清晰地在理論上說明「十七年」文學的自然描寫與「五四鄉土文

學」的差別，在這裡我暫且借用汪暉和李楊的「反現代性的現代性」的概念。在這兩位學者的著作中，「反現代性的現代性」都有具體的所指，而我只想借用這個名稱，中國共產黨通過土地革命最終實現建立現代民族國家的任務，並力圖再次通過土地改革實現現代化的方式，正是「反現代性的現代性」的體現。鄉村和自然在這種現代化模式中，不是腐朽舊中國的象徵，也不是即將逝去的文化理想，而是一副需要塗寫的空白畫卷、一個美麗的烏托邦夢想。

正是因爲這些原因，「十七年」敘事文學中喜歡描寫土地和自然，因爲這種行爲本身就帶有革命尋根的意味。如果僅看小說的題材，「十七年」革命歷史小說爲我們展示了一幅空間的「農村包圍城市」圖，《紅旗譜》發生的地域是滹沱河畔；《紅日》發生的地域是華東戰場；《林海雪原》描寫的是白山黑水；《苦菜花》描寫的是膠東半島；《烈火金剛》的發生地冀中平原；《金沙江畔》的地域是金沙江畔；《鐵道游擊隊》的發生地是洪湖岸邊……。小說中描寫的地域正是原一塊塊解放區，小說的作者正是在這些地區上戰鬥過的戰士，當他們在將目光投射到那片熱土，就帶有強烈的「尋根」的味道，「土地」是自己揮灑青春的見證，也是哺育「勝利者」的母親。

而對於很多沒有從事過革命鬥爭、或者書寫建國後「土改」運動的作者來說，對土地上自然景物的描寫，正是他們對共產主義理想進行抒情。肖洛霍夫《被開墾的處女地》曾經影響了一代中國作家，周立波的《山鄉巨變》，劉紹棠的《青枝綠葉》、《擺渡》、《運河的槳聲》，包括柳青的《創業史》都受到過這部作品的影響。肖洛霍夫究竟影響了中國作家什麼？有研究者指出是寫景與寫情的經驗，他特指劉紹棠「學習到肖洛霍夫寫景、寫情的寶貴經驗，青年時代主要是縱情潑辣、汪洋恣肆的寫景，成年以後主要融會貫通、巧妙含蓄的寫情。」〔註56〕而作家們又在寫景和寫情中學習到了什麼呢？我認爲正是「被開墾的處女地」的精神！對中國作家而言，「土改」正是中國人民在「開墾處女地」，作爲其中的一員，他們充滿了驕傲和自豪，而自然和景物就成了抒發這種情感的方式。

概括起來，「十七年」文學的自然景物描寫與之前文學的差別，在於這一時期的「自然」如同翻身的農民一樣擁有了自己的主體意識。劉紹棠是文學界公認的鄉土文學大師，但即使在他的筆下，「鄉土」也與中國現代鄉土小說中的「鄉土」發生了改變，其中自然景物描寫就是改變的一個主要方面。在

〔註56〕鄭恩波：《劉紹棠與肖洛霍夫》，《文藝理論與批評》，1995 年第 5 期。

其代表作《運河的槳聲》中，我們看到了如詩如畫的自然畫面，然而這些畫面已不同於魯迅、周作人、廢名、沈從文筆下的自然。

> 古老運河的濤聲，驚動了平原寂靜的在，浮雲掩蓋了彎彎的明月，運河上是無邊的銀白。從下游返回的船隻，逆著運河的急流向前進，河西出蜒的公路上，早行的汽車已經從城市開來了。擦著運河的河面，像是秋夜流星的尾巴，從上游曳下一道淡淡的白光，那是新建不久的發電廠的燈火的光輝。（第8章）

> 金色的秋天，運河平原的田野是望不到邊的，原野伸展著，伸展著，一直跟碧藍碧藍的天空連在一起了，平原上的村落。一個個像是奔跑著似的，遠了，小了。

> 運河靜靜地流著，河水是透明的、清涼的，無數隻運糧的帆船和小漁船行駛著，像是飄浮在河面上的白雲。

> 瓦藍瓦藍的天空，高高的，高高的，一群群發肥的季候鳥，向運河告別，劃過運河的河面，像一道紫色的閃電，飛向南方去了。
（第27章）

在這裡，自然的詩意不是來自古老的渡船、烏篷船，或者帶有地域風情的桃林、銀項圈，而是運河邊發生的欣欣向榮的現實，是這片土地上令人期待的未來。當然，在中國這片「未開墾的處女地」上，有很多腐朽的內容存在，譬如農民根深蒂固的小農思想，但作家對於農民這種與土地的血肉聯繫保持了極大的同情，當搖擺「中農」富貴意識到自己即將失去土地黯然神傷時，作者批判了他的小農思想，也給予了充分的理解：

> 他一屁股坐在那還沒被砍去的地界——一簇柳叢下，雙手緊緊攥著土疙瘩，攥得粉碎，他的心，撕裂了似的疼痛，鼻竅緊扇著，他幾乎要嚎出來。

> 土地，他的命啊！

> 黃昏，太陽慢沉沉落下去了。遠處，傳來青銅脖鈴叮叮當當的聲音，放羊孩子清亮的呼喚，河灘上，雪白肥大的綿羊出現了，追逐著，咩咩叫，農業社的羊群回村了。

富貴的嚎叫在今天也有撕心裂肺的感覺。因為對於沒有完全生存保障的農民來說，土地就是他們的「命」脈，將農民的這種情感簡單理解為小農思想，

就離開了中國的國情。這樣的同情，在很多「十七年」文學作品中都有明顯的體現。實際上，中國鄉土文學在 40 年代解放區就已經發生了轉變，學界都習慣將孫犁的小說歸類到「鄉土文學」，但孫犁對「鄉土」的表達既沒有「城市」參照、也沒有「現代／傳統」的對照，只是在「新／舊」的時間進化中進行革命抒情，因此他「看」到的「自然」雖然可以勾起讀者對傳統鄉野的回憶，但並沒有所謂的「鄉愁」，而是一種對革命歲月的懷想。孫犁在建國後創作的《鐵木前傳》有了「鄉愁」的味道，但這是他思想轉變後的結果。

在社會根源上，「十七年」文學對自然描寫的轉變與中國革命實踐有著緊密的聯繫，而在具體技巧上，又受到了蘇俄文學的啟發。蘇俄廣袤的國土、悠久的村社傳統和蘇俄人民深沉的個性，使他們在追求現代化的過程中，始終不願意脫離土地。儘管在蘇聯時期採取了重「工」輕「農」的治國方略，對「民粹思想」進行了嚴厲的批判，但知識分子面對土地和自然的沉思依舊體現在他們的創作中，開拓出豐富的文學意蘊。「十七年」作家對蘇俄文學的接受，啟發了他們內心中強烈的土地情感，譬如蒙族作家瑪拉沁夫受到《靜靜的頓河》的啟示，開始歌頌哺育自己成長的大草原，其短篇小說集《科爾沁草原的人們》（1953）、《春的喜歌》（1955）、《花的草原》（1962），長篇小說《在茫茫的草原上》（上部），都是對大草原的讚歌。劉紹棠受到蘇俄文學寫景寫情的影響，開啟了他一生致力於鄉土文學創作的文學之旅。但是，與「蘇俄文學」相比，「十七年」作家雖然也將自然和土地作為文化的「根」，但明顯缺少了面對土地的思考，因此顯得情感豐盛而思想孱弱，嚴重影響了這一時期文學的藝術震撼力。不過，繼承了「十七年」文學開創的自然描寫傳統，80 年代的「知青文學」、「反思文學」及 90 年代「尋根文學」，體現出更多面對土地和自然的思考，從而出現了如《北方的河》、《九月寓言》、《爸爸爸》等一批藝術佳作。

結　論

　　二十世紀中國是知識分子普遍感到「焦慮」的世紀，在 1949 之前，他們感受到的是現代民族國家的焦慮，而 1949 之後，他們又感受到了意識形態的焦慮。意識形態的焦慮在理論上是社會主義意識形態合法性的焦慮：作為一種社會制度，馬克思對科學社會主義的論述，已經在理論上證明了它的合法性，但作為一種價值觀念，社會主義文化的普世價值並沒有在世界範圍內得到廣泛認可。而在具體文化實踐當中，意識形態的焦慮又是現代化焦慮的一種表現，二十世紀無產階級革命運動取得勝利的國家都是一些後發現代性國家，對資本主義的超越與現實政治、經濟、文化積澱薄弱的矛盾，使全社會出現了現代化的焦灼感。意識形態的焦慮使文學發展呈現出「複調」的結構，「十七年」文學便是一個典型例子：一方面，它呈現出濃鬱的集體主義色彩和熱烈的革命浪漫主義精神，另一方面，它的內部也不斷進行自我解構，從而出現了意識形態的分化。「非政治」視野下的「十七年」文學研究力圖展示的正是其後一方面的特徵。

　　在「十七年」文學中，意識形態的焦慮的典型症狀便是「規範裂縫」的出現。文學規範是社會主義國家在文學發展中灌輸意識形態的主要手段，也是文藝領導人在不同歷史時期調和社會主義意識形態的超前性與現實文化相對落後性之間矛盾的主要方式，但由於社會主義的文化需要與中國現代文化積澱之間有太大的差距，「「十七年」文學規範」始終無法有效地實現文學與意識形態的有機結合，因此規範的裂縫就不可避免地暴露出來。規範裂縫反映出新中國文學建設中面臨的政治性與藝術性、一體化與多元化、民族性與世界性、超越性與合法性難以兩全的矛盾，反映出「十七年」文學具有的「實驗性」的特徵。

　　規範裂縫是對規範權威性和合法性的消解，構成了「十七年」文學非常複雜的文學場域：一方面，文學規範以權威性的姿態對作家創作施加影響，另一方面，文學規範又不斷對自身的權威性進行解構，當兩種信息同時傳達給作家的時候，作家產生了極其複雜的生存體驗。「十七年」文學中作家體驗的多元性呈現出「立體化」的特徵，一方面，當不同背景、不同出身的作家被納入到統一的文學場，他們現實命運的差異使他們產生了不同的人生體驗：解放區本土作家從「革命中」狀態到「革命後」狀態後，很多人都不由自主擴了文學的視界；而一些在抗戰中經受磨難的自由主義作家，在解放後反思「個人主義」道路存在的缺陷，自覺投身到「集體」的擁抱當中；而那些遺留在國統區的左翼作家，則在解放後繼續保持著抗爭的姿態。不同出生作家在解放後的不同文學選擇，在整體上具有對中國現代文學進行總結的意味，他們或改變、或堅持自己已經形成藝術主張，都是對他們過去文學道路的反省和再確認，這對於學界反思二十世紀中國文學的「現代性」本質無疑具有啟示意義。在這一點上，「十七年」文學毫無疑義是二十世紀中國文學的轉折期，是當代文學的起點。另一方面，當規範和規範裂縫同時呈現在作家的面前，很多作家的內心當中必然產生多樣的感受：對很多「跨界作家」來說，他們始終不能將已經形成的「個人」和「自我」完全埋葬，體現出穆旦詩歌裏呈現的那種狀態：一半的葬歌；對很多「少共作家」來說，對革命事業的忠誠與對真理的忠誠同樣重要，當規範裂縫出現之後，他們對真理的探索精神使他們成為了「少共叛逆者」。總體來說，意識形態的焦慮下的作家體驗呈現出「交叉體驗」的特徵，這也是「十七年」文學「複調」特徵的現實反映。

　　「十七年」文學改變了中國現代文學的「正常」發展路徑，但也為二十世紀中國文學注入了一些新元素。出於建設新中國文學的考慮，「十七年」文學翻譯的成就不容小視，翻譯文學的數量、質量、種類都超過了既往任何時期；而且，「十七年」文學對宏大結構的追求，體現出的底層情懷、土地情結都是二十世紀中國文學值得珍視的寶貴遺產。中國現代文學經過 30 年的積累，儘管出現了不少經典之作，但整體並沒有走向成熟：中國現代文學的藝術實踐過多依賴西方，並沒有形成具有鮮明民族特色的文學巨製；中國現代文學中體現出的核心價值觀還處於漂浮狀態，還不能在現實生活中得到廣泛的接受。這說明，中國現代文學要走向成熟不僅需要文學技藝的積累，還需

要在更廣闊的現實生活中尋找成長的精神資源。「十七年」文學對宏大結構的
追求是中國現代文學成長中一次有益的技藝磨練。中國現代文學中能夠經得
起時代考驗的宏大作品並不多見，但在新時期之後，成熟的宏大作品層出不
窮，「十七年」文學在其中的傳遞作用是不能忽略的存在。「十七年」文學體
現出的底層情懷和土地情結，也是中國現代文學發展中值得珍視的精神資
源。中國現代文學發展中儘管提出過「平民文學」的口號，但在發展過程中，
無論是作家還是文學價值觀都具有鮮明的精英意識，精英意識可以使文學變
得深刻，但並不能保證文學境界的博大，從而使文學發展容易陷入偏狹化的
困境。「十七年」文學加強了文學與底層和土地的聯繫，因此在作品中體現出
一種博大感，譬如在魯迅的筆下，中國農民是國民劣根性的集中代表，雖然
魯迅對他們的命運也給予人道主義同情，但他們帶給讀者的情感震撼力並不
強；而在柳青的筆下，梁三老漢所代表的「舊農民」對土地的熱愛、對創業
的執著，在失去土地後內心難以平靜的痛楚，畫出了中國農民的活的靈魂，
儘管作者也批判了他們的劣根性，但這個形象帶給讀者的情感震撼力是魯迅
作品無法給予的。深刻和博大對中國現代文學來說是不可或缺的兩種質素，
但只有讓作品深深地與腳下的土地緊密地聯繫在一起，文學才能獲得發展的
根。

　　「十七年」文學在文學理論探索上的成就也有值得稱道的地方。「十七年」
對「典型」、「真實」、「形象思維」、「美的本質」等問題的探討，雖然目的是
為了在文學中落實意識形態，但通過這些問題，也誘發了理論家對藝術本體
的思考，而這種思考在「先破壞、後建設」的中國現代文學中並沒有得到充
分展開，通過這些文學本體問題的探索，產生的理論成果不僅對極左文藝思
潮產生了有力的反駁作用，同時也為當代文學的健康發展提供了有力的批判
武器。另一方面，「十七年」文學中的理論家對「文學是人學」的重申也有別
樣的意義，「人的文學」是五四文學革命提出的口號，但由於現代民族國家的
焦慮，這種觀念常常被有意忽略，「十七年」期間對「文學是人學」的重申，
讓「人的文學」的觀念在中國得到更深入的認可，其產生的效果與五四時期
是不同的。

　　意識形態的焦慮是新中國建立後一個持續的文化現象，在「十七年」文
學中它表現為「焦慮」，在文革文學中它表現為焦慮之後的「癲狂」，而在新
時期之後又表現為「意識形態的坍塌」，「純文學」正是在意識形態坍塌之後

出現的一種文學主張。「純文學」的缺陷就在於它沒有意識到：「意識形態的坍塌」只是「意識形態的焦慮」在一段時期內的局部表現，這種焦慮本身並沒有完全消除。因此，無論是二十世紀文學史研究還是當代文學「歷史化」，都首先需要為二十世紀中國文學中的「政治文學」進行政治祛魅，在「政治文學」的內部去發現它們不同的本質，進而去粗取精、去偽存真，這樣才能增進對二十世紀中國文學的整體認識。

參考文獻

一、國外文獻

1. （德）卡爾·馬克思、弗里德里希·恩格斯，馬克思恩格斯全集（第1、2、3、4、8卷）〔M〕，北京：人民出版社，1956、1957、1960、1958、1961年。

2. （德）埃·弗洛姆，馬克思論人〔M〕，西安：陝西人民出版社，1991年。

3. （德）卡爾·曼海姆，重建時代的人與社會：現代社會結構的研究〔M〕，北京：三聯書店，2002年。

4. （德）卡爾·曼海姆，意識形態與烏托邦〔M〕，北京：商務印書館，2000年。

5. （法）法布爾·埃斯卡皮，文學社會學〔M〕，杭州：浙江文藝出版社，1987年。

6. （法）皮埃爾·布迪厄，藝術的法則〔M〕，北京：中央編譯出版社，2001年。

7. （美）丹尼爾·貝爾，意識形態的終結〔M〕，南京：江蘇人民出版社，2001年。

8. （美）馬克·塞爾登，革命中的中國：延安道路〔M〕，北京：社會科學文獻出版社，2002年。

9. （美）弗朗西斯·蘇，毛澤東的辯證法理論〔M〕，北京：中共中央黨校科研辦公室編印，1985年。

10. （美）約翰·布萊恩·斯塔爾，毛澤東的政治哲學〔M〕，北京：中國人民大學出版社，2006年。

11. （美）莫里斯·邁斯納，馬克思主義、毛澤東主義與烏托邦主義〔M〕，北京：中國人民大學出版社，2006年。

12. （英）諾曼・費爾克拉夫，話語與社會變遷〔M〕，北京：華夏出版社，2003年。

13. （英）特里・伊格爾頓，審美意識形態〔M〕，桂林：廣西師範大學出版社，2001年。

14. （英）特雷・伊格爾頓，二十世紀西方文學理論〔M〕，北京：北京大學出版社，2007年。

15. （英）大衛・麥克里蘭，意識形態〔M〕，長春：吉林大學出版社，2005年。

16. （俄）特羅茨基，文學與革命〔M〕，北京：北京未名社印行，1928年。

17. （俄）托洛斯基，文學與革命〔M〕，北京：外國文學出版社，1992年。

18. （俄）盧那察爾斯基，藝術及最新形式，天津：百花文藝出版社，2002年。

19. （蘇）高爾基，論文學〔M〕，北京：人民文學出版社，1978年。

20. （斯洛文尼亞）斯拉沃熱・齊澤克，意識形態的崇高客體〔M〕，北京：中央編譯出版社，2002年。

21. （澳）安德魯・文森特，現代政治意識形態〔M〕，南京：江蘇人民出版社，2005年。

二、國內文獻

歷史文獻

1. 人民日報〔N〕，1950～1966年。

2. 文藝報〔N〕，1949～1966年。

3. 文匯報〔N〕，1949～1966年。

4. 人民文學〔J〕，1949～1966年。

5. 世界文學〔J〕，1953～1966年。

6. 文學評論〔J〕，1957～1966年。

7. 毛澤東選集（1～4卷）〔M〕，北京：人民出版社，1991年。

8. 毛澤東選集（第5卷）〔M〕，北京：人民出版社，1977年。

9. 毛澤東文藝論集〔M〕，北京：中央文獻出版社，2002年。

10. 周恩來選集（上、下）〔M〕，北京：人民出版社，1980、1984年。

11. 建國以來重要文獻選編〔C〕，北京：中央文獻出版社，1992年。

12. 周揚文集〔M〕，北京：人民文學出版社，1984～1994年。

13. 馮雪峰論文集〔M〕，北京：人民文學出版社，1981年。

14. 邵荃麟評論選集〔M〕，北京：人民文學出版社，1981年。

15. 胡風全集〔M〕，武漢：湖北人民出版社，1999 年。

16. 侯金鏡文藝評論選集〔M〕，北京：人民文學出版社，1979 年。

17. 何其芳文集〔M〕，北京：人民文學出版社，1984 年。

18. 趙樹理全集（1～5 卷）〔M〕，太原：北嶽文藝出版社，2000 年。

19. 日丹諾夫論文學與藝術〔M〕，北京：人民文學出版社，1959 年。

20. 爲保衛社會主義文藝路線而鬥爭（上、下）〔M〕，上海：新文藝出版社，1957 年。

21. 馬克思主義與文藝〔M〕，北京：作家出版社，1984 年。

22. 藝術·人·眞誠：錢穀融論文自選集〔M〕，上海：華東師範大學出版社，1994 年。

23. 王蒙文存〔M〕，北京：人民文學出版社，2003 年。

24. 巴金全集〔M〕，北京：人民文學出版社，1986 年。

25. 延安文藝叢書〔C〕，長沙：湖南人民出版社，1984 年。

26. 孫犁文集〔M〕，天津：百花文藝出版社，1982 年。

27. 魯迅全集〔M〕，北京：人民文學出版社，1981 年。

參考論著

1. 郭志剛、董健等，中國當代文學史初稿〔M〕，北京：人民文學出版社，1981 年。

2. 朱寨，中國當代文學思潮史〔M〕，北京：人民文學出版社，1987 年。

3. 洪子誠，中國當代文學史〔M〕，北京：北京大學出版社，1999 年。

4. 陳思和，中國當代文學史教程〔M〕，上海：復旦大學出版社，1999 年。

5. 楊匡漢、孟繁華，共和國文學 50 年〔M〕，北京：中國社會科學出版社，1999 年。

6. 孟繁華、程光煒，中國當代文學發展史〔M〕，北京：人民文學出版社，2004 年。

7. 唐小兵，再解讀：大眾文藝與意識形態（增訂版）〔C〕，北京：北京大學出版社，2007 年。

8. 王曉明，批評空間的開拓〔C〕，上海：東方出版中心，1998。

9. 洪子誠，問題與方法——中國當代文學史研究講稿〔M〕，北京：三聯書店，2002 年。

10. 李楊，文學史寫作中的現代性問題〔M〕，太原：山西教育出版社，2006 年。

11. 洪子誠，當代中國文學的藝術問題〔M〕，北京：北京大學出版社，1986 年。

12. 陳曉明，現代性與中國當代文學轉型〔M〕，昆明：雲南人民出版社，2003年。

13. 孟繁華，傳媒與文化領導權——當代中國的文化生產與文化認同〔M〕，濟南：山東教育出版社，2003年。

14. 程光煒，文化的轉軌——「魯郭茅巴老曹」在中國（1949～1976）〔M〕，北京：光明日報出版社，2004年。

15. 李楊，抗爭宿命之路——「社會主義現實主義」（1942～1976）研究〔M〕，長春：時代文藝出版社，1993年。

16. 李楊，50～70年代中國文學經典再解讀〔M〕，濟南：山東教育出版社，2003年。

17. 朱曉進，非文學的世紀：二十世紀中國文學與政治文化關係史論〔M〕，南京：南京師範大學出版社，2004年。

18. 王本朝，中國當代文學制度研究（1949～1976）〔M〕，北京：新星出版社，2007年。

19. 艾曉明，中國左翼文學思潮探源〔M〕，北京：北京大學出版社，2007年。

20. 賀桂梅，轉折的時代——40～50年代作家研究〔M〕，濟南：山東教育出版社，2003年。

21. 董之林，舊夢新知：「十七年」小說論稿〔M〕，桂林：廣西師範大學出版社，2004年。

22. 陳順馨，社會主義現實主義理論在中國的接受與轉化〔M〕，合肥：安徽教育出版社，2000年。

23. 王麗麗，在文藝與意識形態之間：胡風研究〔M〕，北京：中國人民大學出版社，2003年。

24. 錢理群，1948：天地玄黃〔M〕，濟南：山東教育出版社，1998年。

25. 洪子誠，1956：百花時代〔M〕，濟南：山東教育出版社，1998年。

26. 陳順馨，1962：夾縫中的生存〔M〕，濟南：山東教育出版社，2002年。

27. 楊鼎川，1967：狂亂的文學時代〔M〕，濟南：山東教育出版社，1998年。

28. 陳徒手，人有病 天知否——一九四九年後中國文壇紀實〔M〕，北京：人民文學出版社，2000年。

29. 傅國湧，1949年：中國知識分子的私人記錄〔M〕，武漢：長江文藝出版社，2005年。

30. 謝泳，逝去的年代——中國自由知識分子的命運〔M〕，北京：文化藝術出版社，1999年。

31. 郭志剛、章無忌，孫犁傳〔M〕，北京：北京十月文藝出版社，1990 年。

32. 高捷，回憶趙樹理〔C〕，太原：山西人民出版社，1985 年。

33. 董大中，趙樹理年譜〔M〕，太原：山西人民出版社，1982 年。

34. 董大中，趙樹理評傳〔M〕，天津：百花文藝出版社，1987 年。

35. 董健，田漢傳〔M〕，北京：北京十月文藝出版社，1996 年。

36. 田本相、吳戈、宋寶珍，田漢評傳〔M〕，重慶：重慶出版社，1998 年。

37. 李輝，風雨中的雕像〔M〕，濟南：山東畫報出版社，1997 年。

38. 黎之彥，田漢創作側記〔M〕，成都：四川文藝出版社，1994 年。

39. 涂光群，五十年文壇親歷記〔M〕，瀋陽：遼寧教育出版社，2005 年。

40. 陳建華，二十世紀中俄文學關係〔M〕，上海：學林出版社，1998 年。

41. 陳建華，中國蘇俄文學研究史論〔M〕，重慶：重慶出版社，2007 年。

42. 劉文飛，蘇聯文學反思〔M〕，北京：中國社會科學出版社，2005 年。

43. 薛君智，歐美學者論蘇俄文學〔M〕，北京：社會科學文獻出版社，1996 年。

44. 劉亞丁，蘇聯文學沉思錄〔M〕，成都：四川大學出版社，1996 年。

45. 李輝凡、張捷，二十世紀俄羅斯文學史〔M〕，青島：青島出版社，1998 年。

46. 汪介之，回望有沉思——俄蘇文論在二十世紀中國文壇〔M〕，北京：北京大學出版社，2005 年。

47. 巴人，文學論稿〔M〕，上海：上海文藝出版社，1959 年。

48. 王富仁，中國現代文化執掌圖〔M〕，北京：人民文學出版社，2004 年。

49. 任洪淵，墨寫的黃河：漢語文化詩學導論〔M〕，北京：北京師範大學出版社，1998 年。

50. 汪暉，汪暉自選集〔M〕，桂林：廣西師範大學出版社，1997 年。

51. 王富仁，中國反封建思想革命的一面鏡子——《吶喊》、《彷徨》綜論，北京：北京師範大學出版社，1986 年。

博士論文

1. 樊星，影響・契合・創造——比較文學視野中的當代中國大陸文學〔D〕，武漢：華中師範大學，2000 年。

2. 李勇，中國共產黨的文藝方針政策論綱〔D〕，武漢：華中師範大學，2000 年。

3. 王潔，建國後「十七年」文學與政治文化之關係研究〔D〕，南京：南京師範大學，2003 年。

4. 陳南先，俄蘇文學與「「十七年」中國文學」〔D〕，蘇州：蘇州大學，2004年。

5. 袁盛勇，宿命的召喚——論延安文學意識形態化的形成〔D〕，上海：復旦大學，2004年。

6. 王軍，「十七年」文學批評中的合法性問題〔D〕，上海：華東師範大學，2004年。

7. 孟遠，歌劇〈白毛女〉研究〔D〕，北京：中國人民大學，2005年。

8. 余嘉，中國批評視野中的俄蘇「紅色經典」〔D〕，上海：華東師範大學，2005年。

9. 陳紅旗，中國左翼文學的發生〔D〕，長春：吉林大學，2005年。

10. 張豔，五四運動闡釋史研究（1919～1949）〔D〕，杭州：浙江大學，2005年。

11. 朱靜宇，王蒙小說與蘇俄文學〔D〕，蘇州：蘇州大學，2005年。

12. 卞永清，「紅色傳奇」的敘事特徵和當代命運〔D〕，蘇州：蘇州大學，2006年。

13. 池大紅，俄蘇文學在中國的兩幅鏡象〔D〕，上海：華東師範大學，2007年。

14. 郭建玲，1945～1949年中國現代文學格局轉型研究〔D〕，上海：華東師範大學，2007年。

重要論文

1. 洪子誠，關於五十至七十年代的中國文學〔J〕，文學評論，1996年2月。

2. 洪子誠，當代文學的「一體化」〔J〕，中國現代文學研究叢刊，2000年3月。

3. 陳思和，民間的浮沉：對抗戰到文革文學史的一種嘗試性解釋〔J〕，上海文學，1994年1月。

4. 陳思和，試論當代文學史（1949～1976）中的「潛在寫作」〔J〕，文學評論，1999年6月。

5. 陳思和，重新審視50年代初中國文學的幾種傾向〔J〕，山東社會科學，2000年2月。

6. 李楊，毛澤東文藝思想與現代性〔J〕，中國現代文學叢刊，1993年4月。

7. 程光煒，歷史重釋與「當代」文學〔J〕，文藝爭鳴，2007年7月。

8. 朱曉進，重新進入「「十七年」文學」的幾點思考〔J〕，當代作家評論，2002年5月。

9. 張清華，時間的美學——論時間修辭與當代文學的美學演變〔J〕，文藝研究，2006年7月。

10. 曠新年，人民文學：未完成的歷史建構〔J〕，文藝理論與批評，2005 年 6 月。

11. 王富仁，關於左翼文學的幾個問題〔J〕，中國現代文學研究叢刊，2002 年 1 月。

12. 張檸，白銀時代的遺產〔J〕，讀書，1998 年 8 月。

13. 方長安，「十七年」文壇對歐美現代派文學的介紹和言說〔J〕，文學評論，2008 年 2 月。

14. 蘇春生，從「通俗研究會」到「大眾文藝創作研究會」兼及東西總布胡同之爭〔J〕，趙樹理研究通訊，1999 年 12 月。

15. 丁帆，中國大陸與臺灣鄉土小說比較論綱〔M〕，福建論壇，2000 年 5 月。

16. 王富仁，延安文學有重新加以研究的必要〔J〕，學術月刊，2006 年 2 月。